तीन दिन दो रातें

तीन दिन दो रातें

वीरेंद्र जैन

प्रभात प्रकाशन, दिल्ली
ISO 9001:2008 प्रकाशक

प्रकाशक • **प्रभात प्रकाशन**
4/19 आसफ अली रोड,
नई दिल्ली–110002

संस्करण • प्रथम, 2017
मूल्य • चार सौ रुपए
मुद्रक • आर–टेक ऑफसेट प्रिंटर्स, दिल्ली

TEEN DIN, DO RATEN *novel* by Virendra Jain ₹ 400.00
Published by Prabhat Prakashan, 4/19 Asaf Ali Road, New Delhi-2
e-mail: prabhatbooks@gmail.com ISBN 978-93-5266-326-2

: एक :

बिटिया अभी स्कूल से लौटी ही थी। कंधे पर टँगा बस्ता उतारकर मेज पर रख भी नहीं पाई थी कि टेलीफोन की घंटी घनघनाई। बिटिया ने एक कंधे से उतर चुका बस्ता वापस कंधे पर टाँगा और फोन उठाकर कहा, ''कहिए!''

''आप 2626262 से बोल रहे हैं?''

फोन के दूसरे छोर से किसी मृदु महिला स्वर ने पूछा।

''हाँ।'' बिटिया ने सहमति जताई।

''यह फोन किसके नाम से है?''

''मेरे पापा के नाम से है।''

''यानी घर में है?''

''जी हाँ।'' बिटिया झुँझलाई।

''आपके पापा का नाम क्या है?''

''आपसे मतलब?'' झुँझलाहट जुबान पर आ विराजी।

''मैं उन्हें बधाई देना चाहती हूँ।''

महिला ने पहले से कहीं अधिक मृदु स्वर में सूचना दी।

बिटिया का चेहरा खिलने को हो आया, ''काहे की बधाई?''

''वह भी बताती हूँ, पहले अपने पापा का नाम तो बताइए।''

महिला ने अपना इच्छित जवाब पहले जानने का इरादा जताया।

बिटिया को यह नागवार गुजरा, फिर भी नाराजी दबाकर सहज स्वर में बताया, ''पापा का नाम श्री अविनाश दास है।''

''क्या श्री अविनाश जी घर पर हैं?'' अगला सवाल आया।

बिटिया को फिर नागवार गुजरा। उसे उम्मीद थी कि जैसे मैंने उसके सवाल का जवाब दिया, वह भी बताएगी कि उसे मेरे पापा को काहे की बधाई देनी है।

''आप हैं कौन?'' बिटिया ने रुखाई दिखाई।

यह जताने को दिखाई कि अब मैं यह जानना ही नहीं चाहती कि उसे मेरे पापा को काहे की बधाई देनी है।

बिटिया की रुखाई कारगर रही।

इससे पहले कि फोनवार्त्ता की इतिश्री इसी मुकाम पर हो, महिला ने खुलासा किया, ''मैं आईहो यानी इंटरनेशनल होलीडेज ऑर्गेनाइजेशन से बोल रही हूँ। हमारे लकी इनामी ड्रॉ में आपके पापा के तीन इनाम निकले हैं। एक लाख रुपए का बीमा, जिसका प्रीमियम हमारी कंपनी भरेगी; पति-पत्नी को यानी आपके मम्मी-पापा को हमारे खर्चे पर विदेश में तीन दिन, दो रातें किसी शानदार होटल में बिताने का मौका और एक सरप्राइज गिफ्ट आइटम।''

''अरे वाह!'' बिटिया चहकी, ''थैंक्यू मैडम!''

''शुक्रिया, और हमारी तरफ से आपको भी बधाई।'' महिला ने बिटिया का आभार लौटाया और उसकी प्रसन्नता का लाभ उठाते हुए मूल मुहिम पर जुटी—''वैसे आपके पापा से बात हो सकती है?''

''जी नहीं। मेरा मतलब अभी तो नहीं। पापा घर पर नहीं हैं। इस वक्त तो अपने दफ्तर में होते हैं।''

''आप हमें उनके दफ्तर का नंबर दे सकेंगी?''

''हाँ-हाँ, लिखिए।''

और बिटिया ने आनन-फानन नंबर बता दिया।

''धन्यवाद। मैं आपके पापा से संपर्क की कोशिश करती हूँ। फिर भी आप हमारे फोन नंबर लिख लीजिए। इस बीच यदि घर पर फोन आए तो हमसे बात करने के लिए कहिएगा। हमारे नंबर हैं 5555555 और 5556578। बहुत आसान नंबर हैं।''

जब तक बिटिया नंबर नोट करती, दूसरे छोर से फोन कट चुका था।

फोन रखते ही बिटिया ने ऐलान किया, ''पापा ग्रेट हैं!''

अम्मा यह जानने के लिए कि आखिर माजरा क्या है, फोनवार्त्ता के इकतरफा संवाद सुनने का भरसक प्रयास कर रही थीं, लेकिन एक भी शब्द सुन नहीं सकीं।

फोन पर लंबी बातचीत करना बिटिया की आदत में शुमार है। इससे कहीं ज्यादा देर तो उससे भी बतिया लेती है, जिसने गलती से हमारा नंबर मिला लिया हो। यह जानते हुए भी अम्मा इस फोनवार्त्ता को वैसे फोन या सामान्य फोन के खन में नहीं रख पाईं।

बिटिया के बीच–बीच में चहकने, उदास होने और खीझ जाने ने अम्मा को दुचित्ता जो कर दिया था।

''पापा महान् हैं!''

बिटिया ने अपनी खुशी का फिर ऐलान किया।

अम्मा जानना चाहती थीं कि फोन किसका था?

वह क्या पूछ रहा था?

तुम जो कभी धीमे से, कभी उछाह मारकर कुछ कह रही थीं, वह सब क्या था?

इनमें से एक भी सवाल सुनते ही बिटिया बिफर जाती और भूलकर भी सही तो क्या गलत जवाब भी नहीं देती। इसलिए अम्मा ने बिटिया को उकसाने का रास्ता अपनाया।

''क्यों, ऐसा क्या तीर मार दिया तेरे पापा ने?''

बिटिया अम्मा को झटपट खुशखबरी देना चाहती थी, लेकिन अम्मा के लहजे ने उसे खिझा दिया।

यह भी कोई बात हुई!

अम्मा बेवजह पापा का मजाक बना रही हैं।

तो फिर जाओ, अब मैं भी तुम्हें नहीं बतानेवाली कि मेरे प्यारे पापा क्या करिश्मा कर गुजरे हैं।

बिटिया ने कंधे पर अब तक टँगा स्कूल बैग उतारकर मेज पर रखा।

जूते–मोजे उतारे।

अलमारी के पास जाकर ड्रेस उतारी।

फिर घर के कपड़े इकट्ठे करने लगी।

इस बीच अम्मा रोज की तरह खाना परोसने में नहीं जुटीं, सो बिटिया की समझ में आ गया कि अम्मा बिना सब जाने अब कुछ नहीं कर पाएँगी।

ऐसे में यह कहना तो कतई ठीक नहीं होगा कि पापा के लिए आपने जो बोला, उसकी वजह से मैं आपको जो बताने जा रही थी वह नहीं बताया। यह सुनकर तो अम्मा और मायूस हो जाएँगी।

बिटिया गहरी उलझन में!

अम्मा से कहूँ या नहीं? नहीं या हाँ?

कहती हूँ तो अम्मा उलाहना देंगी कि दुविधा में क्यों रखा?

नहीं कहती हूँ और बाद में पापा से कहूँगी तो भी उलाहना दे सकती हैं कि इसमें ऐसा क्या था, जो मुझे न बताने की जिद ठानी हुई थी?

उधर अम्मा कई सवालों से घिर चुकी थीं।

फोन किसका था? बिटिया इतनी देर बातें क्यों करती रही? अभी तो इसकी क्लास के बच्चे भी घर नहीं पहुँचे होंगे कि उनमें से किसी का हो।

फिर वह कौन था जिसकी बातें सुनकर कभी गरिया रही थी, तो कभी चहक रही थी?

गलत नंबर मिल जाने पर बिटिया किसी भी अनजान को जिस तरह डपटती है, उनसे उलझती है, कलह करती है, वह सब अम्मा को कभी नहीं सुहाता।

बेवजह किसी से बैर मोल क्यों लो?

आखिर भूल किससे नहीं होती?

हम भी तो बेध्यानी या उतावली में गलत नंबर घुमा देते हैं।

फिर दूसरे छोरवाले की मनोदशा जाने कैसी हो?

वह खुशी की खबर देना चाहता है कि गमी की, क्या खबर!

चुगली करना चाहता है कि भेद खोलना चाहता है, कौन जाने!

उसे काम सलटाना है कि प्रायश्चित्त करना है, किसने जाना!

अनजान के आगे लाचारी उजागर करने का लाभ भी क्या है?

संभव है उसने वह सब कह पाने के लिए खुद से जद्दोजहद की हो।

तब कहीं एक बार कहने का मन बना पाया हो।

किसी अनजान को सुनाने से मन को मनाना व्यर्थ नहीं चला जाएगा।

हो सकता है फिर से उतनी हिम्मत न जुटा पाए।

हित-अहित की जगह संकोच या अकड़ का साथ देता रहे।

फोन पर अनजानों से उलझने की इस आदत को नापसंद करने के अम्मा के पास और भी कई कारण हैं।

जाने दूसरे छोरवाला किस मिजाज का हो।

चिढ़ जाए तो आए दिन फोन करके सताएगा।

पहली बार तो भूल से फोन मिला लिया होगा, अगली बार से तो जानते-बूझते मिलाएगा।

ऐसे लोग भी तो होते हैं, जो रात-बिरात परेशान करते हैं।

दूसरों को हैरान करना उनका तो शौक ठहरा।

उन्हें तो उन्हीं लोगों को फोन करना रास आता है जो उन पर खीझें, अंटशंट लहजे में जवाब दें।

अपनी नासमझी या खीझ में ऐसे लोगों से एक बार उलझ भर लो, फिर उनसे निजात पाने के लिए फोन का चोगा उठाकर अलग रखो और होते रहो अपने भी फोन सुनने से वंचित।

फोन में आईडी कॉलर लगवाओ और भरते रहो उसकी फीस।

करते रहो नंबरों का मिलान और अनजान नंबरों की शिकायत।

लगाते रहो एक्सचेंज, थाने और कचहरी के चक्कर।

अब जरूरी तो नहीं कि इनके सब परिचित बिटिया के भी जाने-बूझे हों।

किसी परिचित को अनजान मानकर कुछ उलटा-सीधा कह गुजरे, तब! कोई बनता काम बिगड़ जाए, तब!

बिटिया का क्या है, वह तो मुँह बनाकर कह देगी—मुझसे अटपटे सवाल क्यों कर रहे थे!

अब ये दौड़े-दौड़े जाएँ और हों उनके सामने दंडवत्।

अम्मा ने अनपेक्षित फोनवार्त्ता के संभावित पक्षों और उसके अलाभों पर विचार कर लिया। किया यह भुलाने के लिए कि किसका फोन था, यह जानने में उनकी कोई रुचि नहीं है।

फिर भी वह इच्छा है कि पीछा नहीं छोड़ रही। बिटिया का ऐलान, प्रफुल्ल चेहरा, चहकना तो कुछ और ही भनक दे रहा था!

यकीनन यह उन तमाम फोनों में से एक नहीं था, जिनके आने पर मुझे तब तक दुविधाग्रस्त रहना पड़ता है, जब तक बिटिया फोन पर बतियाती, गरियाती रहती है।

फिर इसे यह समझाने की कसरत करनी होती है कि अब तुम बच्ची नहीं हो, बारहवीं में आ चुकी हो। कुछ तो समझ से काम लिया करो।

तो फिर बिटिया से पूछ ही लूँ कि किसका फोन था?

नहीं। बिटिया के तेवर इसकी गवाही नहीं दे रहे।

कहीं उलाहना दिया कि तुम बहुत शक करने लगी हो, तो?

अम्मा खाना परोसने में जुटना चाहती हैं पर असमर्थ हैं।

अजीब आफत है। बिटिया का चेहरा बता रहा है कि उसके पास कोई अच्छी खबर है। फिर भी मैं उस खबर से जुड़ी खुशी से बेजार हूँ।

और इस बिटिया को देखो। कैसी अपने में मगनमन है।

कपड़े बदलकर बाथरूम की तरफ निकल गई।

मुझे देखकर भी अनदेखा कर गई।

बिटिया पर जोर आजमाने में असमर्थ अम्मा फोन पर कुपित हो चलीं। उस घड़ी को कोसा जब घर में फोन लगवाया था।

लाख बार मना किया था कि हमें फोन नहीं चाहिए।

फोन एकाग्र होकर न कुछ देखने देता है, न सुनने देता है।

न चैन से सो पाते हैं, न कहीं आ-जा पाते हैं।

बिटिया घर-घर कोई-न-कोई जरूरी या गैर-जरूरी समाचार देती-लेती चकरघिन्नी बनी फिरती है सो अलग।

कभी इन आंटी को बताने जाओ कि अंकल देर से आएँगे, साथ में दो लोग और होंगे, सो खाना बनाकर रखना।

कभी उन आंटी को कि अंकल बाहर से खाकर आएँगे, सो खाना बनाकर न रखना।

कभी इन भैया को बुलाकर लाओ, कभी उस दीदी को।

वे यहाँ हँसी-ठट्ठा करते हैं, घंटों फोन से चिपके रहते हैं।

जब भी फोन आता है, यही सुनने को मिलता है कि जरा बुला दीजिए, अरजेंट बात करनी है।

अरजेंट बातें क्या इतनी लंबी होती हैं ? मैं क्या समझती नहीं !

सब समझती हूँ, पर चुप रहती हूँ।

उधर वे भैया या दीदी भोला-सा मुँह बनाकर, आंटी जी नमस्ते कहने के साथ ही फुनियाने में खो जाते हैं।

मन-ही-मन यह भी सोचते होंगे कि खूब बेवकूफ बनाया।

अपनी बिटिया तक यही सोचती है कि अम्मा क्या जाने मैंने किससे, क्या बात की। फोन पर घंटों चटर-पटर करती रहती है।

यह न सुनना पड़े कि फालतू बातों में वक्त जाया न करो, इसलिए बीच-बीच में एकाध बात कोर्स की करने लगती है। जब उसके आस-पास से गुजरो, तब बातचीत का यही विषय हो जाता है।

हिसाब लगाओ तो पता चले कि फोन ने क्या-कुछ नहीं छीना।

देवर, भतीजे लंबी-लंबी चिट्ठियाँ लिखते थे, अब आधी रात को दो बातें करके फोन रख देते हैं।

खूब समझती हूँ मैं। आधी रात को किराया कम लगता है न।

कितना भी कम लगे, अंतर्देशीय की कीमत से ज्यादा तब भी होता है। फिर पब्लिक बूथ से बहुत निजी बातें हो भी कहाँ पाती हैं।

घर में फोन क्या लगा, अविनाश को तो जैसे जब चाहे देर से आने की छूट ही मिल गई।

फोन घुमाया और कह दिया, देर हो जाएगी।

यह सूचना थोड़ी बेफिक्री भले ही दे जाती हो, इंतजार का दंश तो फिर भी झेलना पड़ता है।

फोन न होता तो बिटिया को वह समाचार न मिला होता, जो वह पचा गई है। तब जो भी समाचार मिलता, इनके आने पर मिलता।

बिटिया के पास ऐसी खबर है जिससे मैं अनजान हूँ।

वह सुखद है या दुखद, इस अहसास के चलते जो बेचैनी, चिंता बनी हुई है, उसकी नौबत तो न आती।

कहते हैं विज्ञान ने सबको आत्मनिर्भर बना दिया है।

सूचना के लिहाज से दुनिया एक गाँव जैसी हो गई है।

हुँह!

यहाँ तो एक खबर जानने के लिए बिटिया का मुँह जोहना पड़ रहा है!

अम्मा इधर फोनावलोकन में तल्लीन थीं, उधर बिटिया हाथ में तौलिया लिए मुँह पोंछती-सी बाथरूम से बाहर आई।

अम्मा को उसी मुद्रा में पाया कि चेहरे पर स्मित रेखा खिंच आई। मन-ही-मन तय किया कि अम्मा को और सताना ठीक नहीं। कहीं ऐसा न हो, इस बीच उस मैडम ने पापा को सूचना दे दी हो और पापा फोन करके अम्मा को बतानेवाले हों।

"ओ अम्मा!" बिटिया ने अम्मा को बाँहों में भर लिया।

अम्मा ने व्यस्तता ओढ़ी, "क्या करती हो बिटिया। हटो भी, खाना तो परोसने दो।"

बिटिया ने अम्मा के चेहरे की ओर निहारा, "ओ अम्मा! इस समय मेरे पास तुम्हें सुनाने के लिए एक बहुत-बहुत बड़ी खबर है।"

अम्मा ने उमड़ आई खुशी को जबरन रोकना चाहा, फिर भी चेहरे पर मृदु मुसकान तिर ही आई।

ठीक तभी बिटिया ने 'खुल जा सिमसिम' की तर्ज पर अली बाबा का खजाना खोल ही तो दिया।

"पापा को तीन इनाम मिलेंगे। तीन! एक लाख का बीमा। आप और पापा को तीन दिन, दो रातें किसी और देश के शानदार होटल में बिताने का मौका और एक सरप्राइज गिफ्ट आइटम!"

"क्यों भला! ऐसा क्या कर दिया तेरे पापा ने?"

"पता नहीं, पर पापा हैं महान्। आखिर पापा किसके हैं!"

बिटिया ने अपनी पीठ थपथपाई, फिर अम्मा से चुहल की, "और पति भी तो किसके हैं! है कि नहीं!"

अम्मा भी चहकीं, "सो तो है। पर बिटिया रानी, फोन किसका था? पापा ने तो कभी किसी इनामी कारनामे का जिक्र किया नहीं।"

बिटिया अपनी असावधानी पर थोड़ी मायूस हो आई।

"मैंने नाम तो नहीं पूछा। वैसे वे कह रही थीं कि इससे ज्यादा डिटेल में पापा को ही बताएँगी। हो सकता है बता भी चुकी हों। मैं पापा को फोन करती हूँ।"

असमंजस में खड़ी अम्मा को अपनी बाँहों के घेरे से मुक्त करती हुई बिटिया फोन की तरफ लपकी।

अम्मा ने रोका, "रहने दे। तेरे पापा अभी अपने दफ्तर में नहीं होंगे। घंटा-भर पहले उनका फोन आया था। अखबार में किताबों की खरीद का टेंडर आया है। वही भरने गए होंगे। वहाँ का काम पूरा होते ही प्रेमाश्रयी के दफ्तर जाएँगे।"

तभी फोन फिर घनघनाया।

अम्मा के हाथों से मुक्त हो बिटिया ने लपककर फोन उठाया।

"यह 2626262 है?" वही महिला स्वर था।

आवाज पहचानते ही बिटिया का चेहरा खिल गया।

"हाँ मैडम! पर सबसे पहले आप अपना नाम बताइए।"

"नहीं बताया तो क्या होगा?"

अपनी मुसकान पर बरबस काबू पाते हुए बिटिया ने जवाब दिया, "क्या कहा, कुछ सुनाई नहीं दे रहा।"

"मेरा नाम! आ…"

बिटिया के इरादे भाँपते ही दूसरे छोर ने उसका कहा मान लेने के इरादे जताए और पूरा जवाब पहुँचाने से पहले इरादा फिर बदला।

"पहले आप अपना नाम बताइए।"

बिटिया ने भी हथियार डाले या स्वार्थवश सहयोग का हाथ बढ़ाया, "सौम्या। और आपका?"

''बहुत अच्छा नाम है आपका।''

''सो तो है, धन्यवाद। पर आपका नाम··· ?'' सौम्या ने दोहराया।

''कल्पना।''

''मिस या···'' सौम्या अनवरत जारी रही।

''मिस।'' कल्पना ने फिलिंग दि ब्लैंक्स पूरा किया।

''नाम बताने के लिए धन्यवाद, दीदी। नाम तो आपका भी बहुत प्यारा है।''

''सो तो है, धन्यवाद।'' कल्पना ने प्रत्युत्तर लौटाया।

''पर हाँ, आपने जो नंबर दिया था, वहाँ तो आपके पापा नहीं मिले। जितनी बार भी फोन मिलाया, घंटी बजती रही, किसी ने उठाया ही नहीं।''

''यह तो होना ही था। आपका फोन आने के बाद अम्मा ने बताया कि पापा दफ्तर के काम से कहीं गए हैं। वहाँ से वापस दफ्तर नहीं जाएँगे बल्कि कहीं और जाएँगे और शायद वहीं से घर लौटेंगे।''

''आप हमें वहाँ का नंबर बताएँगी?'' कल्पना ने अनुनय की।

''हाँ हाँ, क्यों नहीं। लिखिए।''

और बिटिया ने झटपट प्रेमाश्रयी का नंबर लिखवा दिया।

''मैं इस नंबर पर बात करने की कोशिश करती हूँ। इस बीच आपके पास फोन आए तो कहना, हमें फोन कर लें। आपने नंबर तो लिख लिए थे न! वैसे बड़े सरल नंबर हैं हमारे।'' कल्पना हँसी।

''नंबर तो दीदी हमारा भी कम सरल नहीं है।''

सौम्या ने याद दिलाया।

''अरे हाँ, 2626262 भी तो खासा सरल ही है।''

कल्पना ने हामी भरी।

''और इसमें एक रिद्म भी है न!''

सौम्या ने अपने नंबर की खासियत को विस्तार दिया।

''हाँ, ठीक हमारे नंबरों जैसी।'' कल्पना खिलखिलाई।

''वैसे दीदी, आपको ऐतराज न हो तो मुझे डिटेल में बता दें, मैं पापा को ब्रीफ कर दूँगी।'' सौम्या ने कल्पना को फुसलाया।

''नहीं, नहीं। इसमें कैसा ऐतराज। दरअसल, प्रगति मैदान में लगे मेलों में जिन लोगों ने कुछ भी खरीदारी की थी, उनके कैशमीमो नंबरों को बेस बनाकर हमारी कंपनी ने लकी ड्रॉ निकाला है। उसमें आपके पापा के नाम पर तीन इनाम निकले। इनाम क्या हैं, यह मैं पहले बता ही चुकी हूँ।

''आपके मम्मी-पापा को ये इनाम लेने के लिए हमारे बताए पते पर आना

पड़ेगा। हमारे एमडी और कुछ मेहमानों के साथ लंच लेना होगा। कुछ बातचीत होगी। बीमा फार्म भरा जाएगा। गिफ्ट आइटम सौंपा जाएगा। फिर अगले हफ्ते किसी भी दिन विदेश यात्रा पर रवाना कर दिया जाएगा।

''मैं आपके पापा को ट्रेस करने की कोशिश जारी रखूँगी। उन्हें यह सब बताना और वे कब हमारे एमडी के साथ लंच लेने आ सकते हैं, यह पता लगाना मेरी जिम्मेदारी है। यदि आप भी…''

''हाँ-हाँ, क्यों नहीं। मैं भी पापा की खोज में जुटती हूँ।''

''तो ठीक है सौम्या, फिर कभी ढेर सारी बातें करूँगी। तुमसे बातें करके बहुत अच्छा लगा।''

''मुझे भी दीदी।''

सौम्या ने फोन को यथास्थान रखा। दोनों बाँहें फैलाकर लंबी उसाँस भरी और अम्मा को यह सब तुरंत बताने के लिए उनकी तलाश में नजर दौड़ाई।

जहाँ तक नजर गई, अम्मा नजर की जद में नहीं आईं। आतीं भी कैसे? वे तो बिटिया के पीछे सटी-सी खड़ी थीं, गोया वहाँ खड़े रहने भर से सब सुनाई दे रहा हो।

बिटिया ने कुछ देर अम्मा की इस दशा का आनंद उठाया और उसके बाद जो भी कल्पना से पता लगा था, सब कह सुनाया।

अम्मा की आँखों में विस्मय-विमुग्धता तिर आई।

अम्मा का यह हाल देख बिटिया चहकी, ''तो अम्मा! अगले हफ्ते तो ठीक इसी समय किसी देश के किसी शहर में सैर-सपाटा और किसी शानदार होटल में रहना-सहना हो रहा होगा!''

''फिर वही!'' अम्मा ने खुशी को बरबस जज्ब करना चाहा, पर नाकाम रहीं और खुशी उनको धता बताती आँखों, गालों, कानों यानी अम्मा के सर्वांग को सराबोर कर, पूरे कमरे में भी छितर गई।

अम्मा मन-मगन हुईं कि बिटिया ने नई भूमिका बाँधी, ''मैं प्रेमाश्रयी में फोन करके देखती हूँ। शायद पापा वहाँ आ गए हों।''

अम्मा ने रोका, ''अरी छोड़ न! पापा आखिर घर ही तो आएँगे न। यहाँ कौन सा हवाई जहाज छूटा जा रहा है।''

अम्मा की पकड़ से खुद को बचाती बिटिया चहकी, ''अरे वाह अम्मा! तुम तो अभी से हवाई अड्डे पहुँच गईं।''

''धत्!'' अम्मा को अहसास हुआ, कहावत तो उलटी पड़ी।

तब तक बिटिया फोन मिला चुकी थी।

"कहो!"

"अंकल नमस्ते, मैं…"

"मैं कौन, सौम्या?"

"हाँ अंकल!"

"आस-पास अम्मा हैं तुम्हारी?"

"जी, अंकल।"

"जरा फोन तो दो उन्हें।"

"अच्छा!"

फोन के चोगे पर हाथ रखकर, अम्मा की ओर बढ़ाते हुए बिटिया ने कहा, "अंकल आपसे बात करना चाहते हैं।"

'तो…' अम्मा ने कुछ सोचा, गुना और फोन थाम लिया।

"भाई साहब नमस्कार!"

"नमस्ते, भाभी जी!"

"आपकी तरफ बहू-बेटी को यही संबोधन देते हैं?"

अम्मा रूसीं।

"अरे, आप तो बुरा मान गईं। आखिर आप ही बताइए, इसमें गलत क्या है? आप जानती तो हैं कि अविनाश जी ठहरे हमारे दीर्घ भ्राताश्री। हम तो उन्हें इसी रूप में देखते हैं। यही कहकर पुकारते हैं। इस नाते आप…

"हा…हा…हा…हा!

"खैर, वह सब जाने दीजिए। फिलहाल तो यह खुलासा कीजिए कि आपने दीर्घ जी को इतनी खुली छूट दी हुई है क्या?"

"कैसी छूट? वैसे वे बँधे ही कब थे?"

अम्मा ने प्रतिप्रश्न किया।

"यही, कुछ भी पा लेने की। किसी से भी। किसी को भी।"

"मेरी तरफ से तो उन्हें सब तरह की छूट है। फिर जो बिना प्रयास किए मिल जाए…"

उधर भी खबर मिल ही चुकी है, यही सोचकर अम्मा ने अपना वाक्य पूरा नहीं किया।

"हाँ। तभी दीर्घ जी इतना उड़ रहे हैं। अभी एक कन्या का फोन आया था। दीर्घ जी से बतियाना चाहती थी। उस मधुरकंठी से हमने पूछा, आपको कैसे पता

चला कि अविनाश जी यहाँ मिलते हैं ? तो बोली, उनके घर से बताया गया है।

''यानी आपकी सहमति···कहीं आप दीर्घ जी की भोली सूरत के भरोसे बेफिक्र तो नहीं हैं ?''

''आपने बिलकुल सही कहा भाई साहब, भरोसा तो मुझे अकेली उस भोली सूरत का ही है।''

''तब तो जरूर···हा···हा···हा···हा! दीर्घ जी की किस्मत भी खूब है। है न! इस बारे में आप क्या सोचती हैं ?''

''सो तो है।''

''पर इतनी ढील भी ठीक नहीं।''

''चलिए अब नहीं दूँगी। कह दूँगी, दफ्तर से सीधे घर आया करो। कुसंगत न किया करो।''

''हा···हा···हा···हा! यानी दीर्घ जी ने हमारे खिलाफ आपके कान भी भरे हुए हैं। औरों के भरे हैं यह तो खबर है, पर मेरा अंदाजा था कि आपके आगे तो तारीफ के पुल बाँधते होंगे, वरना आप यहाँ क्यों आने देतीं।''

''आपकी तो तारीफ ही करते हैं भाई साहब। वे न भी करते तो भी मैं जानती और मानती हूँ कि आप हैं ही तारीफ के काबिल। पर आपकी वह निगोड़ी संध्यासखी···''

''लो, कर लो बात! यानी वह केवल मेरी संध्यासखी है! और आपके अविनाश जी और हमारे दीर्घ जी की तो यकीनन वह वैरन ही ठहरी। है न! और विनाशक जी यहाँ जो साँझ ढले आ टपकते हैं, वह सखी समागम के लिए नहीं, वैरन से वैर भाँजने आते होंगे। बहुत खूब, बहुत खूब।''

''बैठे हैं क्या सामने ?'' अम्मा ने मतलब की बात पूछी।

''अभी तो नहीं। बैठे होते तो मैं आपके साथ इतना चुगलयाता कैसे! वह तो उस कन्या के फोन ने मुझे चक्कर में डाल दिया। सो मैंने आपको सावधान करना अपना फर्ज समझा।''

''आप हमारे अग्रज हैं। आप सावधान नहीं करेंगे तो कौन करेगा! पर आप तो जानते हैं, अविनाश पर इतनी जल्दी किसी संगत का असर नहीं पड़ता।

''वैसे जिस तरफ आपने इशारा किया है और आपका अंदाजा सही हुआ तो मुझे नहीं आपको सावधानी बरतने की जरूरत है। आपके रहते कोई और उस इलाके में सेंध लगा जाए यह तो···मैंने सही कहा न भाई साहब ?''

''अरे वाह! आज तो आपने तबीयत नासाज कर दी। खैर, सत्यानाशी जी

आएँ तो, आएँगे ही। यहाँ तो लोग कई किस्म के बहाने बनाकर आते हैं, दीर्घ जी ने तो जब डंके की चोट पर अपनी सखियों तक यह खबर पहुँचाई हुई है कि आज वे यहाँ अवतरित होंगे, तो जरूर ही आएँगे। कुछ कहना है क्या? यानी कोई आदेश? निर्देश? लानत-मलामत की पूर्व सूचना?''

''वह सब आपको क्यों बताऊँ? हम मियाँ-बीवी के बीच आप काजी जी का क्या काम? इतना भर कह दीजिएगा कि आपकी सखी और अपनी वैरन को आज भर वैर-प्रीत का मौका कम ही दें। समय से घर पहुँचें। बिटिया को उनका इंतजार बना हुआ है।''

फोन रखकर अम्मा ने बिटिया को सूचना दी, ''तेरे पापा अभी प्रेमाश्रयी के दफ्तर नहीं पहुँचे।''

''आज तो अम्मा, तुमने अंकल जी से अगली-पिछली तमाम छेड़छाड़ की कसर निकाल ली। और क्यों न निकालतीं, आखिर अम्मा को बहुत जल्द इंटरनेशनल फ्लाइट पकड़कर फुर्र से उड़ जो जाना है।''

बिटिया ने अम्मा को खुश किया कि खुद को, खबर नहीं।

''अम्मा, तुम और पापा तो मुफ्त में जाओगे, मुझे अपने खर्चे से ले चलना।''

अंतत: बिटिया ने अपनी प्रारंभिक शर्त या अपेक्षा प्रस्तुत कर ही दी।

□

: दो :

प्रेमाश्रयी के दफ्तर में कदम रखते ही राजकर जी ने अविनाश का स्वागत किया, "आइए, आइए, दीर्घ भ्राताश्री।" अंतरंग मित्र मंडली के बीच राजकर जी अविनाश को दीर्घ भ्राताश्री और उसके अभिन्न मित्र सुलभ को लघु भ्राताश्री संबोधन देते हैं।

जब कभी यह अविनाश दास राजकर जी की आलोचना कर गुजरता है तब संबोधन हो जाता है 'विनाशक दास' और जब वे अविनाश की किसी उपलब्धि या स्थापना के प्रति असहमति दर्ज करा रहे होते हैं, तब 'सत्यानाश दास' संबोधन से काम चलाते हैं।

अविनाश ने राजकर जी को प्रणाम किया। संजय और सुलभ से हाथ मिलाया और तीसरी खाली कुरसी पर बैठ गया।

फिर उसे गौर से देखने पर ही पकड़ में आ सकनेवाली मुसकान के साथ, राजकर जी की तरफ अपनी डेढ़ आँख उठाई, गोया कहना चाहता हो, अब बताइए कि मेरे स्वागत के लिए इतने आतुर क्यों थे?

अविनाश की मुसकान पकड़ में आई कि राजकर जी बिदके, "ठीक है, ठीक है, जब तक यहाँ हो, हँस लो। मुसकुरा लो। यह तय है कि आज घर पहुँचते ही यह मुसकान तुम्हारा साथ छोड़ जाएगी।"

फिर संजय और सुलभ को किसी रहस्य में शामिल करते हुए बोले, "अविनाश जी इन दिनों गोपियों के लिए वाकई अविनाशी हुए जा रहे हैं। सखी-सहेलियाँ बेधड़क घर में फोन करती हैं। वहाँ से नंबर लेकर यहाँ फोन करती हैं! तो मित्रो, देखा तुमने, देखा! कितने साहसी हो आए हैं दीर्घ जी। साला प्रेम का दूसरा नाम ही दुस्साहस है। यह हद दर्जे के डरपोक को भी महाबली बना देता है। फिर भी, दीर्घ जी, वह कौन थी?"

इतना ताना-बाना बुनने के बाद राजकर जी उसमें उलझने के लिए उसे क्यों

न्योत रहे हैं, यह अविनाश की समझ से परे था। सो उनका ज्ञानवर्धन न करके प्रतिप्रश्न लौटाया, ''कौन, कौन थी? मैं कुछ समझा नहीं।''

संजय ने खुलासा किया, ''अरे यार! वही, जिसने इनसे नहीं, तुमसे बात करनी चाही।''

सुलभ ने थोड़ा और खुलासा किया, ''और यह राजकर जी को नागवार गुजरना ही था, सो गुजरा भी।''

''वही तो!'' संजय ने सुलभ की दलील को बल दिया, ''यह ठीक है कि इन्होंने दीर्घ जी को यहाँ उठने-बैठने की इजाजत दी हुई है; इसका मतलब यह थोड़ेई है कि दीर्घ जी इन्हीं की फील्ड में सेंध लगाने लगें! आखिर सहेलियाँ बनाने का कॉपीराइट तो राजकर जी के पास है न। वह भी कुछ संस्करण वाला नहीं, वैसा वाला, जिसे कहते हैं सर्वाधिकार सुरक्षित।''

''और जो कोई इस अधिकार का हनन करेगा, उसे सबक सिखाने के लिए तुम हो ही।''

बिना यह जाने कि माजरा क्या है, किसके पक्ष में या खिलाफ जा रहा है, अविनाश ने संजय की दलील पर और वजन रखा।

''आखिर इसी दिन के लिए तो तुम्हें यहाँ...मेरा मतलब है तुम कॉपीराइट के एक्सपर्ट ठहरे।''

सुलभ ने आदतन खुद को कटु सत्य कहने से रोका और संजय के खिलाफ जाते-न-जाते उसी के पक्ष में जा लुढ़का।

राजकर जी ने मेज थपथपाकर संकेत दिया कि अब कोई और नहीं, वे ही बोलेंगे। फिर हथेलियों को कुछ इस तरह मसलते हुए, जैसे दोषी का मर्दन कर रहे हों, पूछा, ''तो पंचो, अब दीर्घ जी से क्या दंड वसूला जाए?''

सुलभ ने राजकर जी को उकसाया, ''आप भी रहस्य पर रहस्य बढ़ाए जा रहे हैं। पहले कुछ खुलासा तो कीजिए।''

संजय ने भी राजकर जी के लिए फिर उसी प्रसंग पर लौट आने का अवसर जुटाया, ''और क्या! ऐसे थोड़ेई न होता है। पहले मुकदमा तो पेश होने दो। सजा तो बता ही देंगे।''

राजकर जी ने अविनाश को घेरा, ''कहिए दीर्घ जी! बता दें इन नामाकूलों को?''

अविनाश ने पल्ला झाड़ा, ''इस प्रसंग से मेरा क्या लेना-देना! आप खामखाह मुझे घेर रहे हैं। जो इच्छा हो, सो करें। मेरे सामने तो प्रसंग शुरू हुआ नहीं है,

इसलिए मुझे तो यह पता ही नहीं है कि यहाँ मुद्दई कौन है और गवाह कौन?''

''यह बात है, तो सुनो!''

राजकर जी ने अपनी आसनी को फिर से व्यवस्थित किया। अभी तक कुरसी पर आराम की जिस मुद्रा में विराजे हुए थे, उसे त्यागा। मेज की पुस्त से सटे। चेहरा इन तीनों के इतने करीब ले आए, गोया वैसी कोई बात बताने जा रहे हों, जो कानोंकान फुसफुसाने की श्रेणी में आती हो। दोनों हाथों से चेहरे को दोनों तरफ से ओट दे ली, गोया देख लिए जाने से बचना चाहते हों।

''अभी घंटाक भर पहले किन्हीं मिठभाषी का फोन आया था। वे अविनाश जी से बतियाना चाहती थीं। आवाज बहुत मधुर लेकिन नितांत अनजानी थी।''

''यहाँ कैसे और क्यों आया?'' संजय ने जिरह की।

राजकर जी ने हिदायत दी, ''सुनो तो। जिरह की फिलहाल जरूरत ही नहीं। हाँ, दीर्घ जी खुलासा नहीं करेंगे तब जिरह के कई मौके मिलेंगे। अभी तो गवाह का बयान सुनो, जो अपने हिस्से का सच बता ही रहा है।''

''हाँ भई संजय, तुम बेवजह बीच में बोलकर राजकर जी का जायका मत बिगाड़ो। देखो तो बयान बीच में रुकने से कैसी हालत हो गई है! तुम्हारा कुछ भी बोलने का अर्थ होगा रंग में भंग…''

इससे पहले कि सुलभ का वाक्य पूरा हो, राजकर जी मेज पर थपकी देते हुए बोले, ''बहुत अच्छे। अभी गिलास भी नहीं सजे और लघु जी बहकने लगे! फिर तो आज हम तीनों की खैर नहीं।''

''मतलब आज तीसरे पैग के बाद लघु जी गीत या ग़ज़ल नहीं गाएँगे, प्रेम-प्रसंगों का ऑडियो कैसेट बजाएँगे?''

''लो, दीर्घ जी भी शुरू हुए!'' राजकर जी ने कहा और उसी के साथ कमरे में सामूहिक ठहाका गूँजा।

ठहाका थमते ही राजकर जी ने बयान आगे बढ़ाया, ''खैर, तो उन मोहतरमा से हमने पूछा कि आपको यह खबर कहाँ से मिली कि अविनाश जी यहाँ मिलते हैं! न तो यह उनका घर, न दफ्तर। फिर यह भी मैं यकीन के साथ कह सकता हूँ कि आपकी आवाज भी इससे पहले कभी सुनी हुई नहीं लगती।''

यकायक संजय ने मेज पर थाप दी।

राजकर जी को अपना बयान रोक देना पड़ा।

''वरना सुनते ही आपने तो उनकी पूरी कुंडली बाँच दी होती। साहित्य की दुनिया में किनसे बचकर रहना, इस बारे में आगाह कर दिया होता। केवल आप

ही उसके प्रेरक और संरक्षक होने योग्य हैं, यह भी मनवा लिया होता।''

इससे पहले कि राजकर जी खुद या लघु और दीर्घ भ्राताश्री में से कोई राजकर जी की हिदायत याद दिलाता, वह अपनी थाप का खुलासा पूरा कर गया।

संजय की टीप ने राजकर जी को दुचित्ता कर दिया। यह विचारने पर मजबूर कर दिया कि इसे हँसी-हँसी में केवल हँसने के लिए गढ़ा गया आरोप मानते हुए हँसी में ही उड़ा दिया जाए या आरोप की गंभीरता को देखते हुए इसे पूरी गंभीरता से लिया जाए और अपनी सफाई में सारगर्भित वक्तव्य दिया जाए!

वे किसी नतीजे पर पहुँचे भी न थे कि दीर्घ जी उवाचे, ''सो तो है। आखिर कन्याओं की आवाज, उनकी गंध ही याद न रहे तो प्रेमाश्रयी निकालने का लाभ क्या? यह कोई मर्द का मामला तो है नहीं कि भले ही वह नामाकूल इस चौखट तक आते-आते एड़ियाँ घिस चुका हो। जब नया जूता पहनकर आए तो राजकर जी के उन्हीं सवालों से सामना हो—आप कौन? कहाँ से आए हैं? यहाँ का पता किसने दिया? वार्षिक चंदा देना है क्या? वहाँ रोड़ा जी से मिलिए। क्यों भई संजय, मैं ठीक कह रहा हूँ न?''

संजय ने सहमति जताई, ''सो तो है।''

''यदि ऐसा ही है,'' दोनों को मौन रहने का संकेत देते हुए राजकर जी रूसे, ''तब तो दीर्घ जी का अपराध दोहरा ठहरता है। पहला तो यह कि एक वामा से संबंध जोड़ा, जो तुम लोगों के दिमागी फितूर के मुताबिक सिर्फ मेरा कर्मक्षेत्र है। दूसरा यह कि उस सुवामा को सशरीर यहाँ न बुलाकर हमें सिर्फ उसकी आवाज सुनवाई।''

''तिस पर तुर्रा यह कि आवाज भी ससुरी मधुर!''

संजय ने राजकर जी का रंज पूरा किया।

''तुम्हें कैसे पता चला?'' राजकर जी चौंके, ''यानी इस सुख से अब तक वंचितों में मेरे अलावा कोई नहीं है?''

''लो, आप तो कहाँ से कहाँ सोचने लगे। मैं तो आप ही को कोट कर रहा था। जरा याद कीजिए, इस अविनाश के आते ही आपने नहीं बताया था कि उसकी आवाज बड़ी मीठी थी।''

संजय ने केवल याद दिलाया कि उन्हें निराश होने से बचाया, वे ही जानें।

''और न बताया होता तब भी जाहिर है वह मधुकंठी ही रही होगी। हो सकता है सुमुखी भी हो, वरना राजकर जी को वह याद क्यों रहती? और क्यों इतनी उत्कंठा से उसका जिक्र छेड़ते।''

सुलभ ने उस कोकिला में एक और मनभावन संभावना जोड़ी।

''और क्या। आखिर स्त्री विशेषज्ञ एवैंई थोड़ेई हैं।''

संजय ने सत्यापित करते हुए मुहर लगाई।

''तो,'' राजकर जी ने दोनों की दलील का खंडन-मंडन न करके आपबीती आगे बढ़ाई, ''जैसे ही हमने फोन उठाया, उधर से पूछा गया—अविनाश जी से बात हो सकती है?''

''आप तो फिर से शुरू हो गए, हाँ नीं तो।'' संजय बमका।

''यार संजय, लगता है तुम अपने पेशे से मजबूर हो। बेवजह जिरह पर उतरने को उतावले हो रहे हो। अरे भाई, पूरा किस्सा सुनाए बिना राजकर जी को चैन कहाँ। फिर पूरा बयान सुने बिना दंड भी तो तय नहीं हो सकता। मैं तो कहता हूँ भाई साहब, किसी के उकसाने पर भी आप तब तक अपना संयम न खोना जब तक पूरी घटना शब्द-दर-शब्द बयान न कर लो।''

सुलभ ने एक ही वाक्य में दोनों को शांत और विश्रांत किया।

''अब जब तक मैं बात पूरी न कर लूँ, कोई भी बीच में न बोले, यह जिम्मेदारी तुम्हारी रही, लघु जी।''

सुलभ को जिम्मेदारी सौंपने के साथ ही राजकर जी ने फिर पहलू बदला। हाथों को कोहनी के बल मेज पर टिकाया। हथेलियों के बीच सिरोभाग दबाया, ताकि घटना की कड़ियाँ फिसलने न पाएँ।

सब यथास्थान है, यह भरोसा हो जाने पर हथेलियों को वहाँ से हटा आपस में चाँपा, गोया घटना का कोई अंश बारी से पहले गिरने को हो।

जब तसल्ली हो गई कि अब सिवा वाणी के कहीं से कुछ न फिसलेगा, न गिरेगा, न खिरेगा, तब पूरी तल्लीनता से बोले, ''उसने न मेरा नाम पूछा, न हालचाल पूछा। न पत्रिका के बारे में कोई जानकारी चाही। न नमस्कार, न चमत्कार। उसकी दशा अर्जुन समान थी, वही मछली की आँख सम अपने दीर्घ जी पर एकाग्र। और आवाज! तबीयत तो हुई, कह दूँ—हाँ बोलिए, मैं अविनाश बोल रहा हूँ। हा··हा, हा··हा। फिर मैंने सोचा, वह दीर्घ जी की आवाज पहचानती हुई तो?''

''आपने यह कैसे सोच लिया?''

संजय ने फिर वकालत फैलाई।

सुलभ ने संजय की नकेल कसी, ''फिर वही! यार औरों का भी कुछ खयाल करो। मेरा मतलब है, जरा दीर्घ जी की तरफ भी तो तवज्जो दो। देखो तो कितने बेचैन हैं सबकुछ जानने को!''

हा…हा…हा…हा!

एक सामूहिक ठहाके से कमरा फिर गुंजायमान हो गया।

ठहाका थमते ही अविनाश ने चेहरे पर हें-हें नुमा भाव आरोपित किया और सचमुच हें-हें करने लगा, "मित्रो, अपन को अपन के बारे में कोई मुगालता नहीं है। होने का कोई कारण भी नहीं है। अपन को अपन की असलियत का अहसास है। रहा सवाल राजकर जी का, सो इनके पास तो न जाने कितनी मत्स्यगंधाओं की ताजातरीन खबरें रहती हैं सुंघाने-सुनाने को।"

"बहुत खूब! खूब नाम दिया भाई।" संजय ने दाद दी।

"संपादकाचार्य ने मछली की आँख फुड़वाई तो इनके विनाशक जी पूरी की पूरी मत्स्यगंधा ही उठा लाए।"

इससे पहले कि राजकर जी फिर से अनवरत जारी हों, अविनाश ने पूछा, "तरल-गरल किस्साबयानी के बाद ही अवतरित होगा या दाऊ से कह दिया जाए दुकान तक दौड़ लगा आओ।"

"हाँ भई, हम लोग उसे तो भूल ही गए थे।"

सुलभ ने समर्थन किया।

"यानी अर्जुन-दशा इधर भी है। इनकी आँख भी मछली की आँख पर ही…"

"हाँ तो वकील की दुम, मछली की आँख बाद में फोड़ना, पहले इस काम को निबटा लें।"

राजकर जी ने प्रसंग बदला, "लाओ चालीस-चालीस!"

"चालीस क्यों?" अविनाश ने रायता फैलाया।

राजकर जी ने तुरंत समेटा, "ओहो, आप कुछ और फितूर दिमाग में लाकर अपना ध्यान भंग मत कीजिए दीर्घ जी।"

"ये लो! दीर्घ जी की ध्यान मुद्रा का लाभ उठाकर तो राजकर जी ने चालीस कहे थे, पर…"

"पर भइए, अपणा दीर्घ जी बांणियाँ का पूत है।"

संजय ने सुलभ का वाक्य पूरा किया।

तीनों ने पचास-पचास के नोट निकालकर मेज पर रख दिए।

राजकर जी ने तीनों नोट अपने कब्जे में लेते ही आवाज लगाई, "बलराम दाऊ, सामान तो सजाओ।"

फिर बटुए से दस-दस के तीन नोट निकालकर तीनों को थमाते हुए बताने लगे, "जब पता चला कि तुम लोग आ रहे हो तो सामग्री मैंने मँगवा ली थी।"

"अविनाश भी आ रहा है, यह कैसे पता चला?"

संजय ने जिरह की।

राजकर जी रिसियाए, "अरे यार, तुम मुझे वही तो बताने भी नहीं दे रहे हो और जानना भी चाहते हो।"

"मैं स्वयं को इस गोष्ठी का संचालक मनोनीत कर रहा हूँ," सुलभ ने हस्तक्षेप किया, "जब तक किस्सा पूरा बयान नहीं हो जाता, कोई बीच में नहीं बोलेगा। उसके बाद भी यदि राजकर जी के दिल पर जो चोट पहुँची है, उसकी शांति के लिए दो मिनट का मौन धारण करना जरूरी हुआ तो उतनी देर के लिए यहाँ मौन की सत्ता रहेगी। फिर अध्यक्ष जी की अनुमति से मैं जिसे बोलने का आमंत्रण दूँगा, वही बोलेगा।"

"हाँ नीं तो! बहुत दिनों बाद तो इन्हें बोलने के लिए बेहद प्रिय विषय मिला है; वरना सालों से वही दलिद्दर—वही स्त्री और दलित ओढ़ना-बिछाना पड़ रहा है। इधर हम नामाकूल, जाहिल, गंवार श्रोता हैं कि··

लानत है हम पर। तो अब पंचों की राय है कि आप पूरा किस्सा सुनाकर ही दम लेना।"

संजय ने स्वयंभू संचालक सुलभ को धता बताते फैसला दिया।

"तुम क्या यह कहना चाहते हो कि राजकर जी को इस तरह के किस्सों में आनंद आता है?" सुलभ ने खुलासा चाहा।

संजय बिफरा, "इस तरह के मतलब, किस तरह के? तुम क्या समझे? और मैंने कब कहा किसी आनंद के बारे में कुछ भी। मैं तो राजकर जी की बात कर रहा हूँ। किसी आनंद के बारे में तो एक लफ्ज भी नहीं कहा। यह कोई अकेले में कही गई बात थोड़ेई है। इतने लोगों के बीच में मैंने जो कहा, तुम तो उसी को, यानी मेरे ही सामने, मुझे मिस कोट कर रहे हो।"

फिर सुलभ को असमंजस में छोड़ अविनाश को घेरा, "वैसे दीर्घ जी, थोड़ी देर के लिए मेरे या सुलभ के कहे को भूलकर आप बताइए, आपने 'इस तरह के' से क्या अर्थ ग्रहण किया?"

"इसी तरह के, मतलब स्त्रियों के।" खुलासा सुलभ ने किया।

"ना जी ना! राजकर जी को तो सीधे-सीधे स्त्री मात्र में मजा आता है। किस्से से तो यूँ समझो उनकी गैर-मौजूदगी में काम चलाना पड़ता है। ही-ही-ही-ही!" संजय चहका।

चहक ज्यों-ज्यों बढ़ती गई, ही-ही-ही-ही की आवृत्ति बढ़ती गई और स्वर महीन होता गया।

राजकर जी ने गिलास पटका, "देखो, तुम बहक रहे हो।"

''मैं, और बहक रहा हूँ, असंभव! सवाल ही पैदा नहीं होता।''

''खैर, इसी बहक पर एक बात याद आई।''

राजकर जी ने संजय की बहक का प्रमाण देने या फिर विषयांतर का इरादा जताया।

''ऐसा क्यों होता है कि हम लोग ऐसी बातें स्त्रियों की मौजूदगी में नहीं कर पाते? चाहे वे हमारी कितनी भी घनिष्ठ या मुँहलगी ही क्यों न हों?''

प्रसंग को नया मोड़ मिलते ही या नई बहस के लिए विषय प्रवर्तन होते ही अविनाश ने उसे विस्तार दिया, ''कर लेते हैं। बशर्ते उपस्थित स्त्री हमारी निगाह में बदरूप हो। औरतें भी उस पुरुष के सामने अश्लील बातें कर गुजरती हैं, जिसे बेहद कुरूप समझती हैं।''

''इस दलील में दम तो है।'' राजकर जी ने सहमति जताई।

इससे पहले कि राजकर जी की सहमति पर अविनाश खुशी महसूस कर पाए, लघु जी ने टीप दी, ''पहले भाग का तो पूरा समर्थन नहीं किया जा सकता, मगर पुरुषों वाला हिस्सा तो शायद दीर्घ जी का अनुभूत ही नहीं अनुभव जन्य सत्य ही है।''

लघु जी की टिप्पणी दीर्घ जी को आहत कर गई।

वे अपने में ही गुम हो गए। फिर खुद को आलोचकीय भाषा में समझाया—सुरा के सुरूर में आ चुके अनन्य पुरुष मित्र की जगह यदि किसी स्त्री ने मुझे मेरी कुरूपता का अहसास दिलाकर मर्माहत किया होता तो यकीनन अब तक मैं यहाँ से गमन कर चुका होता।

तभी राजकर जी ने अविनाश के हाथ पर हाथ रखते हुए कहा, ''यार दीर्घ जी, तुम्हारी दलील के पहले हिस्से में भी उतना ही दम है, जितना लघु जी को दूसरे हिस्से में नजर आ रहा है।''

''आखिर है किसकी!'' संजय ने भी दीर्घ जी को फुलाया, ''सो बहुमत की राय में दीर्घ जी की पूरी दलील दमदार है।''

राजकर जी से समर्थन और संजय से भाव पाकर खुद को लघु जी की टीप से उबार चुके दीर्घ जी अपनी दलील को विस्तार देने में जुटे, ''हमें फूहड़, अश्लील या अशोभन बातें करने के लिए नशाखोर पुरुष मित्रों की दरकार रहती है। चूँकि इनसे इतर बड़ों के प्रति हममें और छोटों में हमारे प्रति आदर-भाव होता है। इसीलिए उन दोनों के सामने हम मर्यादाओं को लाँघने में संकोच करते हैं, बल्कि उनकी मौजूदगी में मर्यादाओं के प्रति अतिरिक्त सावधानी भी बरतते हैं।

''ठीक इसी तरह औरतों के बारे में फूहड़ और अश्लील, अशोभन और

उत्तेजक बातें हम उसी औरत की मौजूदगी में कर पाते हैं, जिसे हम सम्मान के योग्य नहीं समझते।

''वह वेश्या, कॉलगर्ल, बाँदी भी हो सकती है और ऐसी स्त्री भी, जो इनमें से कोई भले ही न हो, मगर हमारी नजर में कुरूप हो। जिसे हम कल्पना में भी पाना न चाहते हों।

''जो स्त्रियाँ कुरूप नहीं होतीं और जिनसे हमारा ऐसा कोई रिश्ता नहीं होता, जो किन्हीं मर्यादाओं में बँधा हो, जो केवल हमारे परिचय के दायरे में आती हों, उन्हें भी पाने की चाहत हम में किसी-न-किसी स्तर पर बनी रहती है।

''इसलिए उनके सामने हम सुसंस्कृत बने रहना चाहते हैं, ताकि वे हमसे विमुख न हों। उनके सामने यह ढका-मुँदा रूप तभी उजागर करना चाहते हैं जब उनसे वह प्रतीक्षित प्राप्य वसूल रहे हों।''

अपने तर्क के पुष्टिकरण के बाद अविनाश ने यह जानने के लिए तीनों की ओर बारी-बारी से देखा कि कहीं कोई शंका या असहमति तो शेष नहीं है।

''यह तो सच है। और जब दीर्घ जी ने कहा है, तो सोलह क्या, सवा सोलह आने सच है।'' संजय ने सहमति जताई।

तभी संचालन अपने कंधों पर उठाते हुए सुलभ बोला, ''पर मैं इस बात को नहीं मानता कि राजकर जी को ऐसे किस्सों में मजा आता है। प्रेमाश्रयी के पिछले किसी अंक में एक महिला की रचना होते हुए भी अपने यही राजकर जी अनन्या के उपन्यास के अश्लील चित्रणों पर किस कदर गरजे-बरसे हैं।''

''तो! इस स्थापना से उस बरसात का क्या लेना-देना?'' संजय गुस्साया।

''यही कि राजकर जी आलोचना में लिंग-भेद नहीं करते।''

सुलभ ने स्पष्ट किया।

''पहली बात तो यह कि तुम्हें कैसे पता चला कि राजकर जी जो किस्सा सुनाने जा रहे हैं, वह अनन्या के उपन्यास के उन वर्णनों से मिलता-जुलता है, जिनकी अपने संपादकीय में इन्होंने खबर ली है।

''दूसरी बात यह कि जिन प्रसंगों के चलते इन्हें उसका उपन्यास फूहड़ लगा है न, यही राजकर जी उससे कहीं ज्यादा निर्लज्ज विवरणों से भरी किन्हीं औरों की कई रचनाओं के कसीदे काढ़ने में भी प्राणपण से जुटे हुए हैं।

''अभी भी कुछ और सुनने की तमन्ना बाकी हो तो वह भी सुन, खुद तो काढ़ ही रहे हैं, दिहाड़ी मजदूर भी लगाए हुए हैं।''

संजय अपने आरोप का वजन बढ़ानेवाले कुछ और ठोस प्रमाण याद करने को मौन हुआ कि राजकर जी ने उसे मौन ही बने रहने का संकेत दिया।

फिर उसकी तरफ सवालिया मुद्रा बनाई—"तुम साफ-साफ यही क्यों नहीं कहते कि अंग्रेजी उपन्यास में मुझे वे विवरण इसलिए नागवार गुजरे, क्योंकि वहाँ संदर्भ सवर्ण तिस पर वामपंथी पात्रों से है। हिंदी में सुपाच्य बल्कि कथा की जरूरत इसलिए लगे, क्योंकि यहाँ पात्र अवर्ण, पिछड़े और दलित हैं। सो जाहिर सी बात है कि यह तो यथार्थ चित्रण ही हुआ।"

राजकर जी के मौन होते ही अविनाश ने नया कुतूहल जगाना चाहा, "मैंने तो सुना है कि हिंदी का प्रबुद्ध और साहित्यिक पत्रकारिता जगत्, जो उस उपन्यास को पहले क्षुद्रताओं का देवता घोषित कर चुका था, अब यथार्थ का अपूर्व दस्तावेज सिद्ध करने की कसरत करने की फिराक में है!"

"क्या कह रहे हो?" सुलभ और संजय ने समवेत उच्चारा।

तभी राजकर जी यकायक अपना आसन छोड़कर उठे और ऐलानिया अंदाज में बोले, "मैं दो बातें कहकर आज की यह बैठकी समाप्त घोषित करना चाहता हूँ। पहली तो यह कि मैं अनन्या के उपन्यास को ही नहीं, उसके व्यक्तित्व को भी फिर से जाँच-परख रहा हूँ। हो सकता है, कल इसका नतीजा इस रूप में सामने आए कि मैं उसका घनघोर पक्षधर दिखाई दूँ। मुझे लगता है कि हम हिंदीवालों ने उसके बारे में अपनी 'राय' कायम करने में जल्दबाजी की है। मुझे कुछ भी लिखने से पहले उसके सरोकारों को समग्रता में देखना चाहिए था। बहरहाल, अभी किसी नतीजे पर नहीं पहुँचा हूँ, इसलिए अपनी सफाई में इसके अलावा एक शब्द भी नहीं कहना चाहता। दूसरी बात यह कि श्रीमती अविनाश का आग्रह था कि उनके श्रीमान मेरी सखी, अपनी वैरन और उनकी सौतन इस सुरा से आज जरा जल्दी पिंड छुड़ाकर घर पहुँचें। बिटिया को पिता से कोई जरूरी बात करनी है। सो सभासदो, आज के लिए इतना ही, अलविदा, शुभ रात्रि!"

राजकर जी ने अपने दोनों चश्मे, चुरुट और तंबाकू का पैकेट जेब के हवाले किया। इसी के साथ कमरे से बाहर कदम रखते हुए आवाज बुलंद की, "दाऊ, सामान गाड़ी में रखो!"

संजय, सुलभ और अविनाश के सामने भी वहाँ से उठना ही इकलौता विकल्प बचा।

उठते-उठते अविनाश ने एक और शंका जड़ दी, "सुना है, अनन्या अभी

हाल में किसी विदेशी संस्था से इनाम में मिले पचास लाख रुपए वैचारिक और साहित्यिक सरोकारों से जुड़ी हिंदी पत्रिकाओं में बाँट देना चाहती है। कहीं हिंदी के मठाधीशों को उसके बारे में राय बदलने को उसकी रचना, उसके सरोकारों की बजाय उसकी दानवीरता तो प्रेरित नहीं कर रही ?''

राजकर जी अपनी स्वाभाविक गति को धता बताते कार की तरफ बढ़ चुके थे, सो यह कहना कठिन है कि वे सुनकर भी अनसुना कर गए। अलबत्ता सुलभ, संजय की मुखमुद्रा इसी संभावना के मंडन की चुगली कर रही थी।

□

: तीन :

श्रीमती अविनाश आज बेहद खुश थीं। उनके पास इतनी खुशी की वजह भी थी। ठोस वजह। यह वजह लाया था वह टेलीफोन, जो बिटिया ने सुना था। सुना था और सविस्तार सुनाया था। उनकी खुशी और बढ़ गई होती यदि टेलीफोन खुद सुना होता।

ऐसा नहीं हो सका था, सो खुशी के आस-पास शंका का ग्रहण भी बना हुआ था। शंका ऐसी, जिसका निदान संभव नहीं था। निदान की कोशिश समूची खुशी को ग्रस भी सकती थी और तिरोहित भी कर सकती थी।

निदान जो था, वह बिटिया के पास था। निदान की खातिर उससे यह कहना कि तुमने जो सुना वह शब्दश: बयान कर दिया है न, बिटिया को नागवार होता। तब खुशी ही नहीं, खुशी का मूल संभावित यात्रा की उड़ान भी खटाई में पड़ सकती थी।

ऐसा नहीं था कि श्रीमती अचला अविनाश ने कभी यात्राएँ न की हों। ददिहाल, ननिहाल और अधिकांश रिश्तेदारियाँ भी एक ही शहर में होने से विवाह पूर्व भले ही न की हों, विवाह बाद लगभग हर साल हजारों मील लंबी यात्राओं ने इसकी भरपाई कर दी थी।

फिर भी उनकी खुशी की वजह संभावित यात्रा ही थी।

यह यात्रा अब तक की यात्राओं से भिन्न होने जा रही थी।

यह अपने लिए, अपनी सुविधा से होनेवाली थी।

अब तक की तमाम यात्राएँ ससुराल पक्ष के निमंत्रण पर, उनके सुख-समारोहों में शामिल होने के लिए की गई थीं। जाहिर है उन्हीं के द्वारा निर्धारित तिथियों में, न कि अपनी इच्छा या सुविधा होने पर।

जब भी शहर से बाहर जाना हुआ, ससुराल के समारोहों में शामिल होने के लिए। सो समारोह के आगे-पीछे अपने सैरसपाटे के लिए समय निकालना संभव नहीं हो सका।

कभी अलग से केवल अपने लिए कहीं निकलने का मन हुआ तो यह सोचकर

टाल गए कि अभी तो इतनी दूर होकर आए हैं। वहाँ से इस खबर के साथ लौटे हैं कि एक और समारोह के लिए बहुत जल्द फिर आना होगा।

इस सूरत में यानी पिछली और अगली यात्रा के अंतराल में एक और यात्रा बजट चौपट कर देगी।

श्रीमती अविनाश बेहद खुश इसलिए भी थीं कि पतिदेव चाहकर भी इस यात्रा को टाल नहीं पाएँगे।

उन्हें याद नहीं कि पति महोदय ने आगामी पखवाड़े में किसी बड़ी व्यस्तता का कोई संकेत दिया हुआ हो।

दिल्ली पुस्तक मेला पिछले महीने निबट चुका था।

बिटिया की परीक्षाएँ खासी दूर हैं और मौसम में न अब उतनी गरमी थी, न इतनी ठंडक आई है, जिसमें बाहर निकलते हिम्मत जवाब दे जाए। फिर इस यात्रा में समय भी कम लगना है और जेब पर वजन भी कम पड़ना है।

श्रीमती अविनाश रोजमर्रा के कामों में मशगूल भले हो गई थीं, सोच का एक हिस्सा लगातार भावी यात्रा की तैयारी में जुटा हुआ था।

सफर में क्या-क्या ले जाना होगा?

घर किसके भरोसे छोड़ना होगा?

जहाज में खाने की चीजें ले जाने की मनाही तो नहीं होगी?

इस आशंका ने उन्हें गहरी दुविधा में डाल दिया। इतनी गहरी कि यात्रा पर जाने की खुशी तिरोहित होने को हुई।

कोई और कहे तो श्रीमती अविनाश भले ही नकार दें, अपने तईं इस सच्चाई से वाकिफ हैं ही कि जहाँ तक खानपान का ताल्लुक है, उन्हें अपने हाथों पका भोजन और घर का पानी ही रुचता है।

इसीलिए हर यात्रा के दौरान कोशिश रहती है कि एक तरफ के सफर का खाना घर से बनाकर ले जाया जाए और पानी भी भरकर रख लिया जाए। फिर भले ही आधा सफर ठंडे खाने और गरम हो चुके पानी से पेट भरकर क्यों न काटना पड़े।

उनकी निगाह में कहीं के भी छप्पन भोग से ज्यादा स्वादिष्ट, पाचक ठहरता है अपने हाथों बना वही बासा-तिबासा भोजन।

इस दुविधा ने भावी यात्रा सूची पर अर्धविराम लगा दिया।

इसके बाद जब तक पतिदेव घर नहीं आ गए, वे आहार-जल की दुविधा का माकूल हल तलाशती रहीं।

पतिदेव के आने तक भी इससे मुक्ति का कोई मध्यम मार्ग मिला या नहीं, कहना कठिन है।

□

"ओ पापा! तुसी तो ग्रेट हो।" घर में कदम रखते ही बिटिया पिता के कंधों पर झूल ही तो गई। उससे खुशी सँभाले नहीं सँभल रही थी। उधर अविनाश हैरान कि यह हो क्या रहा है!

अपने जानते तो उसने बिटिया से किया ऐसा एक भी वायदा पूरा नहीं किया था, जो चिरप्रतीक्षित रहा हो। कोई ऐसी चीज भी लाकर नहीं दी थी, जिसकी अभी माँग भी न रखी गई हो। सच तो यह था कि टेपरिकॉर्डर ठीक करवा देने और पिकनिक पर ले जाने की फरमाइशें आज भी उस पर उधार थीं।

अविनाश ने पत्नी की तरफ देखा। यह आभास पाने के लिए देखा कि तुम इसे कौन-सी माँग पूरी करने का वचन दे चुकी हो! वह भी इस बहाने के साथ कि ऐसा करने को पापा कह गए थे।

मगर यह क्या! पत्नी के चेहरे पर तो बिटिया से कहीं ज्यादा खुशी झलकती नजर आई। अविनाश के लिए बिटिया जितना ही अभिमान उनकी आँखों से भी कूद पड़ने को था।

अब से पहले ऐसे अवसर आने पर यानी बिटिया के जिद ठान लेने पर वही ढाल बनती रही थीं। अकसर आश्वासनी मरहम के साथ, तो कभी-कभी फटकार रूपी अस्त्र के साथ।

पिता थके-हारे आए हैं। कहीं भाग तो जाएँगे नहीं।

थोड़ा आराम कर लें तब अपना माँगपत्र रखना।

खुशी जाहिर करना। काम सलटाना। नाराजगी दरशाना।

जैसा अवसर हुआ, संभावना हुई, वैसी खुराक के साथ।

आज तो लगता है वे भी यही चाहती हैं कि बिटिया इसी तरह पेश आए, देर तक आए। गोया बिटिया के रूप में वही, बिटिया बन वैसा कर रही हों या बिटिया न होती तो कर गुजरतीं।

"ओ पापा! तुसी तो लकी मैन हो!" बिटिया ने फतवा दोहराया।

इस बीच पत्नी भी उसके करीब आ खड़ी हुई थीं। उनका एक हाथ बिटिया के कंधे पर था और दूसरा पति के। जाने बिटिया पापा को कब अपनी गिरफ्त से मुक्त करे। वे और कब तक पति को उसके 'कृत्य' के लिए शाबाशी देने से रुकी रहें।

पिता से लाड़ लड़ाने के अवसर में अम्मा का साझीदार होना था कि अविनाश को उम्मीद बँधी, बिटिया जल्दी ही उसे अपनी गिरफ्त से मुक्त कर देगी।

बचपन से वह इसी की अभ्यासी रही है। जब कभी पिता से लाड़ लड़ाने के दौरान अम्मा हिस्सेदारी करने आ जाएँ, बिटिया अम्मा को दूर हटाने की मुहिम में

जुट जाती रही है, भले ही इस फेर में पिता से दूर क्यों न छिटकना पड़े।

कुछ आदतें हमेशा साथ बनी ही रहती हैं न।

इसीलिए अविनाश को उम्मीद बँधी कि आज भी वैसा ही होगा। संभवत: इसी के साथ बिटिया उस महान् कर्म की सूचना दे देगी, जिसके चलते माँ-बेटी की नजर में वह इतना महान् हो आया है कि वे उसे अपने पाँवों पर टिकने भी नहीं दे रहीं।

दोनों को डर है कि कहीं उनका आधार अपनी महानता के भार से लड़खड़ाकर गिर ही न जाए।

अविनाश को यह आभास तो था कि घर में स्वागत असामान्य ढंग से होगा, लेकिन इतना, यह कल्पना नहीं की थी।

राजकर जी ने जिस लहजे में चेताया या सूचित किया था, उसने यह भी तय कर दिया था कि घर में कोई दुर्घटना या उसकी सूचना नहीं, शुभ समाचार ही प्रतीक्षा में है।

बिटिया को बाया आईहो की कल्पना, जो सुखद समाचार मिला था, सब बयान कर गई।

उस नाकाफी बयान के दौरान उसका चेहरा दमकता रहा।

इस बीच साँस को सम पर लाने के लिए भी नहीं ठहरी।

इस आशंका में नहीं ठहरी कि विराम लेते ही अम्मा शेष किस्सा बयान करने का जिम्मा उठा लेंगी।

उधर अम्मा का हाल यह था कि वे यही मानकर चल रही थीं कि बिटिया की जुबानी वही तो पूरा समाचार बयान कर रही हैं।

अविनाश ने दिमाग को बहुतेरी कसरत करवाई, लेकिन भूलकर भी यह याद नहीं आया कि उसने मेले में कोई खरीदारी भी की थी।

पुस्तक मेले से ही नहीं, उसके आस-पास लगे किसी और किस्म के मेले से ही सही।

यही नहीं, ऐसा भी नहीं हुआ था कि उसने कोई चीज खरीदने के लिए चुनी भर हो और उसका कैशमीमो बन जाने के बाद ही सही, खरीदने का इरादा बदला हो।

फिर यह कैसे संभव है कि कैशमीमो के आधार पर उसे लकी ड्रा में शामिल किया जा सके!

यों भी कैशमीमो पर तो खरीदनेवाले का नाम ही दर्ज होता है, किसी-किसी का पता भी दर्ज हो सकता है, पर टेलीफोन नंबर तो कतई नहीं।

खुद उसने अपने स्टाल पर जो किताबें बेचीं, उनका कैशमीमो या बिल भी बनाया, चूँकि क्रेता के पास खरीदारी का प्रमाण होना जरूरी था, मगर किसी ग्राहक

का टेलीफोन नंबर न बिल पर दर्ज किया, न कैशमीमो पर।

अविनाश को लगा, हो न हो, किसी ने उनके साथ मजाक किया है। ऐसा मजाक, जिसने कोई क्षति भले ही न पहुँचाई हो, भावनाओं से खिलवाड़ तो किया ही।

उसने मन-ही-मन तमाम परिचितों में से उन लोगों की छँटनी शुरू की, जो ऐसी चुहल कर सकते थे। मगर अफसोस, यह संदेह किसी भी नाम पर पहुँचकर एक पल के लिए भी नहीं अटका।

उधर पिता की उलझन से बेखबर बिटिया ने वही अपेक्षा उसके आगे भी पेश कर दी, जो बहुत पहले अम्मा के सामने पेश कर चुकी थी कि आप दोनों तो मुफ्त में जाओगे ही, क्या मुझे अपने खर्चे पर ले जाना गवारा करोगे?

अविनाश ने सफाई दी, ''लगता है, किसी ने हमारे साथ मजाक किया है। भला सोचो, कोई भी हमें बेवजह इनाम क्यों देने लगा! और हाँ, खुदा-न-खास्ता ऐसा हुआ, तो हम भला अपनी बिटिया को यहाँ छोड़कर कहीं जा सकेंगे?''

पिता से भरोसा पाकर बिटिया आश्वस्त तो हुई फिर भी इससे जुड़ी योजना के विस्तार में नहीं गई।

उसे पिता अपनी अपेक्षा के अनुरूप उत्साहित नहीं लगे। बिटिया ने बेमन से खुद को समझाया, कल तो विदेश नहीं, स्कूल ही जाना होगा, सो अब सोया जाए।

बिटिया ही नहीं, पत्नी ने भी महसूस किया कि अविनाश ने इस खबर को बेमन से ग्रहण किया है। लिहाजा वे भी रसोई की तरफ रुखसत हो लीं।

हालाँकि पति के आगमन से पहले वे भी मन-ही-मन इतनी योजनाएँ बना चुकी थीं कि उन्हें अंजाम तक पहुँचाने के लिए तीन दिन, दो रातें नहीं, दर्जनों दिन और दर्जनों रातें विदेश में गुजारना भी कम ही होता।

□

''मेरी एक बात मानोगे? देखो, नाराज न होना। यह मत कहना कि मैं अड़चन डाल रही हूँ।'' पति को खाना परोसने के साथ ही उन्होंने बातचीत का सिलसिला शुरू किया।

''कहो, बेफिक्र होकर अपनी बात कहो।''

''मैं सोचती हूँ, कल जब तुम इनाम देनेवालों के पास जाओ तो बता देना कि मेरे साथ पत्नी नहीं, हमारी बेटी जाएगी।''

यानी इस बीच श्रीमती अविनाश अपनी खानपान से जुड़ी अंतिम उलझन का हल खोज चुकी थीं।

सो पहला अवसर हाथ में आते ही उससे मुक्ति पाने के लिए उड़ान भर ली।

अविनाश ने पत्नी की तरफ देखा। यह देखना, देखना कम और कुछ खोजना

ज्यादा था। पत्नी के कथन और पत्नी की चाहत में से असल कौन है और बनावटी कौन, इसकी खोज।

उस क्षणांश के देखने में ही यथार्थ और आरोपित यथार्थ को सही-सही पहचानने में वह सफल रहा है, यह अविलंब उद्घाटित भी किया, ''कमाल है, भला जब जाने का मौका मिल रहा है तो तुम क्यों नहीं जाओगी? जरूर जाओगी और बिटिया भी जाएगी। न मैं तुम्हें छोड़कर कहीं जानेवाला हूँ, न बिटिया को। बल्कि अगर इनाम देनेवाले केवल मेरे जाने की शर्त रखेंगे तो भी मैं तुम दोनों को साथ लेकर जाऊँगा।''

पति के मौन हो जाने के बाद भी श्रीमती अविनाश देर तक उसका मुँह तकती वैसी की वैसी थिर रही आईं।

उन्हें लगता रहा कि जैसा अकसर होता है, आज भी पति अब, नहीं तो अब अपने कथन को या तो वापस ले लेगा या उसमें आमूल परिवर्तन करेगा।

जब देर तक उनका अपेक्षित कुछ भी नहीं हुआ, तब खाना खाते पति को लाड़ भरी, अभिमान भरी नजर से निहारने लगीं।

इस अपलक निहारने के फेर में उनका ध्यान एक और बदलाव की तरफ गया।

उन्होंने पाया कि खाना तुरत-फुरत निबटाने के लिए खासे विख्यात पतिदेव आज खाना खाने में खासा वक्त ले रहे हैं।

श्रीमती अविनाश के दिमाग में नए-नए अबूझ सवालों का ताँता लगना शुरू हो गया।

खाने में कोई कसर तो नहीं रह गई? कहीं अपनी क्षमता से ज्यादा पीकर तो नहीं आए? इनाम कैसे निकल सकता है, अभी भी यही तो नहीं सोच रहे? हम माँ-बेटी को वचन देकर उलझन में तो नहीं पड़ गए? इनाम लेने में कोई अड़चन तो महसूस नहीं कर रहे? या गति में अवरोध की वजह कोई और ही है?

उन्होंने पतिदेव को चेताया, ''कम-से-कम खाना तो तसल्ली से खा लीजिए, फिर जितनी देर चाहें, कुछ भी सोचते रहना।''

हाथों की गति बढ़ाते हुए अविनाश बोला, ''जिस गति से खाता हूँ, उसी गति से तो खा रहा हूँ।''

''कोई पहली बार तो आपको खाना खाते हुए देख नहीं रही हूँ।''

''सो तो है।'' अविनाश ने हामी भरी, फिर खुद को सहज सिद्ध करने के लिए हँसते हुए जोड़ा, ''या कहो तो यहीं इतिश्री कर दूँ?''

श्रीमती अविनाश ने भी तुर्की-ब-तुर्की उसी के लहजे में उसकी चुहल का जवाब परोसा, ''जी नहीं, आपको भूखा रखने का मेरा कोई इरादा नहीं है। भरपेट

खाइए और मन को खाने में रमाकर खाइए। कहते हैं खानेवाला स्वाद लेकर न खाए तो पकानेवाले को अपना श्रम निरर्थक लगने लगता है।''

□

श्रीमती अविनाश का अंदाजा सही था। अविनाश बहुत गहरी उलझन में था। ऐसी उलझन, जिसका हल उसे कहीं बाहर नहीं तलाशना था, अपने भीतर ही पैदा करना था। उसके सिवा वह हल किसी और के पास हो भी नहीं सकता था।

किसी के सामने उससे जुड़ा अप्रिय सच उजागर करने की अपनी आदत को विराम कैसे दिया जाए, यह कहीं बाहर खोजने नहीं जाना था, अपने भीतर ही तलाशना था और उस पर अमल करने का अभ्यास भी करना था।

राजकर जी संकेतों में अनंत बार और मुँहजुबानी दो-एक बार समझा चुके थे कि हे दासानुदास, सच बोलो, मगर प्रिय बोलो।

संजय और सुलभ भी बार-बार यह याद दिलाते थे कि अब तुम किसी प्रकाशन में संपादक नहीं, खुद अदना प्रकाशक हो, सो तुम्हारे मुँह से अपनी आलोचना सुनना कोई भी गवारा नहीं करता।

भले ही यह सुनने को न मिले कि हमारे बीच न आया करो, मगर तुम नहीं बदले तो तुम्हें नजरंदाज करने या तुमसे कोई संवाद न करने की नौबत तो आ ही सकती है।

निकट भविष्य में या कभी भी वह दिन न आए, इसका एक ही उपाय है। मुँह बंद रखने के अभ्यासी बनो। केवल मुसकान ही अपनी स्थायी पहचान बनाओ।

खिन्न हो जाने पर मैदान छोड़ भागना राजकर जी के लिए नई बात नहीं है। फिर भी आज जिस मुद्रा में अपने ही दफ्तर से गए वैसा आगे भी जाना यकीनन गवारा नहीं करेंगे। यह अहसास अविनाश के साथ साए की तरह तभी से लगा हुआ था जब से प्रेमाश्रयी के दफ्तर से घर के लिए चला था।

घर पहुँचते ही एक नई अधूरी सूचना से सामना हुआ, सो कुछ देर के लिए वह चिंता और अनुभूति विस्मृति में चली गई थी। जैसे ही पत्नी खाना परोसने में व्यस्त हुईं, अविनाश को उस दुश्चिंता ने फिर घेर लिया था, जिससे उबारने का श्रेय यकीनन श्रीमती अविनाश को जाता है।

□

: चार :

अगली सुबह दफ्तर के लिए निकलने से पहले अविनाश को लगातार उस फोन का इंतजार बना रहा, बकौल बिटिया जो आज भी आना ही था। उसकी सचाई जानने के लिए अविनाश उस नंबर पर कई बार फोन लगा चुका था, जो उस तथाकथित कल्पना ने लिखवाया था। मगर हर बार देर तक घंटी ही सुनने को मिली थी।

घर से निकलते समय अविनाश ने श्रीमती जी को हिदायत दी, यदि वह फोन आए तो कहना दफ्तरवाले नंबर पर फोन करें।

वही हुआ।

अविनाश ने अपनी दुकान बनाम दफ्तर में कदम रखा ही था कि फोन की घंटी बजी।

फोन उठाते ही एक मधुर, मीठी आवाज अविनाश के कानों तक पहुँची, ''क्या मैं श्री अविनाश दास से बात कर रही हूँ ?''

''हाँ, मैं अविनाश दास ही हूँ, कहिए, आप कौन ?''

''जी, मैं कल्पना हूँ। आईहो से बोल रही हूँ। कल आपकी बिटिया से बात हुई थी। आपसे संपर्क की बहुत कोशिश की मगर असफल रही। बिटिया ने बताया होगा।''

''नहीं, बिटिया से कल रात मेरी कोई बात नहीं हुई। कल मैं बहुत देर से घर पहुँचा था और सुबह मेरे जागने से पहले बिटिया स्कूल चली गई थी। खैर, आप बताइए, किसलिए संपर्क कर रही थीं ?''

''जी, आपकी बिटिया ने ही यह नंबर बताया था। इस नंबर पर भी कई बार फोन मिलाया था, मगर अफसोस किसी ने यह फोन उठाया ही नहीं। बाद में आपकी बिटिया ने, बड़ा प्यारा नाम है उसका सौम्या, तो सौम्या ने बताया कि आप दफ्तर से कहीं गए हुए हैं और लौटकर दफ्तर नहीं आएँगे, बल्कि एक और जगह

जाएँगे। उसने वहाँ का नंबर भी दिया था। मैंने वहाँ भी फोन किया था। आप तब तक वहाँ पहुँचे नहीं थे, सो उस नंबर पर भी आपसे बात नहीं हो सकी।''

''वह सब तो जो हुआ सो हुआ। यदि अब भी मुझसे बात हो जाने से आपका काम सलटता हो तो बताइए, किसलिए फोन कर रही थीं। अगर वह अवसर निकल गया हो तो मैं क्षमा चाहूँगा कि मेरी वजह से आपका कोई हर्जा हुआ।''

कल्पना ने कल्पना में भी नहीं सोचा था कि उसे ऐसा जवाब सुनने को मिलेगा। वह तो अतिरिक्त आत्मीयता और अंतरंगता का प्रदर्शन करने के इरादे से उतने विस्तार में गई थी।

उसे बातचीत का यही प्रशिक्षण दिया गया था। अलबत्ता उस प्रशिक्षण में यह नहीं बताया गया था कि यदि दूसरे छोर पर मौजूद शख्स भी वही अतिरिक्त सौजन्यता दिखाए तो क्या करना चाहिए!

क्षण भर को अचकचाने के बाद कल्पना ने खुद को सहज किया और यह भूलकर कि दूसरे छोर पर मौजूद व्यक्ति को एक बार सामान्य सूचनाएँ दी जा चुकी हैं, शुरू से शुरू करने का मन बनाया।

''जी, मैं आईहो यानी इंटरनेशनल होलीडेज ऑर्गनाइजेशन से बोल रही हूँ। मैं आपको इस कामयाबी की बधाई देना चाहूँगी कि हमारी कंपनी के लकी ड्रा में आपके तीन इनाम निकले हैं।''

''धन्यवाद। मैं हृदय से आपका आभारी हुआ। अब यह जान सकता हूँ कि आपकी कंपनी ने मुझ पर यह इनायत क्यों की? उसे किसने कहा था कि वह मेरे नाम से तीन-तीन इनाम निकाले?''

हालाँकि अविनाश जानता था कि इसका जवाब क्या होगा। बिटिया बता चुकी थी कि आईहो ने मेले में खरीदारी के आधार पर ड्रा निकाला है। फिर भी कुछ और जान पाने के लिए खुद को अनभिज्ञ सिद्ध करना जरूरी था।

''जी, दरअसल पिछले महीने आपने प्रगति मैदान में मेलों के दौरान जो खरीदारी की थी, उसके कैशमीमो के आधार पर यह ड्रा निकाला गया है।'' कल्पना ने वही बासी वजह दोहराई।

अविनाश ने इस संभावना को नकारा, ''मुझे तो याद नहीं पड़ता कि मैंने मेले में कोई खरीदारी की थी।''

कल्पना ने हैरानी जताई, ''क्या कह रहे हैं सर! हो सकता है अब तक आप उस खरीदारी को भूल चुके हों, पर यह कैसे हो सकता है कि मेले में गए हों और खरीदारी न की हो।''

अविनाश ने उसकी इस संभावना का भी खंडन किया, ''मैं कुछ नहीं भूल रहा हूँ। मुझे याद है कि मेले में तो रोज गया था, लेकिन किसी किस्म की खरीदारी नहीं की थी।''

कल्पना ने दूसरी संभावना तलाशी, ''तो सर, हो सकता है कोई उपहार दिया गया हो। मेले में कई कंपनियाँ सामान मुफ्त में भी तो देती हैं न।''

अविनाश ने शंका जताई, ''हो सकता है। पर आप लोगों ने तो मेले के कैशमीमो के आधार पर ड्रा निकाला है न?''

कल्पना ने अपने कथन में सुधार किया, ''जी, मीमो के मायने केवल नकद खरीद से नहीं है। गिफ्ट आइटम का भी चालान बनता है। हमारे ड्रा में वे भी शामिल थे।''

''आप कहती हो तो मैं मान लेता हूँ कि चालान भी शामिल किए होंगे। फिर भी मोहतरमा, कैशमीमो हो या चालान, उस पर मेरा नाम रहा होगा, घर का पता भी हो सकता है, मेरा फोन नंबर तो यकीनन नहीं लिखा होगा। तब आपने मेरे टेलीफोन के जरिए घर तक सूचना कैसे पहुँचा दी?''

''एक्सचेंज से नंबर लेकर सर!'' कल्पना ने शंका निवारी।

''मान लो मेरे पास फोन न रहा होता, तब मुझे इनामी सूची में से बाहर कर देते या किसी और तरह से सूचना देते?''

''आज की तारीख में किसी के पास फोन न हो, यह असंभव है सर! हम फोन के जरिए ही संपर्क करते हैं। वैसे अभी तक तो एक भी विजेता ऐसा नहीं मिला, जिसके पास फोन न रहा हो। फिर भी…''

कल्पना ने अपनी बात अधूरी छोड़ दी।

अविनाश फोन रखने को हुआ कि उसे लगा दूसरे छोर से 'अंअंअंअं' जैसा कुछ कहा जा रहा है। यानी वार्ता को अल्पविराम दिया गया है।

''माफी चाहती हूँ अविनाश जी, मैं गलती से किसी और के इनाम की वजह आपको ब्रीफ कर गई। मुझे पूरा यकीन है कि आपने माफ कर दिया होगा।''

''चलिए, माफ किया। आप माफी न माँगतीं तब भी कर देता। अब लगे हाथ वह वजह भी बता दीजिए, जिसके चलते मैं इनाम का हकदार समझा गया।''

''आपने मेले में हमारे प्रतिनिधि के सवालों के जो जवाब दिए थे, उतने रोचक जवाब भी मिलेंगे, यह तो हमने सपने में भी नहीं सोचा था। सर, आपको यह जानकर खुशी होगी कि उनमें से दो को तो हम अपने विज्ञापनों में इस्तेमाल करने जा रहे हैं।''

यह वजह सुनते ही अविनाश का चेहरा खिल गया। उसे याद आया कि हाँ, मेले के दौरान कुछ युवा कई किस्म की प्रश्नावलियाँ लिए आते थे। उनके आग्रह पर उसने कइयों को जवाब भी दिए थे।

''अब मैं यह मान ले रहा हूँ कि आपकी कंपनी जो है वह परोपकार में जुटी है। उसकी नीयत नेक है। वह मुझे इनाम देकर मालामाल करना चाहती है। मुझे इस लायक समझा गया, इसके लिए मैं फिर आपकी कंपनी का आभारी हुआ।''

''नहीं सर, आप तो हमें शर्मिंदा कर रहे हैं। हमारी कंपनी आपको इनाम देकर एहसान नहीं कर रही। हम जानते हैं कि आपने इसके लिए आवेदन नहीं दिया था। किसी प्रतियोगिता में भी शामिल नहीं हुए थे। यह तो संयोग है कि हमने इनाम देने का जो मापदंड अपनाया, उसमें आप अनायास भागीदार हो गए।''

''तो अब यह बताइए कि इस इनाम के चलते मैं कल्पना की कितनी और कैसी-कैसी उड़ानें भर सकता हूँ?''

''माफ कीजिएगा, मैं कुछ समझी नहीं?''

''मेरा मतलब है, मुझे इनाम में क्या मिलने जा रहा है।''

''ओ, माफ कीजिएगा, मुझे लगा जैसे आप मुझसे कोई अपेक्षा रख रहे हैं। बहरहाल, पहला इनाम है आपका एक लाख रुपए का बीमा, जिसका प्रीमियम हमारी कंपनी अदा करेगी। दूसरा किसी भी देश के किसी फाइव स्टार होटल में तीन दिन और दो रातों का स्टे। इसका भुगतान भी मय हवाई टिकट के हमारी कंपनी करेगी। तीसरा है एक सरप्राइज गिफ्ट आइटम, जिसे लेने के लिए आपको हमारे बताए पते पर आना होगा। वहाँ हमारे एमडी और कई और मेहमानों के साथ आप लंच या डिनर लेंगे। वहीं आपको गिफ्ट आइटम दिया जाएगा।''

प्राथमिक सूचनाएँ देकर कल्पना क्षण भर को थमी, शायद अविनाश की प्रतिक्रिया जानने के लिए या शायद अगली सूचनाओं का पिटारा खोलने से पहले ऊर्जा बटोरने के लिए।

''तो अब मुझे क्या करना होगा?''

अविनाश ने सीधे-सीधे यह न पूछकर कि लंच या डिनर लेने कहाँ आना होगा, चाहा कि यह निर्देश कल्पना ही दे तो बेहतर।

''सबसे पहले तो यह बताना होगा कि क्या आपको हमारे इनाम लेना मंजूर है?''

''यकीनन है, वरना मैं यह सवाल न करता। इसकी जगह आपको सुनने

को मिलता कि अपने इनाम अपने पास ही रखिए। मैं फोन रख रहा हूँ और दोबारा फोन न किया जाए।''

''तब ठीक है। मैं एक बार फिर आपको इनामों के लिए बधाई देती हूँ और आईहो की तरफ से आपका स्वागत करती हूँ। अब आपको क्या करना है, यह मैं नहीं, मेरी सहयोगी बताएँगी। मैं विदा लेती हूँ। जल्दी ही मेरी सहयोगी इसी नंबर पर संपर्क करेंगी। आपसे बातचीत करना यादगार अनुभव रहा। आज का दिन आपके लिए और भी कई खुशियाँ लाए, इसी शुभकामना के साथ इस कल्पना का आखिरी नमस्कार।''

''यह क्या गजब करने जा रही हैं कल्पना जी! यानी यह मधुर आवाज अब मुझे कभी सुनने को नहीं मिलेगी! यह तो सरासर अन्याय हुआ। यदि आप ऐसा पहले बता देतीं तो मैं इनाम लेने के लिए जल्दी हामी न भरता।''

अविनाश को उम्मीद थी कि कल्पना उसका संवाद सुने बिना ही फोन रख देगी और यह सब कहना एकालाप की श्रेणी में जाएगा। लेकिन ऐसा नहीं हुआ। कल्पना ने अभी भी फोन थामा हुआ था।

''लगता है, आप मुझे फोन नहीं रखने देंगे?''

''मैं कहाँ रोक रहा हूँ। आप तो अंतिम नमस्कार भी कर चुकी हैं। सो अपनी मरजी की खुद ही मालिक हैं।''

''जब सामनेवाला दिल से इतनी तारीफ कर रहा हो तो वह सिरफिरी ही होगी जो फोन बंद कर देगी।''

''और सामनेवाला हो ही तारीफ के काबिल तो वह जालिम ही होगा जो तारीफ के दो बोल न बोले। भले ही उसे इसका सुफल न मिले। मन को यह तसल्ली तो होगी कि अभी भी वह मीठे को मीठा कह सकता है। खुले दिल से किसी की तारीफ कर सकता है। इस मामले में अपना-पराया या लाभ-हानि नहीं देखता।''

अविनाश ने क्षण भर को विराम लिया। यह आभास पाने के लिए लिया कि कहीं तारीफ बेअसर तो नहीं जा रही?

''तो फिर सुनिए अविनाश जी, इस मामले में आज भी आपका मन उदार है और निश्छल भी।''

''चलिए, मैं तो इस परीक्षा में सफल रहा, लेकिन कल्पना जी, लगता है आप पास होने का इरादा नहीं रखतीं?''

''आप ऐसा किस आधार पर कह सकते हैं?''

''आप जानती हैं, बल्कि मुझे भी बता चुकी हैं कि मैं एक विजेता हूँ। लोग,

खासकर लड़कियाँ तो किसी विजेता के और करीब आने की फिराक में रहती हैं और आप हैं कि एक विजेता को अलविदा करने की जल्दी में हैं। इसका मतलब या तो आप लड़की नहीं हैं या फिर दुनियादार नहीं हैं।''

''लड़की भी हूँ और दुनियादार भी। इसीलिए मैं भी कहाँ जाना चाहती हूँ। पर इधर जितनी देर अपनी तारीफ सुनती रहूँगी, उतनी देर आप जैसे कई यही खुशखबरी सुनने से वंचित रहेंगे। सो यों समझ लीजिए कि हमारी यही नियति है। आपकी बातें सचमुच बेहद खुशी दे रही हैं, फिर भी मुझे फोन बंद करना होगा।''

''जैसी आपकी मरजी। मैं आपके हाथ तो थाम नहीं सकता। आप तो न जाने कहाँ विराजी होंगी। यदि मेरे दफ्तर के आस-पास हों तो अपने साथ एक कॉफी पीने का न्योता दे सकता हूँ।''

''जी धन्यवाद। कभी फुरसत हुई तो फोन करके आ पहुँचूँगी।''

और इसी के साथ कल्पना ने अपनी ओर से फोन काट दिया।

इधर अविनाश ने भी फोन को यथास्थान रखते-न-रखते मन-ही-मन कुबूल किया कि यह जानकर हैरान होना बेमानी था कि राजकर जी इस आवाज को सुनने के बाद देर तक भुला नहीं पाए थे। यकीनन यह आवाज कानों में देर तक गूँजती न रहे, यह असंभव है।

अविनाश का मन हुआ कि राजकर जी तक तुरंत यह खेदप्रकाश पहुँचाया जाए कि इस आवाज के संदर्भ में कल उन पर हैरान होना बेमानी था।

यही कहने के लिए फोन की तरफ हाथ बढ़ाया भी कि तभी फोन की घंटी बजने लगी।

□

फोन उठाने के लिए बढ़े अविनाश के हाथ ने फोन उठाया तो मगर फोन करने के लिए नहीं, फोन सुनने के लिए।

''क्या मैं श्री अविनाश दास से बात कर रही हूँ?''

एक और मधुरकंठी आवाज कानों में पड़ते ही अविनाश ने राजकर जी को नैतिक समर्थन देने का काम कुछ देर बाद के लिए या फिर शाम की संगत तक के लिए मुल्तवी किया और इसे भी भरपूर सुनने का मन बनाया।

''जी हाँ, मैं अविनाश दास ही बोल रहा हूँ। आप कौन?''

''जी मेरा नाम मोहिनी है। मैं आईहो से बोल रही हूँ। सबसे पहले आपको इनाम पाने पर बधाई देना चाहती हूँ। हमारी सहयोगी कल्पना ने बताया कि आपको हमारे इनाम लेना मंजूर है। इसके लिए हम आपके आभारी हैं।''

''मोहिनी जी, ऐसा कहकर क्यों शर्मिंदा कर रही हैं। आभारी तो मुझे होना चाहिए। आप लोग भी खूब गजब करती हैं। बैठे-ठाले इनाम भी दे रही हैं और जो मुफ्त में इन्हें पा रहा है उसका आभार भी मान रही हैं। सच कहूँ, मैं तो आप दोनों की भलमनसाहत का कायल हो गया हूँ।''

''हमारी खुशकिस्मती जो अपनी ऐसी तारीफ सुनने को मिली। हालाँकि मुझे यह सुनकर हैरानी नहीं हुई। कल्पना तो आप पर मर-मिटी है। वह बता रही थी कि आप बहुत मजेदार इनसान हैं। मीठा बोलने के मामले में हमारे भी कान काटने में माहिर! आप सच मानिएगा, यदि आपने कल्पना से यह कहा होता न कि इनाम मंजूर नहीं, तब भी मैं आपसे एक बार बात जरूर करती। भले ही मुझे भी वही सुनने को क्यों न मिलता।''

''क्यों भला? रूठों को मनाना आपके काम में शामिल है?''

''जी नहीं, वह होता तब तो करनी ही पड़ती। पर मैं फोन करती आपकी बातें सुनने के लिए। यह जानने के लिए कि कहीं कल्पना मुझे बेवकूफ तो नहीं बना रही।''

''तो अब आपको क्या लगता है?''

''अब यह अफसोस हो रहा है कि वह जिम्मेदारी मैंने निभाई होती तो पहले मुझे बातचीत का मौका मिला होता।''

''एक सच मैं भी बयान कर दूँ मोहिनी जी?''

''हाँ, हाँ, बयान कीजिए न!''

''आपने तो तबीयत हरी कर दी। अब भला मैं पलटकर कहूँ तो क्या कहूँ। आपकी तारीफ करूँगा तो आप कहेंगी इसमें नया क्या है। यह सब सुनने की तो अभ्यस्त हूँ। तारीफ के अलावा कुछ किया नहीं जा सकता।''

''आप न सही, फिलहाल जो मैं कर सकती हूँ, वह करना शुरू करती हूँ। हमारे एमडी आपके साथ लंच या डिनर लेना चाहते हैं। इनमें से जो भी आप मुनासिब समझें या जब आना सूट करता हो, वह बता दें। अगर समय और दिन भी बता सकें तो मैं आपको उस जगह का नाम बता सकती हूँ जहाँ हमारे एमडी से आपकी भेंट होगी।''

''क्या लंच या डिनर जरूरी है? ऐसा नहीं हो सकता कि किसी के हाथों इनाम वगैरह भिजवा दें या कहें तो मैं मँगवा लूँ।''

'क्यों, आप हमें दर्शन नहीं देना चाहते?''

''इसीलिए तो कह रहा हूँ। दरअसल, मैं जरा भी दर्शनीय हूँ ही नहीं। सो

नहीं चाहता कि मेरे प्रति आपके मन में जो थोड़ा-बहुत प्रशंसा भाव उपजा है, वह मुझे देखते ही सूख जाए। हालाँकि मेरा हाल तो यह है कि मुझमें आपसे मिलने की मोहिनी लालसा बेहद बलवती हो चली है।''

''आँ··! यानी आपने संवाद में मेरा नाम शामिल करके मुझे भी चौंका दिया, जैसे कल्पना को चौंकाया था।''

मोहिनी का वाक्य पूरा होते-न-होते अविनाश को एक नई उलझन ने आ घेरा, ''मोहिनी जी, आपने तो मुझे गहरी उलझन में डाल दिया है।''

''कैसी उलझन, मैं कुछ समझी नहीं!''

''तो सुनिए। मैं समझ नहीं पा रहा हूँ कि कल्पना ने पल भर में आपको क्या-क्या नहीं बता दिया! कहीं ऐसा तो नहीं है कि आप ही कल्पना हों और आप ही मोहिनी! या फिर आप दोनों एक-दूसरे के करीब ही बैठी हों और हमारी जो फोनवार्त्ता हो रही है वह स्पीकर के जरिए सुन रही हों!''

''अरे, आप तो मुझ पर शक कर रहे हैं!''

''जी नहीं, शक नहीं कर रहा हूँ, गफलत में हूँ। ऐसे संवाद खुलेआम तो बोल नहीं सकता। इस भरोसे बोले जा रहा हूँ कि ये कान से सीधे आपके मन तक पहुँच रहे होंगे। जबकि हो यह रहा हो कि आप दोनों या फिर कुछ और मधुरकंठी बालाएँ भी उन्हें सुनकर इशारों-इशारों में ही एक-दूसरी से कहना चाह रही हों कि सुनो-सुनो इस बरसाती मेढक की टर्र-टर्र।''

''ऐसा कुछ नहीं है। आपकी बातें सीधे केवल मेरे कानों तक और कानों से दिल तक पहुँच रही हैं। आप हमारे सम्मानित पुरस्कार विजेता हैं, फिर खुद को बरसाती मेढक क्यों मान रहे हैं?''

''ऐसा है मोहिनी जी, मैं आपका पूर्व परिचित तो हूँ नहीं। यदि आपका फोन न आता तो आपसे बातचीत का सुखद अवसर भी नहीं मिलना था। बरसाती मेढक को भी टर्र-टर्र करने का मौका तभी मिलता है जब बरसात होती है। सो मेरे लिए तो आपका फोन बरसात ही हुआ न! जब फोन बरसात हुआ तो मेरी बकबक भी हुई टर्र-टर्र।''

''बहुत खूब! लगता है, अगली बार आपको तभी फोन करूँ जब बहुत सारा वक्त हो।''

''आप फिर फोन करेंगी, यह तो खुशखबरी हुई मोहिनी जी, लेकिन इसमें से उदासी की गंध भी आ रही है।''

''कैसी उदासी, मैं कुछ समझी नहीं?''

''यही कि आप अभी ज्यादा देर बातचीत करने का इरादा नहीं रखतीं। कहीं

मेरी शंका सही साबित होने तो नहीं जा रही?"

"होने तो जा रही है, अविनाश जी। सचमुच आपसे बातें करने में मजा आ रहा है, लेकिन मेरी मजबूरी यह है कि मुझे और भी कई लोगों को फोन करना है। सो कृपया यह बताइए कि आपको किस दिन और कब हमारे एमडी से मिलने में सुविधा रहेगी?"

"यदि यह जरूरी ही है तो मैं लंच पर आना चाहूँगा और आज नहीं कल आना चाहूँगा।"

"तब ठीक है। यह तय रहा कि कल लंच आप हमारे एमडी के साथ ले रहे हैं। इसके लिए आपको प्रगति मैदान के सदाबहार रेस्टोरेंट में आने का कष्ट उठाना होगा। हमें आपका इंतजार रहेगा। वैसे मैं कल सुबह एक बार फिर आपको याद दिला दूँगी।"

"उससे पहले एक बात मेरी भी सुन लीजिए। फोन इसी नंबर पर करना होगा। आज भले ही आप जल्दी विदा ले रही हों, कल तभी फोन लगाइएगा जब आपके पास थोड़ी ज्यादा फुरसत हो। मैं आपके साथ ढेर सारी बातें करना चाहूँगा। सुबह के समय तैयारियों के चलते वह संभव नहीं होगा, इसलिए घर के नंबर पर भूलकर भी फोन न कीजिएगा।"

"मैं याद रखूँगी। अब मैं फोन रखती हूँ। इसके बाद हमारी एक और सहयोगी कामना आपसे संपर्क करेंगी। उम्मीद है कि वह भी यही महसूस करेंगी कि उन्हें एक खुशदिल बंदे से बातें करने का मौका मिला।"

और मोहिनी ने फोन रख दिया।

□

फोन बंद होते ही अविनाश का कारोबारी मन जागा।

जागते ही उसने हिसाब फैलाया।

ये कौन सिरफिरे हैं जो बेवजह लोगों को इनाम देना चाहते हैं!

चलो मानता हूँ कि मेरे जवाब उन्हें पसंद आए, इसलिए मुझे इनाम दे रहे हैं। मगर ये लड़कियाँ तो बता रही हैं कि उन्हें भी इनाम दिए जा रहे हैं, जिन्होंने मेले में कोई भी खरीदारी की थी।

अब जिसका सामान खरीदा, जिसकी कमाई हुई, वह उम्मीद से ज्यादा बिक्री होने की खुशी में कुछ ग्राहकों को इनाम देता तो दीगर बात होती, गले भी उतरती। किसी और से की गई खरीदारी पर इनका इनाम देने को लालायित होना तो समझ से परे है।

इनाम भी ऐसी शर्तों पर, जिनमें हमारी जेब से कुछ जाना नहीं, आना ही है।

तीन दिन, दो रातें किसी दूर देश के शानदार होटल में बिताने का लुत्फ उठाना है सो अलग।

श्रीमान अविनाश दास का कारोबारी मन 'ऐसा है तो वैसा क्यों है' में उलझा था, तो मध्यमवर्गीय शहरी मन एक ही धुन गुनगुना रहा था कि बहुत जल्द उसे मधुरकंठी बालाओं से साक्षात् का अवसर मिलनेवाला है।

किसी देश के किसी शहर के किसी पंचतारा होटल में भरपूर लुत्फ उठाते हुए तीन दिन, दो रातें बिताने का न्योता मिलनेवाला है।

यानी मौजाँ ही मौजाँ!

यह सच है या सपना?

अविनाश इनमें से किसी एक नतीजे पर पहुँचता कि टेलीफोन की घंटी फिर घनघनाने लगी।

□

एक और मधुकंठ ने दास जी को अपनी वाणी से आनंदित किया।

"क्या मैं अविनाश दास जी से मुखातिब हूँ?"

"जी हाँ, मैं अविनाश दास ही हूँ, कहिए क्या कहना है?"

"मेरा नमस्कार और हार्दिक बधाई स्वीकार करें। मेरा नाम कामना है। मैं आईहो से बोल रही हूँ।"

"नमस्कार और बधाई के लिए धन्यवाद। मुझे आपके फोन का ही इंतजार था। कहिए कामना जी, मेरे लिए क्या आदेश है?"

"ऐसा कहकर आप हमें शर्मिंदा न करें। हम भला आपको आदेश कैसे दे सकते हैं! हमारी तो एक ही गुजारिश है कि कल जब आप हमारे एमडी के साथ लंच लेने आएँ तो कृपया अकेले न आएँ। आपके साथ आपकी श्रीमती जी भी हों। हमारी तरफ से आप दोनों ही आमंत्रित हैं।"

यह सुनते ही अविनाश का संदेही मन जागा। कहीं ऐसा न हो वहाँ पहुँचकर पता लगे कि हम तो बेवकूफ बनाए गए हैं।

यदि सचमुच ऐसा हुआ तो पत्नी तो ताज़िंदगी ताना देंगी कि बड़े होशियार हो न, उड़ती चिड़िया के पर गिनने में माहिर! जो हाथ लगे, उसी रचना को, जो सामने पड़ जाए उसी के कथन में से अव्यक्त कथन को खोजकर तार-तार कर देने में समर्थ!

फिर उस वक्त तुम्हारी अक्ल क्या घास चरने चली गई थी, जब कोई एक

नहीं, तीन-तीन बालाएँ तुमसे बतियाती रहीं और तुम यह नहीं ताड़ पाए कि वे उल्लू बना रही हैं!

सो पत्नी को इस सबसे दूर रखने में ही भलाई है, यों भी पत्नी कह चुकी हैं कि उनकी जगह बिटिया जाएगी।

अपनी ही उधेड़बुन में मशगूल अविनाश की ओर से सहमति या असहमति न मिलने पर कामना मुखर हुई, "अविनाश जी, आपने कुछ कहा क्या? आपकी आवाज मुझ तक नहीं पहुँच रही है।"

"अभी तक तो नहीं, अब कह रहा हूँ कि मुझे नहीं लगता कि पत्नी लंच पर आना गवारा करेंगी। हाँ, मेरी बेटी आ सकती है।"

"जी नहीं। हम अपने मेहमानों से यह अपेक्षा नहीं रखते कि वे जब हमारे एमडी के साथ लंच या डिनर के लिए पधारें तो साथ में बेटा या बेटी हो या वे अकेले हों। आप पत्नी को मनाने की कोशिश कीजिए। यह खास मौका है। उम्मीद है वे इसके लिए ना नहीं करेंगी। और हाँ, यदि आप इजाजत दें तो मैं उनसे निवेदन करूँ?"

"नहीं-नहीं, यह जुल्म न कीजिएगा। फिर तो कतई नहीं आएँगी। वैसे यों भी नहीं आएँगी।"

"तब?" मधुरकंठी कामना ने चिंतातुर होकर पूछा।

"ऐसा कीजिए, अपने एमडी के साथ मेरा लंच का प्रोग्राम रद्द कर दीजिए।"

"नहीं अविनाश जी, ऐसा मत कहिए।"

मधुरकंठी कामना के मधुर कंठ ने अनुनय की।

फिर क्षण भर को अपने कंठ को विराम देने के बाद बोली, "हाँ, एक सरल उपाय और है। यदि आपकी पत्नी न आना चाहें तो आप अपनी किसी महिला मित्र के साथ चले आइए। उस सूरत में हमें और भी ज्यादा खुशी होगी।"

"यदि यह संभव है तो फिर आप ही उस मौके के लिए मेरी महिला साथी बन जाइए?" अविनाश ने अविलंब प्रस्ताव रखा।

"एक बार फिर सोच लीजिए, मुझे तो कोई ऐतराज नहीं, बल्कि खुशी ही होगी।" कामना ने अविनाश की ओर चुनौती-सी उछाली।

इतनी आसानी से अपने प्रस्ताव को मान लिए जाने से चमत्कृत अविनाश के मुँह से दो क्षण को तो बोल ही नहीं फूटे।

"क्या हुआ अविनाश जी? कहीं अपने कहे से पीछे हटने का इरादा तो नहीं रखते?" कामना ने अपनी चुनौती पर एक और परत रखी।

"नहीं, कामना जी, नहीं। मैं तो आपसे मिली खुशी को भरपूर महसूस करने के लिए चुप लगा गया था। मैं भला पीछे हटकर इतने आकर्षक अवसर को क्यों गँवाने लगा। मैं तो अपने आपको आपके स्वागत के लिए तत्पर ही पा रहा हूँ। मेरे लिए इससे अच्छा और क्या होगा भला?"

"पर यहाँ बात सिर्फ लंच की नहीं है। आप जिसके साथ लंच लेंगे, उसी के साथ विदेश यात्रा पर भी जाना होगा। तो क्या आप मुझे विदेश यात्रा पर ले जाना गवारा करेंगे?"

"क्यों नहीं। आप उसके लिए भी तैयार हों तो मेरी खुशी का तो कोई ठिकाना ही नहीं रहेगा।"

"अभी भी सोच लीजिए। यदि मैं गई तो जी भर के खरीदारी करने से बाज़ नहीं आनेवाली। फिर यह न कहिएगा कि मैंने आपकी जेब पर डाका डाल लिया।"

"कामना जी, जो खुशी से दिया जाए उसे न्योछार कहते हैं। आप निश्िंचत रहें, आपको किसी भी मामले में निराश नहीं करूँगा और न उफ् ही करूँगा।"

"फिर तो खूब गुजरेगी जब मिल बैठेंगे दीवाने दो। मैंने ठीक कहा न अविनाश जी?"

"आप तो जो कहती हैं, ठीक ही कहती हैं।"

"खैर, मेरी तारीफ के मौके तो आपको और भी मिलेंगे, मगर यह तो बताइए, अपनी पत्नी को कैसे टरकाएँगे? यदि उन्होंने साथ जाने की जिद की तो?"

"उसकी फिक्र आप क्यों लेती हैं। परिचितों से दूर, देश से भी दूर, सैर-सपाटे का जो आनंद एक दीवानी मित्र के साथ मिलेगा, वह पत्नी के साथ कहाँ संभव है! उन्हें तो यहाँ-वहाँ घुमाता ही रहता हूँ। आपके साथ तीन दिन, दो रातें बिताने का मौका भला फिर कब मिलनेवाला है। आप तो अपनी बताइए, आपको मेरे साथ चलना गवारा तो है न?"

"न होता तो आपके प्रपोजल को शुरू में ही रिफ्यूज न कर देती। जैसा आप चाहते हैं, मैं भी तो चाह सकती हूँ। जीवन में एक बार किसी अपने प्रेमी दीवाने के साथ एकांत में, अपने लिए, अपनी तरह से जीने का एहसास!"

"देखिए कामना जी, आपको एक बात पहले ही बता दूँ। आप मेरा साथ देने के लिए तैयार हैं, यह मेरी खुशकिस्मती है, लेकिन एक सच्चाई यह भी है कि मुझे एक बार देख लेने के बाद आप कतई यह नहीं चाहेंगी कि आपको जीवन में दूसरी बार मुझे देखने का कष्ट झेलना पड़े। फिर भी मैं तो यही चाहूँगा कि मुझे फिर कभी न देखने की कसम आप विदेश यात्रा से लौटने के बाद ही खाइएगा।"

''आप क्या कहना चाहते हैं, मैं ठीक से समझी नहीं अविनाश जी। मेरा खयाल है आप यह कहना चाहते हैं कि आप देखने में सुंदर नहीं हैं शायद। पर उससे क्या होता है ? क्या चमड़ी का रंग ही सबकुछ है ? फिर तो आपकी पत्नी को भी आपको एक बार देखने के बाद वही कसम खा लेनी चाहिए थी। पर वैसा नहीं हुआ न।

''आदमी में और भी तो बहुत कुछ होता है। मेरे लिए तो आपकी बातें ही आप पर मर-मिटने के लिए काफी हैं। फिर आपको यह तो पता होगा ही कि आप खुशदिल इनसान और जिसे कहते हैं हीमैन, वह हैं या नहीं। जिस इरादे से हम यात्रा पर जाएँगे, उसमें मुझे तो आपमें उसी की तलाश होगी।''

''इस तरफ से बेफिक्र रहिए कामना जी। इससे ज्यादा कुछ कहूँगा तो आप कहेंगी, लो अपने मुँह मियाँ मिट्ठू बन रहा है।''

''अविनाश जी, लगता है कोई लगातार फोन ट्राई कर रहा है। कहीं बिग बॉस का न हो। मैं फोन रखती हूँ। बाद में फिर करूँगी। तब तक आप अपनी पत्नी को साधिए। ऐसा न हो, हम यहाँ खयाली पुलाव पकाते रहें, वहाँ वे लंच तो लंच, यात्रा पर निकलने की भी तैयारी कर चुकी हों। और हाँ, कहीं जाइएगा नहीं, मेरे फोन का इंतजार कीजिएगा।''

□

कामना का फोन बंद होने के काफी देर बाद तक अविनाश सन्न हुआ बैठा रहा। उसे यकीन ही नहीं हो रहा था कि अभी जो फोन पर किसी वामा से बातें कर रहा था, वह, वह खुद था!

बातें भी वे जो अब से पहले करना तो दूर की बात, उसकी सोच का हिस्सा भी नहीं हुआ करती थीं! वह और इतना मुखर! इतना मुँहफट! इतना कल्पनाशील! इतना आग्रही! इतना छिछोर!

यह बदलाव उसमें कब आया? कहाँ से आया?

क्या अभी हाल में? क्या इसी बातचीत के दौरान?

नहीं, नहीं। यह भावना पहले से मन के किसी कोने-अंतरे में घर बनाए गुमसुम बैठी रही होगी।

बकौल राजकर जी—हर पुरुष में किसी ऐसी युवती के साथ सुख के पल बिताने की लालसा होती है, जिसके साथ उसका और कोई रिश्ता न हो, नाता न हो। वह संबंध किसी सौदे, समझौते, दबाव, मजबूरी, प्रलोभन का परिणाम न हो। उस अंतरंग संबंध की नींव में हो तो केवल एक-दूसरे के प्रति चाहत और अपूर्व समर्पण।

बहरहाल, कामना लंच तक साथ देती है या प्रिय-प्रवास तक, यह तो कल ही पता लगेगा। हाल-फिलहाल जरूरी है लंच पर आने को आतुर पत्नी के मन को विचलित करना। लगे हाथ उसके दिमाग से इनाम का प्रसंग ही साफ करना।

यह कठिन भी नहीं होना चाहिए, क्योंकि मैंने कल कहा था न कि इनाम नहीं मिलने जा रहा है, कोई हमें बेवकूफ बना रहा है।

अविनाश ने पत्नी को फोन किया और संक्षेप में बताया कि इनाम देनेवालों ने उससे संपर्क कर लिया है। वे लोग लंच पर बुला रहे हैं, लेकिन उनकी शर्त है कि वहाँ सपत्नीक यानी जोड़े से ही आना होगा। अब वहाँ नाच-गाना, शराब-कबाब कुछ भी हो सकता है। सो मैंने साफ कह दिया कि मेरी पत्नी तो वहाँ नहीं आ सकती। यदि अकेले आना हो तो मैं आ सकता हूँ, वरना इनाम घर भिजवा दो। हम अपनी सुविधा से विदेश भी चले जाएँगे। हालाँकि मुझे अभी भी यकीन नहीं कि वे कोई इनाम-विनाम देंगे ही। हो सकता है सब छलावा हो। अब तुम्हीं बताओ मैंने मना करके ठीक किया न?

मामला बयान करने के उसके लहजे ने पत्नी के पास कोई विकल्प सुझाने या असहमति जताने की गुंजाइश ही नहीं छोड़ी।

''आपने ठीक कहा। मान लो मैं आपके साथ गई और वहाँ कुछ खाने-पीने की शर्त रखी गई तो मुझसे तो वह खाते-पीते बनेगा नहीं। मैं तो कहती हूँ अकेले तुम्हें आने को कहें तो भी मना कर देना। इसी पर अड़े रहना कि इनाम घर भेज दो।''

''तब ठीक है। मैं यही कहूँगा। पर हाँ, यदि किसी लड़की का फोन तुम्हारे पास आए और वह आने की जिद करे तो मना कर देना। ऐसा न हो कि मैं तो यहाँ ना करता रहूँ और वह वहाँ तुम्हें मना ले।''

''आप निश्चिंत रहें। मुझे खुद पर काबू रखना आता है।''

बात पूरी कह चुकने के बाद भी पत्नी एकाध मिनट तक फोन को थामे रहीं। इस उम्मीद में कि पति महोदय तारीफ के दो शब्द कहेंगे या 'यही माद्दा बनाए रखना' जैसी हिदायत देंगे।

जब अगले कई पल तक अविनाश के कोई बोल उन तक नहीं पहुँचे तो फोन रखा और राहत की साँस लेने के बजाय विचार सागर में गोता लगा गईं।

वे हैरान थीं कि पतिदेव ने उन पर अविश्वास क्यों किया?

अपने कहे को नकार देने की, अपने इरादे से विचलित हो जाने की आदत तो उनमें नहीं खुद पति महोदय में है। कभी कुछ और अभी कुछ, तभी कुछ और सभी कुछ की चाहत तो उनमें है, मुझमें नहीं। फिर वे ऐसा क्यों कह रहे थे कि

कहीं मैं किसी की बातों में आकर हाँ न भर दूँ? तो क्या वे मेरे बिना भी वहाँ जाने का इरादा रखते हैं? तो क्या वे मेरे बिना ही वहाँ जाने का मन बना चुके हैं? वहाँ मेरी जगह किसी और को ले जाने की कल्पना करते हैं?

जी हाँ, सभी पतियों की तरह श्रीमान अविनाश दास भी इस खुशफहमी के शिकार हैं कि पत्नी भला क्या खाकर उनकी थाह ले पाएगी। वह तो उन्हें उतना ही समझ पाएगी, जितना पति परमेश्वर उसे सायास समझ लेने देना चाहेंगे।

□

: पाँच :

पत्नी को रास्ते से हटाने के बाद अविनाश दास अपनी कामयाबी पर इतरा भी न पाए थे कि फोन की घंटी फिर बजने लगी।

स्वयं को शाबाशी देने के सिलसिले को वहीं विराम दे अविनाश ने झटपट फोन उठाया।

''अविनाश जी, मैं कामना। माफ कीजिएगा, मुझे उस समय फोन बंद करना पड़ा। हमारे एमडी ही बार-बार फोन मिला रहे थे।''

अविनाश ने चिंतातुर मुद्रा अख्तियार की, ''तब तो माफी आपको नहीं मुझे माँगनी चाहिए। मेरी वजह से आपको बुरा-भला सुनना पड़ा होगा। आप तो मेरी मदद के फेर में फोन पर व्यस्त बनी हुई थीं।''

कामना ने अविनाश को अपराध-बोध से उबारा, ''नहीं, डाँट तो क्या पड़नी थी। मैं अब भले ही अपने दीवाने प्रेमी से बात कर रही हूँ, तब तो उनके पुरस्कार विजेता से बातचीत कर रही थी। है कि नहीं? वैसे एक तरह से अच्छा ही हुआ, जो उनका फोन आ गया।''

कामना के शब्दों ने अपना असर दिखाया। अविनाश ने मन-ही-मन मुदित होते हुए कहा, ''कामना जी, आपने मुझे प्रेमी का दर्जा दिया, उसे मैं तहेदिल से कुबूल करता हूँ। और हाँ, आपके एमडी का फोन आ जाना किस मायने में अच्छा हुआ? क्या हमारे मामले में?''

''आपने सही अंदाजा लगाया। पर अविनाश जी, क्या मैं यह जान सकती हूँ कि आपने इतना सटीक अंदाजा लगाया कैसे?''

अविनाश ने खुलासा किया, ''हमारे मामले से जुड़ा न होता तो आप उसका जिक्र ही क्यों करतीं?''

''सो तो है। लगता है मुझे एक बार फिर आपसे माफी माँगनी होगी अविनाश जी।'' कामना ने अविनाश के तर्क का समर्थन करके उसे प्रसन्न करने के साथ ही फिर निराशा के गर्त में डुबाया।

''वह क्यों भला?''

"बात दरअसल यह है कि एमडी ने यह साफ कर दिया है कि इसी कंपनी की कर्मचारी होने की वजह से मैं न तो आपके साथ लंच पर जा सकती हूँ, न विदेश यात्रा पर। आप यकीन जानिए अविनाश जी, यह सुनकर मुझे जो मायूसी हुई, वह मैं बयान नहीं कर सकती।"

"वह मैं समझ सकता हूँ। मगर आपके एमडी को मना करने से पहले यह सोचना चाहिए था कि इनाम पानेवाला कोई बंदा उनके किसी मुलाजिम का रिश्तेदार या दोस्त भी तो हो सकता है।"

"आप ठीक कह रहे हैं अविनाश जी। मैंने भी उनके सामने यह दलील रखी थी। इस पर एमडी बोले कि तब हम उस इनाम पानेवाले को इनामी लोगों में से बाहर भले ही कर दें, मगर अपने किसी मुलाजिम के साथ न तो लंच पर आने देंगे, न यात्रा पर जाने देंगे।"

"यह नादिरशाही क्यों?" हाथ आया अवसर जाता देख अविनाश बिफरा।

"एमडी का कहना है कि हो सकता है हमारे कंपीटीटर ऐसे मेहमानों की तस्वीरें खींच लें और फिर यह प्रचारित करें कि ये तो अपने-अपनों को ही इनाम देते हैं, लंच कराते हैं, विदेश भेजते हैं।"

"कामना जी, उनकी यह शंका तो जायज है। इसके लिए तो आपके एमडी को दाद देनी होगी।"

"वह जब आप उनसे मिलें, तब जरूर दीजिएगा। अभी तो अफसोस यह है कि मैं चाहकर भी आपका साथ नहीं दे सकती।"

"इसका मतलब फिर मुझे अकेले ही आना होगा।"

"जी नहीं। अकेले होने पर आपको भी नहीं आने दिया जाएगा।"

अविनाश को उम्मीद थी कि उसके स्वर की मायूसी को भाँपकर कामना ढाढ़स के दो बोल बोलेगी, मगर हुआ यह कि उसने भी उसे निराशा के उसी गहरे गर्त की ओर बढ़ने के लिए प्रोत्साहित किया।

"आने से कौन रोक सकता है भला? मैं भीतर जाने का टिकट खरीदूँगा और सीधे रेस्टोरेंट में आ धमकूँगा। इसमें क्या अड़चन हो सकती है! मेला या सिनेमा देखनेवाले कभी भी वहाँ आते ही हैं। न तो किसी को भी मेला परिसर में जाने से रोका जा सकता है, न रेस्टोरेंट में जाने से।"

"आप टिकट लेकर मेला कैंपस में तो जा सकते हैं, लेकिन उस वक्त उस रेस्टोरेंट में नहीं जा सकेंगे, क्योंकि हमने पूरा रेस्टोरेंट लंच के लिए बुक किया हुआ है। और हाँ, आप जब हमारे निमंत्रण पर आएँगे तब टिकट लेने की जरूरत नहीं है। सीधे गेट नंबर एक बी से चले आएँ।

वह आम जनता के लिए नहीं, केवल मेहमानों के लिए है।''

''मैं ध्यान रखूँगा। उसी तरह पहुँचूँगा। लेकिन समस्या तो यह है कि मैं पहुँचूँगा किसके साथ?''

''वह आप सोच लीजिए। चाहें तो अभी श्रीमती जी से फोन पर पूछ लीजिए। हो सकता है वे रजामंद हो ही जाएँ। मैं थोड़ी देर बाद फिर फोन करूँगी। तब तक आपका आना तय हो जाएगा तो वहाँ पहुँचने से जुड़ी कुछ और बातें बताना चाहूँगी।''

''तय तो होता रहेगा, बताइए न, और क्या बताना चाहती हैं।''

अविनाश ने आग्रह किया।

''जी नहीं, अभी वह सब कहने का कोई लाभ नहीं। जब आप यहाँ आना पक्का कर लेंगे और हमें अपने साथी का नाम बता देंगे, तभी कुछ और बताना जरूरी होगा।''

कामना ने तो इसके तुरंत बाद सचमुच फोन रख दिया, मगर फोन रखने से कहीं पहले अविनाश को उलझन में डाल दिया।

□

अविनाश अपने ही बनाए जाल में बुरी तरह उलझ गया। कामना उसकी संगिनी बनने को तैयार है, बल्कि आतुर है, यह जान लेने के बाद उसी ने, कामना के उकसावे पर ही सही, पत्नी के दिमाग में इस लंच और इनाम को लेकर एक दूसरी ही छवि रोप दी थी।

इन लोगों को खलनायक की तरह पेश कर दिया था।

उसे स्वयं भी इन पर भरोसा नहीं, यह भरोसा दिला दिया था।

सो अब चाहकर भी पत्नी को फिर उसी धुरी पर कैसे लाए?

क्या कहकर यह सिद्ध करे कि वह जो कुछ देर पहले कह रहा था, वह गलत था, और जो अब कह रहा है, वही सही है।

पत्नी को फिर से लंच पर चलने के लिए तैयार न करने की एक वजह यह भी थी कि अविनाश पत्नी और बेटी के साथ नहीं, अब किसी और के साथ ही यात्रा पर जाने का मन बना चुका था।

उसे भरोसा था कि कामना कोई-न-कोई रास्ता खोज ही लेगी।

पहली ही बार में वह जिस सहजता से चलने को राजी हुई, उससे तो यही लगता है कि वह भी विदेश जाने को लालायित है।

कामना की चाहना से जुड़ी इस संभावना ने अविनाश को इस मसले का एक और हल सुझाया।

उसने तय किया कि यदि अब कामना का फोन आया तो वह उससे यह

जानकारी लेगा कि तुम्हारे मेहमानों में किसी महिला के हालात भी मेरे जैसे हैं क्या? यानी जो पति की गैर-मौजूदगी की वजह से लंच पर न आ पा रही हो।

उस सूरत में कामना मुझे लंच पर उसके साथ बुलवा ले और बाद में यात्रा पर खुद चली चले।

अब सब महिलाएँ तो कामना जैसी उदार हो नहीं सकतीं।

मेरे लिए तो कामना ही पहली ऐसी महिला है जो वैसी नहीं है, जैसी महिलाओं से मेरा अब तक साबका पड़ा है।

इसीलिए मैं यकीन के साथ यह कह सकता हूँ कि जो महिला मुझे बिना देखे मेरे साथ लंच में शामिल होने आएगी, वह मुझे देख चुकने के बाद मेरे साथ यात्रा पर तो जाने से रही।

यदि सरप्राइज गिफ्ट लंच से पहले दे दिया गया तो हो सकता है वह बिना लंच लिए ही चलती बने। ऐसा न हुआ तो लंच तक मेरे साथ सहज बने रहना उसकी भी मजबूरी होगी।

इस संभाव्य विकल्प के सूझते ही अविनाश ने तय किया कि अब कामना का फोन आने पर उसे यह उपाय आजमाने का सुझाव देना ही ठीक रहेगा। यदि वह सहमत हो गई और कोई स्त्री भी सहमत हो गई तो लंच पर जाना हो सकेगा।

लंच का दौर मनमाफिक गुजर गया और कामना ने इसके बाद भी होशियारी से मैनेज कर लिया तो विदेश यात्रा के दौरान पहलू में पत्नी नहीं, कामना होगी, जो यकीनन सोने पे सुहागा जैसा होगा।

अब अविनाश को दरकार थी तो केवल एक सुमुखी की, जो इस दास के संग-साथ दोपहर के भोजनार्थ गमन कर सके। अविनाश के लेखे उसने शेष सभी अड़चनों से पार पा लिया था और किसी को कानोंकान भनक तक नहीं लगी थी।

खुद को इसके लिए शाबाशी देते समय उसने यह सोचना गवारा नहीं किया कि इस अड़चन के अलावा कोई अड़चन तो थी ही नहीं।

दूसरी जो अड़चन, जिससे पार पा जाने की खुशी अविनाश से छुपाए नहीं छुप रही थी, वह तो उसी ने पैदा की थी, एक सहृदय पति का मुखौटा पहने रखने के लिए।

मेजबान तो 'केवल पत्नी के साथ ही आ सकते हैं' वाली अड़चन को पहले ही अड़चन वाले स्पीड ब्रेकर से बाहर कर चुके थे।

अविनाश के पास इस एकमात्र अड़चन का कोई निदान नहीं था, निदान की सुखद कल्पना भर थी।

□

: छह :

कहते हैं उम्मीद पर दुनिया कायम है। उम्मीद पर टिकी इसी दुनिया में अविनाश भी कायम है और अविनाश के संदर्भ में एक सच्चाई भी कायम है। वह सच्चाई यह है कि किसी भी महिला से आमना-सामना होते ही वह खुद अपने रूप-रंग और कुछ ज्यादा ही छोटी एक आँख को लेकर हीनताबोध का शिकार हो जाता है।

नतीजा यह होता है कि कभी किसी महिला के सामने खुलकर बात नहीं कर पाता। जब कभी बातचीत करना लाजिमी हो जाता है, तब फिल्मी भारत कुमार की तर्ज पर आँखें मूँदे या फिर सिर झुकाए करता है और कामना करता रहता है कि वार्त्ता के पल अल्पतम हों।

औरों को तो जाने दीजिए, इसी हीनभाव के चलते पत्नी तक से सहज होने में सालों लगे। वह बदलाव भी पत्नी की पहल, अथक कोशिशों और सजगता से संभव हुआ। यदि वे अविनाश की ओर से पहल या रुझान के इंतजार में रहतीं तो आज भी उन दोनों में हाँ-हूँ तक ही संवाद हो रहा होता।

यह हीनभाव तब दर्शनीय होता है जब वह किसी ऐसी महिला से मुखातिब हो, जो उस पहली मुलाकात से पहले कई बार फोन पर बात कर चुकी हो। मुलाकात के बाद उसे इस संशय के साथ विदा होना पड़ता है कि यह वही आदमी तो कतई नहीं था, जिससे कई बार फोन पर बातचीत हुई थी।

अलबत्ता दूसरी मुलाकात पर संशय इस यकीन में बदल जाता है कि फोन पर बतियानेवाला और सामने बैठा अविनाश दो व्यक्ति नहीं, एक ही व्यक्ति के दो विरोधाभासी व्यक्तित्व हैं।

पहला वह जो सामने दिखता नहीं, केवल सुनाई देता है, बेहद मुखर और हाज़िरजवाब है।

दूसरा जो सामने दिखता है, वह है तो अपने ही हीनताबोध में गर्क, लेकिन प्रदर्शन कुछ वैसा करता है जैसे प्राचीन ब्राह्मणों ने असूर्यंपश्या विशेषण नितांत इसी के लिए गढ़ा हो!

निदान से परे इस उलझन ने यकायक अविनाश को फिर वही बीती शाम याद दिला दी।

याद आया वह लम्हा जब राजकर जी के जुमले 'हम औरतों के सामने वे सब बातें क्यों नहीं कर पाते' के जवाब में उसने कहा था—'कर लेते हैं, बशर्ते सामने बैठी स्त्री हमारी नजर में बेहद कुरूप हो।'

राजकर जी ने इस कथन पर सहमति जताई थी। यह अविनाश को भला लगा था। इसलिए नहीं कि उसने कोई मार्के की बात कही थी, बल्कि भला लगने की वजह यह थी कि ऐसे मौके कम आते थे जब उसकी किसी स्थापना से सहमति जताई गई हो।

जैसा कि मित्रगण मानते हैं, इसकी इकलौती वजह यह है कि अविनाश को यह याद नहीं रहता कि सच भी समय-सापेक्ष होता है।

बीती रात अविनाश ने जो वजह बयान की थी, वह बकौल सुलभ ही नहीं, बकलम खुद भी, आत्मभूत सच ही था। ऐसा अनुभवजन्य सच, जिससे सामना हो चुकने के बाद उसे नसीहत की तरह पेश तो किया जा सकता था, जैसा कल अविनाश ने किया भी था, मगर भुलाया नहीं जा सकता था।

अविनाश ने प्रेमाश्रयी में कल जो कहा था वह आधा सच था, पूरा नहीं। उस प्रसंग में आधा सच ही प्रासंगिक भी था।

यदि वह प्रसंग और आगे बढ़ता तो अविनाश अपने कथन में यह जरूर जोड़ता कि फिर भी जरूरी नहीं कि जिसे कुरूप मानकर हम पुरुष कुछ भी कहने की आजादी ले लेते हैं, उसे उभयपक्ष भी सहजता से ले।

बहुत संभव है उस पक्ष की प्रतिक्रिया इतनी तीखी, इतनी मारक हो कि कहनेवालों का वजूद ही हिल जाए।

उन हालात से गुजरना पड़े, जिनसे बचे रहने के लिए वे सुंदर महिलाओं की मौजूदगी में अभद्र चर्चा नहीं छेड़ते। उनके सामने ऐसा कोई प्रस्ताव नहीं रखते, जो भद्रलोक में अभद्रता के दायरे में आता हो।

दरअसल, हम पुरुष किसी भी कुरूप स्त्री को देखते ही इस खुशफहमी के शिकार होने से नहीं बच पाते कि इसके सामने कैसी भी चर्चा करके इस पर तो उपकार ही कर रहे हैं।

यदि हम ऐसा नहीं करेंगे तो यह तो जीवन में कुछ सुखी, कुछ उन्मादी पलों

को भोगने से ही नहीं, उनसे निसृत होनेवाले आनंद का श्रवण करने से भी वंचित रही आएगी।

□

अरसा पहले की बात है। अविनाश जहाँ मुलाजिम था, वहाँ दो ही किस्म के मुलाजिम थे। कुछ अति प्रौढ़, कुछ अति युवा। पहली किस्म के पास नई-नई उलझनों का अंबार था तो दूसरी किस्म के पास नए-नए सपनों का पिटारा! दोनों किस्मों में कोई आपसी मेल नहीं था। दोनों दो ध्रुवों की तरह हमेशा अपनी-अपनी दुनिया में ही लस्त-पस्त रहते थे।

दूसरी किस्म में युवक-युवतियों का अनुपात समान-सा था। सब के पास लगभग एक-से सपने थे। सबने अपना-अपना युग्म चुन लिया था। कोई युग्म वर्तमान को हँसी-खुशी गुजारने के लिए नित नए सपने बुनता था तो कोई आगामी अतीत के साझे ताने-बाने।

इनमें युग्महीन था इकलौता अविनाश। अपनी उसी शाश्वत मान्यता के चलते कि कोई युवती मुझसे क्यों दोस्ती करना चाहेगी!

मैं ठहरा कुरूप, बेढब, अदना, तिस पर निर्धन परिवार से भी!

तभी वहाँ एक और युवती का आगमन हुआ। शरीर सौष्ठव में खासी भरी-पूरी। अपनी वय से कहीं ज्यादा स्वस्थ-समृद्ध।

उसे देखते ही सब युग्मों को लगा कि अब अविनाश का युग्म भी पूरा हुआ ही समझो। उसका रंग भी बेहद साँवला था। नाम था मालिनी। उसके पिता किसी दफ्तर में चपरासी थे। यानी हर तरह से अविनाश के समकक्ष।

मालिनी के आगमन के बाद अकसर कई युवा पहले से ज्यादा मुखर नजर आने लगे। जो अब तक किसी भी युवती की मौजूदगी में संस्कारी की तरह पेश आते थे, अकेली मालिनी के मौजूद होने पर संस्कारों को ताक पर रखकर, श्लील-अश्लील की परवाह किए बिना कोई भी प्रसंग छेड़ने लगे।

कभी कोई उत्तेजक रचना पढ़कर सुनाने लगता, तो कोई यौनांगों का वर्णन करने लगता।

कभी कोई रति विलाप करने लगता तो कभी कोई स्वप्नदोष का रोना रोता।

कभी कोई 'मुझसे दोस्ती करोगी' जुमला बोलकर मालिनी की तरफ हाथ बढ़ाता।

फिर उसी हाथ से उसके चेहरे की ओर इशारा करके खिखिखिखि हँसने लगता।

यकीनन इससे मालिनी आहत होती होगी, मगर चुप रहती थी।

मालिनी के आने से पहले तक युवतियाँ ही ऐसी निर्लज्ज बातें करती थीं।

वे भी तब, जब उनके आस-पास युवकों के नाम पर केवल अविनाश हो।

उसकी मौजूदगी में अपने प्रेम-प्रसंग, दिवास्वप्न, कामनाएँ, यौन अनुभव एक-दूसरी को सुनाने में संकोच नहीं करती थीं। वे मानकर चलती थीं कि ऐसा करके वे अविनाश का कोई अभाव दूर कर रही हैं।

जब कभी उन्हें यह शक होता था कि उनकी बातें सुनकर अविनाश उत्तेजित हो रहा है, तब ये भी यही जुमला हवा में उछालती थीं। यानी 'मुझसे दोस्ती करोगे' का प्रस्ताव पेश कर खिलखिलाने लगतीं। उस खिलखिलाहट में खुद के खुलेपन पर गर्व से कहीं अधिक अविनाश के उपहास की खनक होती थी।

फिर एक दिन वह भी हुआ, जो अपने होने से क्षण भर पहले तक किसी के लिए भी कल्पनातीत था। जो वह कर गुजरा, स्वयं उसके लिए भी! यानी अविनाश दास ने मालिनी को एकांत में पाते ही, जीवन का प्रथम प्रणय-निवेदन कर ही तो दिया।

उसके प्रस्ताव पर हाँ या ना कहने को उद्यत हुई मालिनी के पूरे हाव-भाव में उपेक्षा ही उपेक्षा है, यह समझ में आ जाने के बाद, इससे पहले कि अविनाश अपनी नजरें फेरे, मालिनी ने उसकी डेढ़ आँखों में अपनी चार आँखें पिरोईं और उसी उपेक्षा को वाणी पर सवार करके बोली, ''मैं जानती हूँ कि ये सारे लड़के यही मानते हैं कि मेरे जीवन में तो प्रेम भरी बातें करनेवाला कोई आएगा नहीं। मुझे तो औरों के किस्से सुन पाने को ही अहोभाग्य मानना चाहिए। इसीलिए यहाँ अनाप-शनाप बककर मुझे धन्य करते रहते हैं।

तो भी, यानी अगर गेहुँआ रंग ही किसी अरूप लड़की के सामने कुछ भी बकने की छूट देता है, तो वह छूट उनको भले मिले, आपको तो नहीं मिल सकती! सो मेरे सामने प्रेम-प्रस्ताव रखने से पहले एक बार तो अपना चेहरा आईने में देख लिया होता!''

अविनाश की वह दशा, जिसे कहते हैं काटो तो खून नहीं!

अब उसके सामने दो ही विकल्प थे।

पहला यह कि शर्म से सिर झुकाए वहाँ से रुखसत हो ले।

दूसरा यह कि इस प्रस्ताव की शालीनता को बनाए रखने के लिए इसे सुखद परिणति तक पहुँचाए।

अविनाश ने दूसरा विकल्प चुना, मगर स्वाभिमानी मालिनी ने उसे भी सखेद ठुकरा दिया।

उभयपक्ष को कमतर आँकने या उपकृत करने के इरादे से पेश किए गए उस

पहले प्रस्ताव की अंतिम परिणति इस रूप में हुई कि किसी मृगलोचिनी के साथ प्यार की पींगें भरने की तमन्ना सदा-सदा के लिए दिल की अतल गहराइयों में डुबकी मारकर बैठ गई।

बकौल राजकर जी—'किसी ऐसी युवती के साथ सुख के पल बिताने की तमन्ना हर पुरुष को होती है, जिसके साथ उसका और कोई रिश्ता न हो, नाता न हो। वह संबंध किसी सौदे, समझौते, दबाव, मजबूरी, प्रलोभन का परिणाम न हो। उस अंतरंग संबंध की नींव में हो तो केवल एक-दूसरे के प्रति चाहत और अपूर्व समर्पण।'

□

: सात :

"अविनाश जी, मैं कामना बोल रही हूँ। माफ कीजिएगा, आपकी मनाही के बावजूद मैंने आपकी पत्नी से बात की। आपने सही कहा था, वे किसी भी सूरत में हमारे बीच आने को तैयार नहीं हैं। उन्होंने तो हमें यह सलाह थमा दी है कि हम इनाम पानेवालों की सूची में से आपका नाम ही खारिज कर दें। क्या आप भी यही सोचते हैं ?"

फोन के दूसरे छोर से दी जा रही सूचना के पूरा होते ही अविनाश को कामना पर रंज हो आया। मना करने के बावजूद मेरी पत्नी से बातचीत करने की क्या जरूरत थी।

पहले तो खुद ही मेरे दिमाग में यह फितूर डाल दिया कि पत्नी को इससे अलग ही कर दो। खुद तैयार हो गई। फिर खुद मुकर भी गई। अब फिर से पत्नी के दिमाग में वही चाहत जगा दी।

"क्या हुआ अविनाश जी, आपने मेरी बात का जवाब नहीं दिया ?" जवाब की प्रतीक्षा में फोन पर अटकी कामना ने याद दिलाया।

"सोचता तो नहीं हूँ मगर और कोई चारा भी तो नहीं है। मेरे सामने तो दो ही विकल्प हैं। पहला तो सीधा-सादा यह कि आप लोग मुझे अकेले ही वहाँ आने की इजाजत दें। दूसरा यह कि आप तीनों मृदुभाषियों में से कोई एक मेरे साथ मेरी साथी बनकर लंच करे।

"यदि ये दोनों ही संभव न हों तो फिर वही किया जाए जो मेरी पत्नी ने सुझाया है।"

अविनाश को खयाल आया कि किसी अपनी जैसी बेवश को मित्र बनवा देने का प्रस्ताव रख दिया जाए।

फिर सोचा कि उतावली दिखाना ठीक नहीं। पहले इसकी कुछ और थाह ले

लूँ, तब शायद यह उस उपाय में साथ देने को तैयार हो जाए।

"क्षमा करें अविनाश जी, जैसा मैंने पहले भी कहा, आपके सुझाए पहले दोनों विकल्प संभव नहीं हैं। तीसरा मुझे मंजूर नहीं है। मुझे यह जानकर हैरानी हो रही है कि आप जैसे खुशदिल और साफगो इनसान के पास एक भी महिला मित्र नहीं है! वह भी किसी इनडीसेंट प्रपोजल में साथ देने के लिए नहीं, केवल लंच साथ-साथ लेने के लिए!

"और लंच भी आपके घर में उस दिन नहीं, जब घर में आप अकेले हों, बल्कि रेस्त्राँ में, दर्जनों लोगों के बीच!

"जहाँ तक विदेश यात्रा पर साथ जाने का मसला है, सो उसके बारे में बाद में सोचा जा सकता है। यात्रा पर जाने से मना भी किया जा सकता है या वहाँ मैं साथ चल सकूँ इसका कोई रास्ता निकाला जा सकता है।"

कहना न होगा, कामना ने अविनाश के निराश मन में फिर कामनापूर्ति की नई आस जगा दी।

अविनाश उस आस को खाद-पानी देने पर जुट गया।

"मेरा खयाल है, जिस दिन आप मुझसे एक बार मिल लेंगी, आपकी हैरानी जाती रहेगी। तब तक आप इस हैरानी पर हैरान होने के लिए आजाद हैं। रहा मेरा सवाल, सो मैं अब चाहकर भी अपनी किसी भी परिचिता के सामने यह प्रस्ताव नहीं रख सकता। न रख पाने की यह वजह कतई नहीं है कि वह इसे सुनकर मुझ पर शक करेगी या मेरा साथ देने से मना करेगी। वजह यह है कि अभी कुछ देर पहले मैं इसी टेलीफोन के जरिए बेहद खुले दिल-दिमागवाली एक परिचिता के सामने यह प्रस्ताव रखकर उसका नतीजा देख चुका हूँ। अब एक बार और वह सब मुझसे हो नहीं सकता और पत्नी को उसकी अनिच्छा के बावजूद वहाँ लाने का अपराध भी मैं कर नहीं सकता।"

इतना बोलते-न-बोलते अविनाश को लगा पर्याप्त खाद-पानी दिया जा चुका है, सो अब मौन धारण कर प्रतिक्रिया सुन लेनी चाहिए।

"माफ कीजिएगा अविनाश जी, एक जरूरी फोन आ रहा है। मैं थोड़ी देर बाद फिर फोन करती हूँ।

"और हाँ, मेरे फोन काटने का यह मतलब न लीजिएगा कि मैं किनारा कर रही हूँ। अभी तो मुझे आपसे बहुत-सी बातें करनी हैं।"

कामना ने कहा और फोन काट दिया।

अविनाश को लगा, तीर कुछ-कुछ निशाने पर लग रहा है।

कामना भी चाहती है कि मेरे साथ वही विदेश जाए। सो यकीनन मेरी योजना

पर अमल के लिए सहमत हो जाएगी।

ऐसे में पत्नी से इस बारे में कोई चर्चा न करके कामना के एक और फोन का इंतजार किया जाए।

जब फोन आए तब उसे अपनी योजना बताई जाए और कहा जाए कि तुम्हारे सहयोग के बिना न मेरी मनोकामना पूरी हो सकती है, न तुम्हारी।

□

अपने आप को समझा-बुझाकर अविनाश एक पांडुलिपि के संपादन में जुटा ही था कि फोन की घंटी फिर बजने लगी।

कामना को उसकी बेसब्री का आभास न मिले, इसलिए अविनाश ने तय किया कि फोन को तुरंत नहीं उठाना है; लेकिन उसकी जो मनोदशा थी, उसमें स्वयं पर संयम रखना संभव ही कहाँ था!

नतीजा यह हुआ कि मन में लिया गया संकल्प मन में ही बना रह गया और अपने मन को यह समझाते हुए फोन उठा लिया कि जरूरी तो नहीं फोन कामना का ही हो!

किसी लेखक, पुस्तक विक्रेता, कागजी, प्रिंटर या बाइंडर का भी तो हो सकता है। वे भला किस अपराध के चलते इंतजार करें!

"माफ करना अविनाश जी, आपको बहुत इंतजार करवाया।"

"कैसा इंतजार कामना जी, मैं तो मान चुका था कि अब आपका फोन नहीं आएगा।"

अविनाश ने फिर वही नाउम्मीदी वाली शुरुआत की।

"आपका स्वर बता रहा है कि आप मायूस हैं। क्या इस बीच आपने श्रीमती जी से फिर बात की?"

"न की है, न करना चाहता हूँ। जिस गाँव नहीं जाना, उसका रास्ता क्या पूछना! पर आप यह क्यों जानना चाहती हैं?"

"कोई खास वजह नहीं है। मैंने तो यूँ ही पूछ लिया। बहरहाल, मुझे अचानक बातचीत बंद करनी पड़ी थी, सो तब जो नहीं कह पाई थी, वह अब कहना चाहती हूँ। भले ही आप इसकी इजाजत न दें।"

"क्यों नहीं, बात मेरे मन को अच्छी लगनेवाली और मेरे हित की हो तो शौक से कहिए।"

"यकीनन वैसी ही है। दरअसल, अविनाश जी, आपने तो मेरा दिल जीत लिया है। आपकी निगाह में पत्नी की जो कद्र है, उसे जानकर मैं आपकी और भी

मुरीद हो गई। आपकी जितनी तारीफ की जाए, कम होगी। आजकल ऐसे पति मिलते कहाँ हैं। यकीन मानिए, अब मैं भी नहीं चाहूँगी कि आप पत्नी को लाने की जहमत उठाएँ। कंपनी की तरफ से बंदिश न होती तो मैं आपकी महिला मित्र बनकर लंच लेने में भी फख्र महसूस करती। पर वह हो नहीं सकता। हाँ, यदि आप इजाजत दें तो मैं किसी और तरीके से आपकी मदद कर सकती हूँ।''

अविनाश की उम्मीदों का दीया एक बार फिर जलने को हुआ।

''कैसी मदद? किस तरीके से? क्या आपकी मदद के बाद मेरा वहाँ आना संभव हो जाएगा?''

''हाँ, हो भी सकता है। अब मैं वही तरीका आजमाकर देखती हूँ। दरअसल, हम भी तो चाहते हैं कि हमें आपके दीदार हों।''

अविनाश को लगा, यही मौका है जब उसे अपनी तरफ से वह तरीका सुझाया जा सकता है। फिर सोचा, जब यह खुद ही कोई तरीका आजमाने की बात कह रही है तो पहले वही आजमा लेने दो। हो सकता है वह ज्यादा कारगर हो!

''तो फिर वह उपाय कीजिए न कामना जी! मैं भी चाहता हूँ कि आप तीनों कोकिलाओं से पहचान आगे बढ़े।''

''अगर आप इसी तरह हर बार हमें एक नया नाम देते रहे तो मुझे नहीं लगता कि मैं आपको सुनने के अलावा कुछ और कर सकूँगी। इसलिए फिलहाल फोन रखिए और मेरे अगले फोन का इंतजार कीजिए।''

इसके साथ ही मधुरकंठी क्रमांक तीन कामना ने एक बार फिर फोन बंद कर दिया।

अविनाश ने भी फोन को यथास्थान रख दिया, लेकिन इसके बाद भी वह बिना फोन उठाए ही कभी कल्पना से, कभी मोहिनी से और कभी कामना से फोन पर बातें करता रहा।

वे बातें, जो जब तक फोन उसके हाथ में रहा, तब तक न की थीं, न यदि अब भी फोन हाथ में होता, तो कर पाता।

मसलन—देखा, देखा! कितना हृदयविदारक असर पैदा किया!

तुम्हें मेरी पत्नी के भाग्य से ईर्ष्या हो रही होगी!

यह खयाल रह-रहकर गुदगुदा रहा होगा कि हम दोनों में जो इतना प्यार है, उसका इजहार हम किस विधि करते होंगे।

मैं उसके सम्मान का किस हद तक खयाल रखता हूँ। मेरी इस भावना ने भले ही तुम्हें मेरा मुरीद बना दिया हो, मगर इसमें लेशमात्र भी सच्चाई नहीं है। जो

सच्चाई है, उसे तुम्हीं ने जन्म दिया है। यदि तुमने यह न बताया होता कि किसी अन्य महिला के साथ भी आया जा सकता है, तो मैं तो पत्नी के साथ ही आना चाहता था। जब तुमने वह विकल्प सुझाया, उसके तुरंत बाद से तो मैं खुद यही चाहने लगा था कि पत्नी की बजाय किसी और के साथ ही लंच भी लूँ और विदेश यात्रा भी करूँ। पहले यह वह तुम होनेवाली थीं। नहीं हो सकीं, हमारी किस्मत! कोई और सही। उस सूरत में भी विदेश यात्रा पर तो तुम्हीं साथ रहोगी न! मैं यह सुख भोगना तो चाहता हूँ, पर पत्नी के साझे में नहीं। ये तीन दिन और दो रातें तो मैं तुम्हारी जैसी किसी ऐसी देह के साथ बिताना चाहता हूँ, जिसके प्रति मेरा कोई उत्तरदायित्व न हो। जो किसी एवज में नहीं, केवल सुख के लिए सुख के क्षण साथ बिताए।

तुम क्या जानो, मेरी सहमति से ही पत्नी ने असहमति को चुना है।

□

: आठ :

अविनाश अपने मन के द्वार खोलने में इस कदर जुटा हुआ था कि उसे देर तक फोन की घंटी ही सुनाई नहीं दी। जब ध्यान गया तो यह मानकर फोन लपका कि दूसरे छोर पर कामना ही होगी।

"क्या मैं अविनाश जी से बात कर सकती हूँ?"

कामना ने नहीं, एक और अपरिचित आवाज ने पूछा।

"मैं अविनाश ही बोल रहा हूँ। कहिए क्या कहना है?"

"मेरा नाम काम्या है। मुझे आपका नंबर आईहो की मिस कामना से मिला है। क्या आप मेरी पूरी बात सुनने का वक्त निकाल सकते हैं? मुझे आपसे इस शर्त पर बहुत कुछ कहना है कि वह सब आप कभी किसी के सामने उजागर नहीं करेंगे। यदि आप सहमत हों तो कहूँ। यदि आपके पास अभी सुनने के लिए समय न हो तो मैं बाद में भी फोन कर सकती हूँ।"

अविनाश नई उलझन में।

कौन है यह काम्या?

क्या कहना चाहती है?

कामना ने इसे नंबर क्यों दिया?

क्या इसे टाल दूँ?

कब तक के लिए?

मेरे पास तो कामना का नंबर है नहीं।

होता तो उसी से कुछ आभास लेता।

अब किससे पूछूँ कि इसे मुझसे क्या बात करनी है!

कहीं यही तो वह सुपात्र नहीं, जो उस अभाव की पूर्ति करेगी, जिसे कल्पना, मोहिनी या कामना चाहकर भी करने में असमर्थ हैं?

तो क्या यही है वह कामना का तरीका! अरे वाह! यही तरीका तो मेरे जेहन में भी आया था!

''मैं फुरसत में ही हूँ। आप जो भी कहना चाहती हैं इस भरोसे के साथ कह सकती हैं कि वह मेरे अलावा मिस कामना भी कभी न जान सकेंगी।'' अविनाश ने अपनी ओर से उसे भरपूर भरोसा दिलाया।

''सबसे पहले तो आपको इनाम मुबारक हो। आईहोवालों ने मुझे भी इनाम दिया है।'' काम्या के बोल फूटे।

अविनाश ने हाथोंहाथ आभार लौटाया, ''तो फिर मेरी तरफ से आपको भी मुबारकबाद!''

''वह तो ठीक है, पर मेरी मजबूरी यह है कि लंबे अरसे से मेरे पति देश से बाहर हैं। शायद अगले महीने कुछ दिन के लिए लौटें। इधर आईहो की शर्त है कि लंच में पति या मित्र के साथ ही आएँ और विदेश यात्रा भी उसी के साथ करें।

''यों मेरे पास मित्रों की कमी नहीं है, पर मैं सोचती हूँ, आज मैं जिसे साथी बनाती हूँ, कल को वह बेजा माँग रखने लगा तो पिंड छुड़ाना कठिन हो सकता है। इसीलिए मैंने कह दिया था कि मैं इस शर्त पर नहीं आ सकती। कामना के कुरेदने पर अपनी मजबूरी भी साफ कर दी थी।

''तब तो कामना ने सहानुभूति जताकर फोन बंद कर दिया था, लेकिन अभी कुछ देर पहले उसने मुझे फिर से फोन करके आपके बारे में बताया है। उसे आप पर पूरा भरोसा है और चाहती है कि मैं भी आप पर आँख मूँदकर भरोसा कर लूँ।

''उसने बताया कि आपकी पत्नी तैयार नहीं हैं, जबकि आप आना चाहते हैं। उसने मुझे सुझाव दिया है कि फिर क्यों न आप और मैं पति-पत्नी के रूप में नहीं, मित्रों के रूप में लंच में शामिल हो लें और मन हुआ तो दूसरे इनाम के तौर पर कहीं घूम भी आएँ। इस तरह हम दोनों की तमन्ना पूरी हो जाएगी।

''काफी सोच-विचार के बाद मुझे भी लगा कि इसे मान लेने में हर्ज नहीं है। आप मेरे पूर्व परिचित तो हैं नहीं। फिर कामना ने आपको परखे बिना तो आपकी सिफारिश की नहीं होगी। वह भी औरत है, सो, मर्दों को परखने की समझ उसमें भी होगी।

''मुझे यही कहना था। अब आप बताइए, आप क्या सोचते हैं ? मैं समझती हूँ लंच और सैर-सपाटे पर आप भी जाना चाहेंगे।''

अविनाश जिस प्रस्ताव की चाह लिए उतावला बैठा था, जैसे ही वही प्रस्ताव परोसा गया, हाथ उसे गपक लेने की बजाय पीछे हटने को हुए।

दैहिक यथार्थ ने फिर उसे कदम पीछे खींचने को उकसाया।

''जी हाँ, जाना तो चाहता हूँ, लेकिन मेरे सामने भी दुविधा वही है जो आपके सामने है। कामना ने मेरे बारे में आपसे भला-भला कहा, इसके लिए मैं

तहेदिल से उसका शुक्रगुजार हूँ। इसके बावजूद मुझे आपका प्रस्ताव मान लेने में थोड़ी झिझक हो रही है।''

''तो ऐसा करते हैं, वहाँ जाने से पहले मिल-बैठकर झिझक दूर किए लेते हैं। इससे हम एक-दूसरे को जान भी लेंगे और जब लंच पर जाएँगे तो अजनबियों की तरह नहीं, गहरे मित्रों की तरह पहुँचेंगे।''

अविनाश को उम्मीद थी कि काम्या वह वजह जानना चाहेगी, जिसके चलते उसे उसका प्रस्ताव स्वीकार्य नहीं है, और तब वह अपने जुगराफिया का हाल बयान करेगा। लेकिन काम्या ने उसे वह सब बयान करने का मौका ही नहीं दिया।

उसने तो मुलाकात का वक्त कुछ इस तरह मुकर्रर कर दिया जैसे वह अविनाश को सैकड़ों बार देख चुकी हो या उसे यह अहसास ही न हो कि अविनाश के साथ मिलने का समय तय करने के अलावा भी कोई बातचीत की जा सकती है।

''वहाँ किस रूप में जाएँगे, जाएँगे भी या नहीं, यह तो बाद की बात है। फिलहाल तो यही कह सकता हूँ कि आपका यह सुझाव कि पहले हम मिल तो लें, ज्यादा बेहतर है। पर हाँ, इसके लिए थोड़ा वक्त भी तो होना चाहिए।

''आज तो मैं एक टेंडर में उलझा हूँ। बहुत बड़े ऑर्डर का मामला है, सो किसी भी कीमत पर टालना नहीं चाहता। पूरा दिन इसी में लग जाएगा। सो आज तो हमारा मिलना हो नहीं सकता और कल ही लंच पर बुलाया गया है। ऐसी सूरत में हमारा मिलना तो प्रगति मैदान के दरवाजे पर ही हो पाएगा। सो क्यों न हम सीधे वहीं मिलें और साथ-साथ लंच लें। लंच ठीक-ठाक निबट गया तो फिर आगे की योजना भी बना लेंगे।''

काम्या से यह कहते समय अविनाश की दशा दर्शनीय थी।

अविनाश को यह अहसास था कि यह जो भी भद्र महिला है, वह लंच से पहले उसे देखते ही यकीनन लंच पर आने से मना कर देगी। इसीलिए वह नहीं चाहता था कि वह उसे लंच से पहले देखे।

पूरे दिन की व्यस्तता का बहाना इसीलिए तो ओढ़ा था, वरना उसके प्रस्ताव को सुनने के बाद पहले-पहल मन तो यह कहने को आतुर हो आया था कि आप अपना पता लिखवाइए और अगले एक घंटे बाद मुझे अपने सामने साक्षात् पाइए।

अपनी अदर्शनीय देह के चलते ही अविनाश ने यह सोचा था कि बेहतर यही होगा कि इसे लंच से पहले 'दर्शन' न दूँ।

''नहीं, नहीं। आपको फोन करने से पहले मैंने भी यही सोचा था। अब मुझे भी यही उचित लग रहा है कि वहाँ जाने से पहले हम एक बार मिल तो लें। रहा सवाल यह कि इसके लिए वक्त ही कहाँ है, सो उसका भी मेरे पास एक उपाय है।

मैं कामना से संपर्क करके गुजारिश करती हूँ, कि हमें लंच पर कल नहीं, परसों बुलाया जाए। फिर आप कल समय निकालकर मेरे घर चले आइएगा। कल तो आ सकेंगे न आप?''

''हाँ, हाँ, क्यों नहीं। कल तो यकीनन आ सकूँगा।''

लाचार और असंभव संभावना पर भी यकीन करने को आतुर अविनाश ने अपनी दैहिक-दशा के संकेतों को दरकिनार करते हुए सहमति जताई।

''तो ठीक है। यदि कामना ने साथ दिया तो मैं थोड़ी देर में फिर फोन करूँगी। मैं चाहूँगी कि आप तकरीबन घंटा भर मेरे फोन का इंतजार करने के बाद ही कहीं जाएँ। इस बीच मेरा फोन न आए तो समझ लीजिएगा कि बात नहीं बनी। हालाँकि मैं ऐसा नहीं सोचती। मैं तो यही उम्मीद करती हूँ कि बहुत जल्द मुझे फिर आपसे फोन पर बतियाने का मौका मिलेगा। तभी मिलने का समय भी तय कर लेंगे और मैं अपना पता भी लिखवा दूँगी। तब तक के लिए नमस्कार।''

□

: नौ :

अविनाश का दिल–दिमाग फोन रखते ही कई कूल–किनारों पर कुलाँचें भरने लगा। कामना का फोन आएगा तो आभार जताने के लिए कौन से कसीदे उवाचने हैं। पत्नी के दिमाग से इस इनामी भूत को किस जतन से पूरी तरह निकाल बाहर करना है।

काम्या के पास चातक बनकर जाना है और उसे बरसात की पहली बूँद की तरह ग्रहण करना है।

मुझे देखते ही वह खिन्न न हुई तो फिर किसी देश के किसी शहर के किसी होटल में वे तीन दिन और दो रातें क्या करते–न–करते बितानी हैं।

और हाँ, कल्पना को राजकर जी के साथ कॉफी पर न्योतना तो दूर, प्रेमाश्रयी में कभी भूलकर भी उसका नाम तक उद्‌घाटित नहीं करना है।

खयाली पुलाव पकाने में मशगूल अविनाश के हाथ एक बार फिर फोन की घंटी ने अपनी तरफ मोड़ लिए।

''हाँ, अविनाश जी, मैं काम्या। देखिए कामना से मेरी बात हो गई है। वह हमें, यानी आपको कल की जगह परसों का निमंत्रण भेजने को तैयार है। चूँकि श्रीमान भोगराज भाटिया और श्रीमती भोगराज यानी मैं उनके इनाम का प्रस्ताव ठुकरा चुके हैं, इसलिए अब मैं अविनाश दास की महिला मित्र या श्रीमती दास, जिस रूप में भी आप ले जाएँगे, वहाँ जानेवाली हूँ। वह जल्दी ही आपको इस बारे में खबर करेगी। अब तो यह बताइए कि कल आपके दीदार कब होंगे। समय बताने से पहले यह भी जान लीजिए कि एक–दूसरे को जानने के लिए हमें खासा वक्त साथ गुजारना होगा।''

यह सुनते ही, यह सुनने से पहले तक बहुत कुछ गुन चुका अविनाश धन्यवाद के दो बोल तक ठीक से नहीं बोल सका।

अलबत्ता उसने काम्या का पता लिख लिया और यह सूचना दे दी कि वह

कल एक बजे तक उसके घर पहुँचकर चार बजे तक उसकी सेवा में हाज़िर रहेगा।

फोन रखने से पहले काम्या से उसका फोन नंबर भी माँगा, ताकि समय में बदलाव करना हो तो सूचित कर सके।

जब काम्या फोन नंबर देने का मसला टाल गई तब आग्रह किया कि फिर वही कल बारह बजे के करीब फोन करके यह जान ले कि कोई बदलाव तो नहीं होने जा रहा।

फोन रखते ही योजनावीर अविनाश फिर उसी मनोदशा में गोता लगाने को हुआ, जिसमें काम्या का फोन आने तक कलाबाजियाँ खा रहा था।

इससे पहले कि वह उसी कल्पनालोक में और कुलाँचें भरता, फोन की घंटी ने आगाह किया—एक बार फिर मुझे ही थामो।

□

''हाँ, तो अविनाश जी, मैं कामना। अब खुश हैं न आप! देखिए, आपकी दिली तमन्ना पूरी हो सके, इसके लिए मैंने कोई कसर नहीं छोड़ी। और मुझे खुशी है कि इसमें मैं कामयाब भी रही।''

''सच कहूँ कामना जी, आप तो मुझे अपना जरखरीद गुलाम ही समझिए। अब तो आपकी शान में जो भी कहा जाए, थोड़ा ही होगा, इसलिए मैं कुछ नहीं कहना चाहता। जानता हूँ न, कहने पर आया तो कहीं तो विराम लेना होगा। और जहाँ विराम लिया, आप उलाहना देंगी—बस, इतना कम!''

''आप वाकई बेहद दिलचस्प शख्सियत हैं, यह मैं आपसे पहली बार बातचीत करते ही समझ गई थी। तभी तो आपकी मुराद पूरी करने का मन हुआ। इसीलिए खुद को प्रस्तुत करने को तैयार हुई और कंपनी के नियम भी ताक पर रख पाई।''

''मैं तहे दिल से इस सच्चाई को मानता हूँ कामना जी।''

''चलिए, अपनी भलाई के लिए ही सही, तारीफ के सिलसिले को हम यहीं विराम देते हैं। अब मैं आपसे कुछ कारोबारी बातें करना चाहती हूँ।''

''हाँ-हाँ, शौक से कीजिए।''

''तो ऐसा है, अब आप हमारे एम.डी. के साथ लंच लेने के लिए कल नहीं बल्कि परसों आएँगे। अब कृपया यह नोट कर लें कि जब आप वहाँ आएँगे तो आपके साथ आपका वोटर आई कार्ड, क्रेडिट कार्ड, चेकबुक, पासपोर्ट और पिछले साल के टैक्स रिटर्न की कॉपी भी हो। इनके बिना न आएँ।''

''क्यों? अब तक तो आपने इनका जिक्र किया नहीं था?''

''अरे, आप तो परेशान हो गए। घबराइए नहीं। हमें आपसे कोई मेहनताना

या भुगतान नहीं लेना है। वोटर आई कार्ड तो जाहिर है पहचान के लिए मँगवा रहे हैं। पासपोर्ट इसलिए ताकि आपको जिस देश की सैर पर भेजा जाना है, उस देश का वीजा लगवाया जा सके। अब रहा टैक्स रिटर्न की कॉपी का मसला, सो आप जानते ही होंगे कि किसी भी हिंदुस्तानी को विदेश यात्रा से पहले यह सुबूत देना होता है कि वह अब तक के सभी टैक्स पे कर चुका है। उसकी तरफ सरकार की कोई लेनदारी बकाया नहीं है। आप जैसे लोगों के पास ये दस्तावेज होते ही हैं। इनमें से कुछ भी नया या तुरंत तो तैयार करवाना नहीं था। इसीलिए जब यह तय हो गया कि आप आ रहे हैं, तभी बताया। यदि पहले बताया होता तो अब याद भी दिलाना पड़ता, जो मेरा खयाल है आपको नागवार गुजरता। है कि नहीं?''

अब सफाई देने की बारी अविनाश की थी।

''सो तो है। मुझे वह सब लाने में कोई ऐतराज नहीं है। मैंने तो महज अपनी जानकारी बढ़ाने के लिए पूछा था।''

''संभव हुआ तो परसों मिलते हैं। उम्मीद करती हूँ कल इस नई महिला मित्र से मुलाकात रोमांचक रहेगी और परसों एक बजे आप हमारे एमडी से मिलने पहुँच रहे हैं। यदि यह लंच पर ही साथ छोड़ जाए तो फिर मैं हूँ ही। मैं बराबर आपके और आपकी नई महिला मित्र के टच में रहूँगी। तब तक के लिए नमस्कार और ढेरों शुभकामनाएँ।''

और अंततः अंतिम बार भी फोन कामना की ओर से कटा।

अविनाश तो फोन कट जाने के बाद भी देर तक उसे कान से लगाए जाने कहाँ गुम हुआ बैठा रहा।

□

किसी भी महिला पर फोनवार्त्ता के दौरान वाक्पटुता और सामना होने पर नतमस्तकता का प्रभाव छोड़ना अविनाश का स्थायी भाव है। फिर भी ऐसी बेबाक वाक्पटुता इससे पहले किसी महिला की स्मृति में दर्ज होने का अवसर नहीं आया था।

हैरानी की बात यह थी कि जिस सूचना को पहले-पहल अविनाश सिरे से ही नकार रहा था, जिसे सच भी मानने को तैयार नहीं था, जिसमें सैकड़ों किंतु-परंतु खोज रहा था, अब उसी सूचना के आधार पर मिलने जा रहा सबकुछ किसी भी कीमत पर हासिल कर लेना चाहता था। इसके लिए पत्नी से, बेटी से, यहाँ तक कि अपने-आप से भी झूठ बोलने को तैयार था!

यौन कुंठाएँ इतनी मारक होती हैं क्या?

क्या वाकई कल्पनाएँ, मोहिनियाँ, कामनाएँ इस कदर उत्तेजित कर देती हैं

कि अच्छा-खासा सद्‌गृहस्थ भी काम्य और अकाम्य में फर्क महसूसने की सुध-बुध गँवा देता है?

जीवन में 'क्षणिक सुख' ही सबकुछ है?

तीन दिन और दो रातों की स्मृतियाँ क्या शेष जीवन को पर्याप्त जीवनी-शक्ति देकर ऊर्जावान बनाए रख सकती हैं?

काम के वशीभूत हो किसी एक देह से अर्जित अनुभूतियाँ किसी और के सामीप्य को सुखमय बनाए रख सकती हैं?

ये, और ऐसे कई और सवाल कम-से-कम बुद्धिजीवी अविनाश को तो सद्‌गृहस्थ अविनाश से करने ही चाहिए थे, जो उसने भूलकर भी नहीं किए। बल्कि इस मुद्दे पर दोनों एक हो गए और लगभग एक साथ ही संकल्पित भी।

□

: दस :

काम्या के बताए ठिकाने पर पहुँचा अविनाश जितनी देर वहाँ रहा, बेहद सुंदर और सुडौल काम्या को निहारता ही रहा। उसने अपनी उपस्थिति से अविनाश को लुभाया और गौरवान्वित ही नहीं किया, उसे खुद पर पहली बार गर्व करने की अनुभूति दी।

यह संभव हुआ काम्या की उस पहली नजर से, जो अविनाश को देखते ही घृणा या तिरस्कार के वशीभूत होकर नहीं, प्रसन्नता और उल्लास-भाव में डूब चुकी थी।

अविनाश ऐसी प्रतिक्रिया का अभ्यस्त नहीं था।

उसके लिए तो यह नितांत अप्रत्याशित था।

काम्या से पहले जब भी किसी सुमुखी ही नहीं, सामान्य महिला से भी आमना-सामना हुआ, तब उनकी पहली कोशिश तो यही होती थी कि उसके बहुत करीब आकर बातचीत न करनी पड़े। यदि करनी भी पड़ती थी तो बड़े बेमन से और कुछ इस लहजे में गोया मन-ही-मन अपने आपको लानत भेज रही हों।

सोच रही हों कि जो कोई भी हमें देख रहा होगा, वह सोचता होगा कि मैं कैसी निर्लज्ज हूँ जो इस काजल की कोठरी के सामने बनी हुई हूँ, जबकि यह लगातार आँख मार रहा है।

अब दूर से देखनेवाले को क्या खबर कि इस आदमी की एक आँख है ही आधी मुंदी!

एक यह काम्या है, जिसके मुखमंडल पर एक क्षण को भी ऐसा कोई भाव नहीं आया जो अविनाश को संदेह तक करने का मौका दे पाया हो कि यह भी अन्य स्त्रियों की तरह उसके रूप-रंग को देखकर खिन्न है या उससे दूरी बरतने का इरादा रखती है।

सच तो यह था कि काम्या के आचरण का शतांश भी अविनाश के अभिभूत रहे आने के लिए पर्याप्त होता।

दो अजनबी बहुत देर तक केवल एक-दूसरे को देखते हुए तो बैठे रह नहीं सकते थे, सो दोनों के बीच कुछ बातें भी हुईं।

काम्या ने फिर अपने पति की व्यस्तता का राग अलापा। अपने अकेलेपन का प्रलाप किया। अविनाश के आने को सौभाग्य, उपलब्धि घोषित किया।

काम्या की साफगोई ने अविनाश की हिम्मत बढ़ाई। उसने अपने भीतर लगभग स्थायी तौर पर डेरा जमाकर बैठे हीनयान को नेपथ्य का रास्ता दिखाया और महायान का दामन थामा।

झिझक को अलविदा कहा और अपना अतीत, वर्तमान और भविष्य उजागर करने की स्पर्द्धा में काम्या को लाँघने का उत्साह लगातार बनाए रखा।

बताया कि इन दिनों वह किताबें छापने का काम करता है।

नया प्रकाशन और कम पूँजी के चलते अपने मन का काम करना संभव नहीं हो रहा। दोयम दर्जे की, उससे भी कमतर रचनाएँ मन मारकर छापनी पड़ती हैं। हालाँकि ये रचनाएँ कई बार तो इतना कमा कर देती हैं कि धुरंधर लेखक की रचना भी क्या देगी, पर इन्हें छापने से सम्मान नहीं मिलता।

काम्या ने अपने वर्तमान से असंतुष्ट अविनाश को मायूसी के गर्त में जाने से रोका। नई आस और नई ऊर्जा दी।

उसने प्रस्ताव रखा, ''मैं इधर घर में बैठी ऊबती रहती हूँ। आपका काम जान लेने के बाद लग रहा है कि इसमें मैं भी शामिल हो सकती हूँ। इससे मैं व्यस्त भी रहूँगी और मेरी साहित्यिक समझ भी बढ़ेगी। बदले में मुझे आपसे कुछ नहीं चाहिए। मेरे लिए तो अच्छी संगत में समय बिताना ही पर्याप्त होगा। यह बताइए कि वाकई मैं आपके पेशे में किसी काम आ सकती हूँ या नहीं ?''

यह सुनते ही हुआ यह कि अविनाश की बाँछें—जो शरीर में जहाँ कहीं भी थीं, वहीं की वहीं—खिल गईं।

पहले कभी प्रकाशन जगत को कालजयी रचनाएँ पार लगाती थीं, मगर अब किताबों की दुनिया में भी नगद नारायण और नयनाभिराम नारायणियाँ सफलता की सीढ़ी बनने लगी हैं।

अभी इसी मेले के दौरान सुनने में आया था कि एक खरीद का दारोमदार जिस अधिकारी के कंधों पर था, कुछ प्रकाशकों ने उसे बचत-पत्र के साथ-साथ 'निशा-निमंत्रण' देकर पूरी खरीद अपनी किताबों तक सीमित करवा ली थी।

वह याद आना था कि अविनाश ने काम्या के स्वागत के लिए खुद को पलक-पाँवड़े बिछाए तैयार दिखाने में कोताही नहीं की।

इस मौके को लपक लेने में ही भलाई समझी।

"आपने तो मेरे मुँह की बात छीन ली काम्या जी। यकीन मानिए, आज आपको देखकर मुझे भी ऐसा लगा था कि यदि आप जैसी सुमुखी और संपन्न का साथ मिले तो अव्वल दर्जे की किताबें छापने का भी अवसर मिल सकता है। वैसा अवसर न मिला तो भी महज दोयम दर्जे की किताबों को छापकर भी इतना कमाया जा सकता है कि गिनना मुहाल हो। फिर यह सोचकर मायूस हुआ था कि कहाँ आप और कहाँ हमारा डेढ़ आदमी का कारोबार। आप भला क्यों हमारे दीमकों के संसार में कदम रखने लगीं!"

इसके बाद अपनी रुचियों, पत्नी, परिवार, अचल संपत्ति, व्यस्तताओं के बारे में बताने के अलावा जो स्वीकारोक्ति की, वह थी तो एक हकीकत, लेकिन उसका जिक्र यकीनन काम्या को बेमिसाल सिद्ध करने के लिए किया था।

बताया कि मेरे जीवन में आनेवाली तुम ऐसी पहली महिला हो, जिससे मुझे खुशी मिली इतनी कि तन-मन में न समाए!

इस दौरान काम्या ने मेजबानी में भी भरपूर उत्साह दिखाया। वह बार-बार भीतर जाती और कोई नया व्यंजन लेकर लौटती।

हर बार उसका दूर जाना और फिर करीब आना, अविनाश को उसे हर पहलू से भर नजर देख लेने का अवसर मुहैया कराता रहा।

वापस लौटी काम्या अनायास कभी अविनाश के करीब बैठी दिखाई देती, कभी ठीक सामने।

एकाग्र होकर बातें सुनने या तल्लीन होकर बात कहने की बजाय कभी हैरानी, कभी बेचैनी तो कभी खुशी महसूस होते ही आसन बदलती। हर आसन के साथ उसकी भंगिमाएँ भी बदलतीं।

अविनाश को हर ढब, हर भंगिमा सम्मोहित करती रही।

अविनाश काम्या को यह महसूस नहीं होने देना चाहता था कि वह उसे भूखे या लोभी रसिक की तरह लगातार निहार रहा है। फिर भी एक बार चूक हो ही गई।

काम्या दोनों के बीच रखी मेज से कोई मिष्टान्न उठाने को झुकी हुई थी, सो अविनाश उसे निहारते रहने के लिए आजाद था।

उसके लिए तो यह आदर्श स्थिति थी।

तभी उसी मुद्रा में बने रहते हुए काम्या ने अविनाश से यह आग्रह करने के

लिए गरदन को हलका-सा उठाया कि चाय से भरा उसका कप उठाकर दे दे, जो उसकी पहुँच से दूर है।

और जब यह पाया कि अविनाश तो उसकी गहराइयों में गुम है, तो काम्या के चेहरे पर भेदक मुसकान तिर आई।

उधर खुद को देखते हुए देख लिए जाने से अविनाश का चेहरा फक पड़ गया।

उसने झटपट नजरें झुकाईं और उसी मुद्रा में इस तरह दाएँ-बाएँ देखने लगा, गोया जमीन पर लुढ़क गई कोई चीज खोज रहा हो।

काम्या ने कुछ पल अविनाश की इस हालत का आनंद उठाया, फिर जो कहने के लिए अविनाश की तरफ देखा था, उसे भूलकर यकायक उसे छेड़ा, ''यहाँ-वहाँ क्या तलाश रहे हैं ? यहाँ मुझसे भी सुंदर कुछ और है क्या ?''

अविनाश की दशा वही की वही।

''अच्छा जी! यानी जनाब चोरोंवाली आदत के मारे हुए हैं। चोरी मंजूर है, न्योता नहीं। है न? खैर, बहुत हो गया शरमाना। मैं जान गई हूँ कि आप बहुत शरीफ हैं। आपकी नजर में कोई खोट नहीं था। आप मुझे केवल प्रशंसक की नजर से निहार रहे थे। अब तो खुश!

''अब इस झेंप को विदा कीजिए और मैं जो पूछने जा रही हूँ, उसका सही-सही जवाब दीजिए।''

''पूछो।'' अविनाश के बोल फूटे, कुछ इस तरह जैसे वे सामने से नहीं, कहीं नेपथ्य से आए हों।

''पहले आप इधर-उधर ताकना-झाँकना बंद कीजिए। ऐसा करके आप मेरी तौहीन कर रहे हैं। मुझे यह कतई मंजूर नहीं कि मेरे होते हुए आपकी नजरें कुछ और देखें, हाँ!''

काम्या की धमकी कारगर रही या अविनाश को भद्र विकल्प दे गई, कहना कठिन है।

बहरहाल, नतीजा यह हुआ कि अविनाश ने फिर से काम्या पर नजरें टिका दीं, जो अभी भी वही आसनी मुद्रा बनाए हुए थी, जिसमें देखते हुए देख लिए जाने के बाद अविनाश को उस पर से नजरें हटानी पड़ी थीं।

''अब जरा यह तो बताइए कि आप मियाँ-बीवी में से गर्भनिरोधक का इस्तेमाल कौन करता है ?''

काम्या का सवाल सुनते ही अविनाश के होश गुम! एक बार फिर उसे निहारना छोड़ नजरें दाएँ-बाएँ घुमानी शुरू कर दीं, गोया इस सवाल को वह कोना

दिखाना चाहता हो, जहाँ इसके छिपने के लिए पर्याप्त जगह हो।

"बताइए न। आप तो टालने के मूड में दिख रहे हैं।"

काम्या ने उसका घुटना उँगली से दबाते हुए उलाहना दिया।

सवाल से भी ज्यादा इस हरकत से अचकचाए अविनाश ने मुँह खोला, "यह भी कोई सवाल हुआ भला?"

"इसमें क्या खराबी है! संतान के अनिच्छुक जोड़े समागम से पहले कोई-न-कोई उपाय अपनाते ही हैं। सो यकीनन आप भी अपनाते होंगे। मैं वही तो जानना चाहती हूँ कि दोनों में से कौन अपनाता है?"

"पर यह तो पति-पत्नी के बीच का मामला है। इसके बारे में औरों से तो क्या, बहुत से पति-पत्नी तो आपस में भी चर्चा नहीं करते। कोई एक सतर्क रहता है और बिना कुछ बोले, मौन-ही-मौन दूसरे को भी उस सतर्कता में शामिल कर लेता है।"

"अब देखिए, आपने अपनी बात शुरू तो की थी मेरी बात का खंडन करने से, लेकिन करना पड़ा समर्थन। भला जो कुछ पति-पत्नी एक-दूसरे तक से नहीं कहते, वह आप कैसे जान पाए? आपके अलावा कोई और क्या करते हैं, यह आपको कैसे पता लगा? मतलब ऐसी बातें मित्र मंडली को भी बताते हैं।

"सो हे अविनाश जी, मैं एक मित्र के नाते अगर आपसे यह जानना चाहती हूँ तो आपको ऐतराज क्यों है? मैं आपकी पत्नी बनकर लंच लेने ही नहीं, विदेश जाने तक का मन बना रही हूँ। तीन दिन, दो रातें आपके साथ किसी अनजान देश के अनजान होटल के एकांत कमरे में बिताने जा रही हूँ। और आप मुझे इतना अंतरंग भी नहीं बनाना चाहते, इतने भरोसे का भी नहीं मानते, जिसे यह मामूली बात बताई जा सके?"

"आप वह सब जानकर क्या करेंगी?"

अविनाश ने गोपनीयता को उजागर कर देने का मन बनाया।

"मान लीजिए, मैं मन को तसल्ली देना चाहती हूँ कि मुझे इस आदमी पर इसलिए भरोसा कर लेना चाहिए और इसके साथ कहीं भी इसलिए चले जाना चाहिए, क्योंकि यह मुझसे अपनी गोपनीय से गोपनीय बात भी नहीं छुपाता। इसके अलावा एक वजह और भी हो सकती है, जिसका खुलासा मैं अभी नहीं, आपकी जुबानी आपका भेद ले लेने के बाद करना चाहती हूँ।"

काम्या के मौन होने तक अविनाश ने यह तय कर लिया कि अपने अँधेरे पलों पर थोड़ा प्रकाश डाल देने में उसी का लाभ है।

"तो सुनिए, शुरू में हम कोई साधन नहीं अपनाते थे। जब तक बेटी छोटी थी, हम कोई और बच्चा भी नहीं चाहते थे। जब भी गर्भ ठहरता, गर्भपात करवाना पड़ता था। इससे उनका स्वास्थ्य बिगड़ने लगा। तब हम दोनों ने फैसला लिया कि हमें कभी भी दूसरे बच्चे की जरूरत नहीं है। इसके बाद पत्नी ने ऑपरेशन करवा लिया।"

"इसमें ऐसी क्या बात थी जो आप मुझे बताने में झिझक रहे थे? यह तो समझदारी की बात है। फिर भी आप तो बताने से ऐसे डर रहे थे जैसे मैं उपाय के बारे में बताने के लिए नहीं, उसे आजमाकर दिखाने के लिए कह रही हूँ।"

काम्या की साफगोई ने फिर अविनाश को अवाक् कर दिया।

और यकीनन खुश भी।

□

अविनाश के चेहरे पर कई भाव आ-जा रहे हैं, यह तभी जाना जा सकता था जब बहुत बारीकी से उसके चेहरे पर नजर गढ़ाई जाए।

बेहद साँवलेपन और जुगनू की रोशनी जितनी डेढ़ आँख के चलते यह पता ही नहीं लगता था कि वह कब खुश है, कब दुखी। कब हँस रहा है और कब रोने को हो आया है। कब उसका चेहरा तेज से दमका या कब शर्म से स्याह हो गया है। इसके बावजूद काम्या की दलील बेदम हो चले अविनाश में संजीवनी का काम कर चुकी है, यह उसके झुके हुए चेहरे पर भी पढ़ा जा सकता था।

काम्या ने अविनाश को चौंकाने और स्वयं को बिंदास सिद्ध करने के सिलसिले को यहीं विराम नहीं दिया। उसने अविनाश के सामने और भी कई कुतूहल उजागर किए। मसलन—

तुम्हें महिलाओं में क्या और क्यों सुहाता है?

कैसी महिलाएँ आकर्षित करती हैं, प्रभावित करती हैं?

पत्नी के बाद उसके इतने करीब आनेवाली वह पहली स्त्री देह है, इस पर यकीन कर लेने के बावजूद थाह लेनी चाही कि कभी किसी से करीबी रिश्ता बनाने का मन तो हुआ होगा, वह कैसी थी?

अब जो शुरुआत हो रही है, उसका विस्तार किनमें होगा?

जवाब में अविनाश ने यही कहा—दूजा न कोई।

दावा किया कि परस्त्री गमन की यह यात्रा तुम्हीं से शुरू होगी, विस्तार भी तुम्हीं तक सीमित रहेगा और समापन भी तुम्हीं पर होगा।

काम्या ने एक बार फिर अपनी विरह-वेदना बखानी।

पति संग के लंबे-लंबे अंतराल, बिछोह का दुखड़ा रोया।

देह सुख के लिए तरसते रहने की पीड़ा बयान की।

पति की प्रवंचनाओं का जिक्र छेड़ा।

भौतिक सुख-साधनों की निरर्थकता सिद्ध की।

जब तक देह सुख नसीब न हो, सब सुख दुःख ही दे पाते हैं, वेदना ही बढ़ाते हैं, यह मर्म उजागर किया।

जीवन में देह सुख ही परम सुख है, मेरे तईं वही चरम सुख है, यह स्थापना दी।

अविनाश रूपी बोधिवृक्ष की छत्रच्छाया में विश्राम ले रही काम्या इतना ज्ञान या सत्य बखानकर ही मौन नहीं हुई।

उसी ध्यानावस्था में बने रहते हुए उसने बताना जारी रखा—

जब तक विवाह नहीं हुआ था, तब तक किसी पुरुष के साथ सोने की कल्पना तक नहीं की थी। कई हमजोली ललचाई नजरों से निहारते हैं, इस सच्चाई से अनजान नहीं थी। फिर भी कभी किसी को अपने करीब नहीं आने दिया था।

अब सोचती हूँ, वे दिन व्यर्थ गँवाए।

पति मेरी मानसिक अपेक्षाओं पर खरा नहीं उतरा।

उसने भौतिक साधनों का तो अंबार लगा दिया, इन सुखों को भोगने योग्य बने रहने की स्फूर्ति, ललक, देह में होनी चाहिए, जो यौन संतुष्टि से ही आती है, उसी की उपेक्षा करता रहा।

उसकी अपनी जरूरतें तो कहीं भी पूरी हो जाती हैं।

इधर मैं बदनामी, भय, शोषण, धोखाधड़ी, देह संबंध बनाने के बावजूद असंतुष्ट रह जाने की आशंका के चलते अतृप्त रही आई।

बत्तीस साल का जीवन जी चुकी हूँ, लेकिन आज भी मेरा मन सूना है, मेरी गोद सूनी है।

नाम भले ही काम्या हो, मेरी एक भी कामना पूरी नहीं हुई।

पति कहता है, उसमें कोई कमी नहीं, वह वीर्यवान है।

मैं अपनी जाँच-परख करवा चुकी हूँ।

हालाँकि यह मैंने पति को नहीं बताया, मगर सभी डॉक्टर एक ही नतीजे पर पहुँचे कि मैं पूरी औरत हूँ। मुझमें कोई कमी नहीं।

पति एक ही राग अलापते हैं—जब रब चाहेगा, तब हमारे आँगन में भी कोई किलकारी भरेगा।

जाने वह दिन कब आएगा?

हो सकता है मुझे देखकर या मेरी खरी, बेबाक बातें सुनकर तुम्हें लग रहा हो कि मुझे क्या अभाव हो सकता है।

मैं तो कभी भी, कोई भी तमन्ना पूरी कर सकती हूँ।

यकीनन कर सकती थी, कर सकती हूँ और करना भी चाहती हूँ, पर अपने मन में बैठे डरों की वजह से कर नहीं सकी।

आज तुमसे मिलने और तुम्हें परख लेने के बाद पहली बार मेरे मन में उम्मीद की नई किरण जागी है।

जाने क्यों मुझे ऐसा लगने लगा है कि अब मेरी जिंदगी में ऐसे शख्स ने दस्तक दे दी है, जिससे मुझे डर नहीं लगेगा।

जो हमारे मिलन के बदले कभी सौदेबाजी पर नहीं उतरेगा।

जो मेरा दिल नहीं दुखाएगा। मुझे बदनाम नहीं करेगा।

मुझे चरित्रहीन नहीं, हालात की मारी समझेगा।

मेरी इच्छा, अनिच्छा को तरजीह देगा।

हमारे अंतरंग संबंधों की गोपनीयता को बनाए रखेगा।

□

काम्या के क्रियाकलाप, उदारता, बेध्यानी, प्रोत्साहन और अंत में यह स्पष्ट स्वीकारोक्ति, अपेक्षा, अविनाश तक रह-रहकर एक ही संदेश, भावार्थ पहुँचा रहे थे—मत चूको चौहान!

सो न चूकने को कटिबद्ध अविनाश ने काम्या की काया के स्वर-संधान की ओर प्रयाण किया। इस तर्क के साथ किया कि वह तो प्रेम-निवेदन कर रहा है। अब यह उसका दुर्भाग्य या उसके प्रयासों का खोट कि वह चाहकर भी उसे अगले पड़ाव के लिए सन्नद्ध नहीं कर पा रहा है।

अपनी ही वंचनाओं के गहरे सागर में डूबी काम्या उससे उबरकर अविनाश के संकेतों का अर्थ ग्रहण कर पाती कि इससे पहले ही अविनाश के कामोद्दीप्त मगज में भी ज्ञान का नया प्रकाश हुआ।

उसके होते ही अविनाश ने यकायक कामोत्तेजक चेष्टाओं को विराम देकर काम्या को पूरी तरह चौंका दिया।

अविनाश के अनंतर में ज्ञान की एक बूँद जो सहसा उछली, उसने यह संकेत दिया कि हो न हो, काम्या ऐसी रूपगर्विता है, जिसे किसी पुरुष की नजर में अपने लिए कामना की चाहना देखना ही चरम सुख दे देता है। अभिमान से भर देता है।

जिसे छलात्कार में ही रसानुभूति होती है।

मर्दवादी इस धराधाम का एक और पुरुष भूलुंठित किया, धराशायी किया, यह विजयी भाव ही आनंद से ओत-प्रोत कर देता है। पुरुष की आँखों में अपने लिए चाहत देखना ही संतुष्टि दे जाता है।

इस अनुभूति के साथ ही अविनाश को अपनी भौगोलिक बनावट का स्मरण हो आया। उसी बनावट का, जिसके चलते कोई भी खुराफाती विचार उसके मन के आसपास भी नहीं फटकता था। जिसे काम्या से मुलाकात के बाद से वह विस्मृत किए हुए था।

आत्मावलोकन ने इस मान्यता को बल दिया कि उसने काम्या के बारे में जो अभी-अभी सोचा है, वही सच है।

इस रूपसी को, जिसे परपुरुष के संसर्ग से परहेज नहीं, जिसके पास अवसर, साधन या साथियों का भी अभाव नहीं, किसी सुंदर, सुकुमार या सुडौल पुरुष की बजाय मुझ कुरूप, बेढब और लगभग अस्वस्थ पुरुष के सामने तिरिया चरित्तर फैलाने की क्या जरूरत थी?

तभी एक और खयाल कौंधा।

कहीं काम्या की बेशर्मी की हद यहीं तो खत्म नहीं होती?

काम्या यह तो नहीं चाहती कि इससे आगे का रास्ता निमंत्रित पुरुष ही बलपूर्वक पार करे?

तो क्या अब मुझे कामुक स्पर्श से नहीं, शारीरिक क्षमता से, वह जिसे कहते हैं मर्दानगी, उससे काम लेना होगा?

किसी कोमलांगी को दबोच सकूँ, रौंद सकूँ, इतना बल तो मुझमें भी है!

नहीं-नहीं, उसके बाद बना अंतरंग संबंध तो बल से, दबाव से, दमन से, सौदे से, समझौते से कायम हुआ संबंध होगा। उसमें वह सहजता, वह समर्पण, वह उत्कंठा, वह सहयोग कहाँ होगा, जिसकी मुझे तलाश है। जिसकी अपेक्षा मैं पति-पत्नी सहित हर स्त्री-पुरुष संबंध से रखता हूँ।

नैतिक, सिद्धांतप्रिय मन ने अविनाश को यह नेक सलाह दी ही थी कि दुनियादार मन भी वाचाल हो चला—चलो, वह न सही, यहाँ से विदा होने से पहले एक और स्त्री देह को पाने का अनुभव तो बटोर ही सकते हो।

दुनियादार मन के इरादे नेक नहीं हैं, ऐसा भान होते ही नैतिक मन ने खबरदार किया—यदि प्रयास के बाद भी वह अनुभव हाथ नहीं आया या उसकी परिणति हवालात तक घुमा लाई तो? हाँ, सबकुछ गँवा के होश में आए तो क्या किया, जैसा

गान अपना तकिया कलाम बनाना हो तो वह भी आजमा कर देख लो!

बहुत सोच-विचार के बाद अविनाश को लगा, काम्या के मामले में नैतिक मन के साथ बने रहने में ही भलाई है। यों भी इन दोनों के तर्क-वितर्क से पहले मैं उसी के साथ था ही। वास्तव में काम्या है ही पुरुष में अपने लिए चाहत महसूसते ही तृप्त हो जानेवाली नारी।

काम्या के प्रति मन उचाट होते ही अविनाश को उसके करीब बने रहना बेमानी लगना ही था।

इसकी परिणति विदा वेला के रूप में होनी चाहिए थी, लेकिन वह इस उलझन के चलते अधर में थी कि काम्या से विदा आज भर के लिए ली जाए या कल सहित हमेशा के लिए!

□

अंततः विदा लेने के लिए अविनाश ने अभिवादन की मुद्रा बनाई। इस बीच काम्या भी उसके ऐन सामने आ खड़ी हुई। अपनी कोमल हथेलियों से अविनाश की बंद हथेलियों को सहलाया। अविनाश के चेहरे की असीम कुरूपता के बावजूद उस पर उभर आई मायूसी और ऊब को पल भर निहारा। अंतिम कुछ पलों के अलावा इस मुलाकात की शुरुआत से ही अविनाश उसकी जिस कामातुरता में सराबोर था, उसे फिर से अपने सर्वांग में जगाया।

अविनाश पहली फोनवार्त्ता के साथ ही उसकी वाणी के जिस माधुर्य में डूबा रहना चाहता था, उसी से कंठ को तरल करते हुए संजीवनी दी, ''मेरे प्रति आपकी आतुरता ने, सच जानिए मुझे बेहद सुख दिया है। मैं आपको, आपकी भावनाओं को करीब से जान गई हूँ। मैं भी आपसे उसी सुख की अपेक्षा रखती हूँ। हम आज पहली बार मिले हैं और मुझे यकीन है कि अंतिम बार नहीं मिल रहे हैं। सो कुछ नया, कुछ रोमांचक, कुछ चरम, अगली मुलाकातों के लिए भी तो बचाकर रखना चाहिए न! वरना जिन दिनों में हम किसी और देश में होंगे, रातोदिन अकेले होंगे, एक-दूसरे के करीब होंगे, बेफिक्र होंगे, बेखौफ होंगे, तब क्या एक-दूसरे को सबकुछ बासी ही परोसेंगे? फिर तीन दिन, दो रातें किस आकर्षण के भरोसे काटेंगे। इसीलिए मैंने आज भर के लिए इतना ही पर्याप्त समझा।''

अविनाश को यकायक यकीन ही नहीं हुआ कि वह जो सुन रहा है, वह सचमुच कहा भी जा रहा है।

इसे सच मानने का भरोसा दिलाया संवाद अदायगी के साथ-साथ लगातार कोमल और पुलकित कर देनेवाले काम्या के स्पर्श ने।

अब अविनाश स्पर्श और सुमुख यानी दो-दो रूपों में उजागर की गई काम्या की भावना को यकीन से परे माने तो माने कैसे?

नतीजा यह हुआ कि अविनाश ने विदा के लिए उठने से ठीक पहले काम्या के बारे में जो सोचा था, उसे सिरे से खारिज किया और यहाँ कुछ और देर बने रहने का मन बनाया। ताकि जिस साफगोई से काम्या ने अपने मन के द्वार खोल दिए थे, उसी साफगोई से अपने मन का विकार वमन कर सके।

"आपको राज की एक और बात बताऊँ?"

क्षण भर का विराम लेने के बाद काम्या ने कहना जारी रखा, "मैं जानती हूँ कि मैं तो अपनी तरफ से संयम से काम ले रही थी, लेकिन आप नहीं ले पा रहे थे। फिर भी आपने अपनी मर्दानगी नहीं दिखाई, मुझ अबला पर बल प्रयोग नहीं किया, इसने आप पर मेरे यकीन को और पुख्ता कर दिया। अब मैं दावे के साथ कह सकती हूँ कि कामना ने आपको पहचानने में जरा भी भूल नहीं की थी। मेरे लिए भी आपकी संगत बहुत सुखकर होगी, क्योंकि यह संग-साथ बराबरी के स्तर पर होगा। इसमें मैं कमजोर और आप बलवान या मैं याचक और आप दानवीर नहीं होंगे। ठीक कह रही हूँ न मैं?"

"हाँ, हाँ।" काम्या से मिली प्रशंसा से पूरी तरह अभिभूत, अचंभित और दोहरे-तिहरे लाभ में रहे अविनाश ने हामी भरी।

"तो ठीक है। आज भर के लिए इतना ही। अब कल जब तक हमारी मुलाकात नहीं होती, मैं इस मुलाकात को याद करते हुए मीठे सपनों में खोई रहूँगी और मुझे उम्मीद है आप भी मुझे, केवल मुझे याद करते हुए ही अपना वक्त बिताएँगे। अब चलिए, मैं आपको दरवाजे तक पहूँचा दूँ।"

काम्या ने अपनी बात पूरी की और किसी उत्तर की प्रतीक्षा किए बिना, अविनाश के जुड़े हाथों को अपने हाथों से मुक्त कर मुख्य दरवाजे की ओर गमन कर गई। बौराया और उन्मादी कल्पनाओं से लदा अविनाश भी उसका अनुगामी हुआ।

दरवाजे तक पहुँचकर रास्ता देने के लिए दरवाजे की एक ओर को थिर हो गई काम्या को अपनी काया से हवा का-सा स्पर्श देते हुए अविनाश बाहर आया और फिर से काम्या की ओर मुड़ा।

हाथों को नमस्कार की मुद्रा में जोड़ा, काम्या की काया को अपनी डेढ़ आँख की जद में समेटा। मुगलकालीन कोर्निसवाली शैली में अधझुके कई कदम पीछे को हटते हुए तब तक उसकी ओर टकटकी बाँधे रहा जब तक अपने घर के पट भेड़कर वह ओझल नहीं हो गई।

अविनाश के जीवन में आज ऐसा बहुत कुछ पहली-पहली बार घटा, जो उसके लिए कल्पनातीत था।

यह कोई अजूबा होने नहीं जा रहा है, इसमें अनैतिक कुछ भी नहीं है।

इसी किस्म के कई और भी भारी-भरकम पत्थर उठाए और अपने शंकालु मन पर एक के बाद एक रखकर उसे ढकते हुए बताना जारी रखा···

—कि किसी स्त्री और पुरुष के बीच ऐसे संबंध कायम होना कोई अनहोनी बात नहीं है।

—कि जब संबंध आपसी सहमति से, दो नादानों के नहीं, समझदारों के बीच कायम हो रहा हो, तब उसे शालीन आचरण की श्रेणी में शुमार किया जाना चाहिए।

—कि यहाँ न सौदा है, न समझौता, न दबाव, न प्रलोभन, न मजबूरी, न नियति।

—कि यहाँ यदि कुछ और है भी, तो वह है अपनी और पत्नी की वैचारिक सोच में बुनियादी विरोधाभास के चलते देह संबंधों के प्रति उदासीन हो चले बुद्धिविलासी पुरुष की मानसिक जरूरत।

—कि इसके अलावा भी यदि कुछ है तो वह है प्राकृतिक आदिम भूख की तृप्ति के लिए आदिम रास्ते पर प्राणपण से प्रयाण का संकल्प-यज्ञ।

□

: ग्यारह :

इतना सुख है जीवन में! इतना कुछ है मेरे मन में! और मैं अब तक इससे वंचित था, अनजान था! काम्या के साथ केवल देहदर्शना भेंट से वापस लौट रहे अविनाश के मन में उथल-पुथल मची हुई थी।

परस्त्रीगमन इतना सुखद, इतना रोमांचक, इतना आह्लादकारी होता है! यह जो कल्पना से भी कोसों दूर था, अनुभव बन कल्पना नहीं अतीत बन चुका था।

इस एक ही अनुभव के दौरान अविनाश कभी खुशी, कभी गम, कभी सुख, कभी शंका के हिंडोले पर पर्याप्त झूल चुका था।

स्त्री के मन की थाह लेना वाकई सरल नहीं, इस कथन का अंध समर्थक बन चुका था।

अब अविनाश को रह-रहकर काम्या के ये तमाग हाव-भाव याद आ रहे थे और उनके अर्थ खुल रहे थे, जो उसके सामने मौजूद रहने तक अबूझ बने हुए थे, दुचित्ता किए हुए थे।

काम्या के इरादे और इच्छा ने यह भी उजागर कर दिया था कि अविनाश अभी अनाड़ी कारोबारी है।

वह नहीं जानता कि कम पूँजी के बूते भी कारोबार को कितना विस्तार दिया जा सकता है। बाजार को काबू में और खरीदार को ललचाए रखा जा सकता है। उसे उम्मीद का दामन थामे रहने के लिए मजबूर किया जा सकता है।

एक काम्या है, जो कारोबारी न होते हुए भी इसे बखूबी जानती है।

काम्या से विदा ले चुके, मगर उसी के खयालों में गुम अविनाश ने अपने-आप से पहला सवाल किया—जाएँ तो जाएँ कहाँ?

घर पहुँचकर चादर तानकर सोया जाए, ताकि इन लम्हों को निष्कंटक याद किया जा सके या अभी दफ्तर जाया जाए और घर वापसी और दिनों की तरह देर शाम ही की जाए!

कहीं ऐसा न हो, समय से पहले घर पहुँचने पर पत्नी को मेरी तबीयत नासाज होने का अंदेशा हो आए और चिंता के मारे अकेला ही न छोड़े।

सो अविनाश ने घर जाने का इरादा मुल्तवी कर फिर से दफ्तर खोलना ही तय किया।

वहाँ घर से कहीं ज्यादा एकांत मिलने की संभावना थी।

यह भी संभव था कि हाल पूछने के लिए या मुलाकात कैसी रही, यह जानने के लिए एकाध बार काम्या का फोन ही आ जाए।

अपने दफ्तर का, जिसे और लोग दुकान ही कहते हैं, ताला खोला ही था कि एक पुस्तक विक्रेता कुछ किताबें खरीदने आ पहुँचे।

आते ही उलाहना देने लगे, ''क्या बात है अविनाश जी, आधा-आधा दिन दुकान बंद रखते हैं? यह तीसरा चक्कर है। किसी को तो यहाँ छोड़ जाया करो। मुझे आज शाम तक एक ऑर्डर सप्लाई करना है, उसमें चार किताबें आपकी भी हैं। यदि अब भी न मिले होते तो उन किताबों के बिना ही माल भेज देता।''

''आप भी क्या बात करते हैं राजन जी! दुकान बंद रखना किसे सुहाता है। दरअसल, दस दिन से हमारा चपरासी नदारद है। अब आएगा भी या नहीं, यह भी पता नहीं।''

''तो कोई दूसरा रख लीजिए। ऐसे गैर-जिम्मेदार के इंतजार में काम का हर्जा क्यों कर रहे हैं?''

''सो तो है, पर वह इस काम की शुरुआत से मेरे साथ है। उसे सब अता-पता है, फिर आदमी भी ईमानदार है।''

''अजी, यहाँ न तो जानकारों की कमी है, न ईमानदारों की। कहिए तो कल मैं ही किसी को भेज दूँ! नई सड़क पर तो आए-दिन काम माँगनेवाले आते रहते हैं। कभी नए-नवेले तो कभी तजुर्बेकार!''

राजन जी से बतियाने के साथ ही अविनाश ने चारों किताबें निकालने के बाद उनका बिल बना लिया।

इस बीच कोई एक अजनबी दुकान में आ पहुँचे थे और इस इंतजार में थे कि कब अविनाश उनकी तरफ मुखातिब हों और वे अपना परिचय दें।

□

किताबें और बिल थमाकर राजन जी को विदा करते ही अविनाश नवागंतुक से मुखातिब हुआ, ''कहिए?''

''लगता है आपने मुझे पहचाना नहीं?''

नवागंतुक ने चेहरे पर वही मुसकान कायम रखते हुए कहा, जो यहाँ कदम रखने के समय से ही उनके साथ बनी हुई थी।

गौर से देखने और स्मृति पर जोर देने पर कुछ-कुछ याद आया, ''अगर

मेरी याददाश्त धोखा नहीं दे रही तो कई साल पहले आप डीयू यानी दिल्ली विश्वविद्यालय में शोधार्थी थे?''

''जी हाँ, आपकी याददाश्त कतई धोखा नहीं दे रही। आपने सही पहचाना। मैं वही हूँ और मेरा नाम है देवराज।''

''हाँ, हाँ। अब सबकुछ याद आ गया। आप शमशेर जी के साहित्य पर शोध कर रहे थे। तो क्या रहा? शोध पूरी हुई या बहुतों की तरह आपने भी अधबीच इतिश्री कर दी?''

''जी नहीं, पूरी हुई और डॉक्टरेट की उपाधि भी मिली।''

''बधाई हो। तो डॉक्टर देवराज जी, अब कहाँ हैं? इतना तो तय है कि कहीं प्राध्यापक ही होंगे।''

''जी हाँ, प्राध्यापक ही हूँ और कई साल से मणिपुर में हूँ।''

''इधर परिवार से मिलने-मिलाने आए होंगे?''

''जी नहीं, यूजीसी के सेमिनार में आया हूँ। आज फुरसत मिली तो आपसे मिलने प्रतिबद्ध पहुँचा। पता लगा आप प्रकाशक हो गए हैं। सुनकर बड़ी खुशी हुई। वहीं से पता लेकर आपको बधाई देने यहाँ चला आया।''

''धन्यवाद। हाँ, आप देख ही रहे हैं।''

''सो तो देख ही रहा हूँ। फिर भी कैसा चल रहा है?''

''बिना पूँजी के जैसा चलना चाहिए, वैसा ही चल रहा है। पूँजी के अभाव में न तो मन का छाप पाते हैं, न मन से या समय से छाप पाते हैं। जो बेहतर लिखा जा रहा है, उसे सामने लाने का मन होता है, मगर जो हालात हैं उनमें किसी बड़े लेखक की रचना तो जाने दीजिए, मित्रों तक की पांडुलिपि थामते यह डर बना रहता है कि कहीं समय से छाप नहीं पाए तो संबंधों में दरार आएगी। पर खैर, आपसे मिलकर अच्छा लगा। बताइए, मैं आपके किस काम आ सकता हूँ?''

''बात यह है अविनाश जी, आज भी मैं आपसे काम लेने तो आया हूँ, लेकिन ऐसा काम, जिसमें आप नहीं, मैं आपके काम आ सकूँ। हालाँकि आपके सामने वह सब कहते संकोच हो रहा है, जो मैं औरों के सामने बड़े गर्व के साथ कहता रहता हूँ कि मेरा शोध पूरा करवाने में सबसे अहम योगदान आपका है। आपने मुझे उस समय जो दुर्लभ, यहाँ तक कि अप्रकाशित रचनाएँ भी सुलभ कराई थीं, उससे मेरी थीसिस लाजवाब बनी थी। आपके ऋण से उऋण तो नहीं हुआ जा सकता, फिर भी मैं तभी से इस फिराक में था कि कब कोई ऐसा अवसर आए, जब मैं भी आपके काम आ सकूँ।''

अविनाश को यह सब सुनना अच्छा लग रहा था, फिर भी उसने देवराज को

कुछ और कहने से रोकते हुए कहा, ''वह सब जाने भी दीजिए। मैंने ऐसा कुछ नहीं किया था। आपकी थीसिस बेहतर हुई होगी आपकी प्रतिभा से, न कि मेरे जैसे किसी अपढ़ की वजह से।''

देवराज ने सौजन्यता का दामन तब भी नहीं छोड़ा, ''आप श्रेय न लेना चाहें, यह आपका बड़प्पन है, मगर सच वही है जो मैंने कहा। बहरहाल, संयोग देखिए, जब से मणिपुर गया हूँ, पहली बार दिल्ली आना हुआ है। आना तो था पुस्तक मेले के दौरान, लेकिन यह सेमिनार आगे खिसक गया, सो अब आना हो पाया। मैं मेले के दौरान आनेवाला था, इसलिए यूनिवर्सिटी से किताबों के बजट की खासी रकम अपने नाम जारी करवा ली थी, ताकि यहाँ हाथोहाथ किताबें खरीदी जा सकें। जब आना आगे टल गया, तब भी यह सोचकर रकम नहीं लौटाई कि मेले में न सही, प्रकाशनों में जाकर चयन कर लूँगा, फिर किसी जिम्मेदार पुस्तक विक्रेता को वह रकम सौंपकर कहूँगा कि उन्हें हम तक पहुँचवा दें।

''इसी मकसद से प्रतिबद्ध गया था। जब वहाँ यह खबर लगी कि आप भी प्रकाशक हो गए हैं, तभी यह तय कर लिया कि यह काम अब आपके शुभ हाथों ही संपन्न होगा। सो अब अगले दो दिन में सभी प्रकाशकों के दफ्तर का चक्कर लगाने के बाद अपनी सूची और रकम आपके हवाले कर दूँगा। आप उन्हें हम तक भिजवा दीजिएगा। मुझे नहीं पता कि आप अन्य प्रकाशकों की किताबें भी सप्लाई करते हैं या नहीं, लेकिन मेरे आग्रह पर आपको यह भी करना होगा।''

जैसे-जैसे देवराज अपनी बात आगे बढ़ा रहे थे, अविनाश की प्रसन्नता बढ़ती ही जा रही थी। वह खुद भी देवराज जितना भावुक हो आया था।

मन का एक कोना कह रहा था कि देवराज की इन भावनाओं के लिए उसका आभार प्रकट किया जाए, उसे धन्यवाद दिया जाए, तो मन का दूसरा कोना चाहता था कि देवराज लगातार बोलता रहे।

अविनाश मन के इसी कोने के साथ था, सो देवराज अनवरत जारी था, ''इसके अलावा मेरा एक निवेदन और है। निवेदन ही नहीं, निमंत्रण भी। आप जानते ही हैं हिंदी प्रकाशक उत्तर-पूर्वी राज्यों में न तो अपना कोई प्रतिनिधि भेजते हैं, न नए प्रकाशनों की सूचना। कई बार तो आदेश भेजने के बाद भी किताबें तक नहीं भेजते। इसका दुखद परिणाम यह है कि हमारे विद्यार्थियों को नया साहित्य पढ़ने को नहीं मिलता और अधिकांश कॉलेजों में, यूनिवर्सिटी में हिंदी किताबों के बजट की पूरी रकम भी खर्च नहीं हो पाती। मैं चाहता हूँ कि आप एक बार प्रकाशक या पुस्तक विक्रेता नहीं, हमारे मेहमान बनकर ही सही, मणिपुर आएँ। मैं खुद आपके साथ सातों राज्यों के कॉलेजों, विश्वविद्यालयों और सरकारी संस्थानों में चलूँगा।

मुझे यकीन है कि वे इच्छित किताबों की सूची हाथोहाथ आपको थमा देंगे, भले ही उनके पास उतना बजट हो या न हो। बल्कि मैं तो यहाँ तक चाहता हूँ कि आप मेरे साथ ही चलें, भले ही एक हफ्ते के लिए। अभी मौसम भी ठीक-ठाक है और सभी जगह इस साल के बजट की राशि भी मौजूद होगी। इस यात्रा का खर्च मैं वहन करूँगा। यदि पहली यात्रा का अनुभव सुखद रहे तो मैं चाहूँगा कि आप हर साल आएँ, ताकि हमें आपके दर्शन हर साल हो सकें।''

देवराज के मौन हो चुकने के बाद भी अविनाश देर तक उनकी तरफ एकटक देखता ही रहा।

''क्या कहकर आपके प्रति अपनी खुशी और आभार व्यक्त करूँ, देवराज जी ? मुझे तो एक ही उपमा याद आ रही है कि आप तो मेरे लिए अलादीन के चिराग से प्रगटे जिन्न हुए जा रहे हैं। जैसा कि मैं कह चुका हूँ, आपका मुझे याद रखना, यहाँ आना और तिस पर मेरी इतनी फिक्र करना, सहयोग की भावना से मेरा हाथ थामना, सबकुछ बेहद आह्लादकारी लग रहा है। आपका प्रस्ताव आकर्षक भी है और सम्मानजनक भी। इसमें कोई शक नहीं कि इस बहाने मेरा कारोबार भी बढ़ेगा और परिचय क्षेत्र भी। मगर मेरी प्राथमिक असमर्थता है पूँजी।

''मुझे नहीं लगता कि यदि आपने मुझे दो-चार लाख की किताबों के ऑर्डर दिलवा दिए तो मैं उतनी किताबें बाजार से उधारी पर उठा भी सकूँगा। मेरे अपने प्रकाशन की किताबें इतनी हैं नहीं। फिर जरूरी तो नहीं कि वहाँ सबको मेरे प्रकाशन की किताबों की दरकार ही हो। और आपसे सच कहूँ तो मैंने कोई बहुत मार्के की किताबें छापी भी नहीं हैं। वही पूँजी के अभाव के चलते बेहतर किताबें हासिल ही नहीं कर पाया।''

अविनाश के मौन होते ही देवराज ने उसे लाचारी के गर्त में गिरने से बचाया, ''इसीलिए तो मैंने आपसे कहा कि आपकी पहली यात्रा मेरी तरफ से होगी। रहा सप्लाई का सवाल, सो जैसे मैं अपने आदेश के साथ आपको रकम सौंप रहा हूँ, वहाँ भी जहाँ-जहाँ से आदेश मिलेगा, अपनी जिम्मेदारी पर कुछ अग्रिम रकम भी दिलवाता रहूँगा। वह रकम कम-से-कम इतनी तो जरूर होगी, जिससे आप तमाम खरीदारी नगद कर सकें। रहा सवाल आपका लाभ या बचत का, सो वह भी कहीं नहीं जाता। जब आपके बिलों का अंतिम भुगतान होगा, तब वह भी आ ही जाएगा।''

अपने प्रस्ताव को सुनते अविनाश के चेहरे पर आ जुटी खुशी की झलक मिलते ही कुछ देर पहले उसकी विवशताएँ सुनकर थोड़ा मायूस हो आए देवराज का चेहरा भी यकायक फिर खिल उठा।

''अब आपका प्रस्ताव स्वीकार करने के अलावा कुछ किया ही नहीं जा

सकता। आपने तो संकोच, दुविधा या भय तक की कोई गुंजाइश नहीं छोड़ी। हालाँकि इसे हाथोहाथ अमल में लाने में मेरी ही भलाई है। जाने फिर ऐसा सुनहरा अवसर मिले न मिले! फिर भी आपके साथ निकलना तो असंभव है। हाँ, जो काम हाथ में हैं, उन्हें थोड़ा समेट-बटोरकर अगले हफ्ते किसी भी दिन पहुँच सकता हूँ।''

''आपने मेरे आग्रह का मान रखा, इसके लिए मैं आपका आभारी हूँ। तो यही तय रहा कि अगले हफ्ते आप मणिपुर आ रहे हैं। अब मुझे इजाजत दीजिए। परसों इसी समय फिर आपसे मिलने आऊँगा। इस बीच किताबों का चयन कर लूँगा और अगली मुलाकात के दौरान किताबों की सूची और रकम आपके हवाले कर जाऊँगा।''

''अरे, ऐसे कैसे जा सकते हैं! अभी तो मैंने आपसे चाय के लिए भी नहीं पूछा। दरअसल, चपरासी के न आने से पंगु हुआ पड़ा हूँ। पर खैर, आप दो मिनट ठहरिए। मैं जरा सामान समेटकर दफ्तर को ताला लगाता हूँ, फिर कुछ देर को कहीं और चलकर बैठते हैं। आप होटल के कमरे में पहुँचकर अकेलापन ही तो झेलेंगे, या शाम कहीं और बिताने की योजना है?''

''नहीं, सच तो यह है कि आज शाम मैंने कहीं और जाने के बारे में सोचा ही नहीं था। मैं तो खुद यह सोचकर चला था कि आपसे मिलने के बाद यदि आपके पास समय हुआ तो ढेर सारी बातें करूँगा। पर इधर आपकी व्यस्तता देखकर यहाँ कुछ देर और ठहरने में संकोच हो रहा है।''

''नहीं, नहीं, ऐसी कोई व्यस्तता नहीं है, बल्कि कुछ देर पहले तो मैं तय कर चुका था कि अब घर जाया जाए। वह तो आपके आने से पहले वह विक्रेता आ गए, सो जाना टल गया। एक तरह से यह अच्छा ही हुआ, वरना आपसे मुलाकात कहाँ हो पाती।''

दुकान में ताला जड़ने से पहले अविनाश के खयाल में यही आया कि राजकर जी के दरबार में पहुँचा जाए। इस बहाने देवराज का उनसे भी मिलना हो जाएगा और वहाँ कुछ और लेखकों से भी भेंट हो सकती है।

कोई और दिन रहा होता तो अविनाश के कदम उसी दिशा में चल पड़े होते, लेकिन परसों जो अनपेक्षित हुआ था, वह याद आते ही वहाँ जाने का इरादा मुल्तवी किया और संजय को फोन पर यह सूचना दी कि तुम अपने चैंबर में ही बने रहना, हम दो जन तुम्हारे पास पहुँच रहे हैं।

□

: बारह :

संजय के चैंबर में सुरापान करने और देवराज को सकुशल विदा करने के बाद घर की ओर प्रस्थान कर चले अविनाश को रह-रहकर कथाकार और चिंतक जैनेंद्र कुमार याद आने लगे। और याद आने लगी उनकी एक स्थापना कि पत्नी के अलावा जीवन में आवश्यक होती है एक प्रेयसी।

अविनाश का मन हुआ कि अभी, इसी क्षण लोगों को रोककर यह बताए कि जैनेंद्र कुमार ने बिलकुल सही कहा था। इतना ही नहीं, यह मुनादी करवा दे कि आज से सबके लिए इस स्थापना पर अमल लाजिमी है।

अब खुद मुझे देख लो! इधर जीवन में प्रेयसी ने दस्तक दी, उधर मेरा वर्तमान बदल गया। भविष्य भी सुनहरा नजर आने लगा। और यह तो अभी शुरुआत भर है।

प्रेयसी के साथ कल दोपहर लंच, फिर किसी देश के किसी शहर के किसी होटल में तीन दिन और दो रातों तक चलनेवाला मधुर मिलन और उसके बाद उत्तर-पूर्व की सातों बहनों से गलबहियाँ!

लो बताओ, इस देवराज को आज ही अवतरित होना था!

एक दशक से भी ज्यादा हुआ जब मैंने इसे शोध के लिए कुछ सामग्री जुटाकर दी थी। मेरे लिए वह कोई नई बात नहीं थी।

डीयू और जेएनयू के छात्रों को कुछ दिनों के लिए किताबें दे देना तो मेरी आदत का हिस्सा था।

तब के छात्र ही तो भावी लेखक, आलोचक, प्राध्यापक होने वाले थे। कल को जब वे उस पद और प्रतिष्ठा को सुशोभित करेंगे, तब हमारे प्रति आत्मीय भाव रखेंगे। हमारी पुस्तकों की आलोचना के दौरान सहानुभूति दिखाएँगे। खरीदारी के दौरान उदारता दिखाएँगे। पाठ्यक्रम में उन्हें शामिल कराने में सहयोग भाव दरशाएँगे।

वह सब तो चलो होना ही हुआ, लेकिन देवराज ने आज मेरे सामने आकर जो भंगिमा दिखाई, सहयोग का हाथ बढ़ाया, ऐसा होने की कल्पना तो यकीनन मैंने भी नहीं की थी।

मेरी खुशकिस्मती देखिए कि उसका आना भी हुआ तो कब हुआ! जब मैं काम्या से मिलकर खुश-खुश लौटा था। वे मीठे पल न गुजारे होते तो शायद मैं देवराज से इस जिंदादिली से न मिला होता, चूँकि उसका आना मुझे जरा भी नहीं सुहाया था।

उसी का क्या, पुस्तक विक्रेता का भी।

मैं तो नितांत एकांत में काम्या की यादों में खो जाना चाहता था और इधर एक के बाद एक दो व्यवधान आ उपस्थित हुए थे।

यह काम्या के संसर्ग का ही प्रताप है, जो दोनों को मेरे रूखेपन का सामना नहीं करना पड़ा। वैसा आभास दिया होता तो यह जो रास्ता खुलता दिखाई दे रहा है, यहाँ भी कोई खोह है, इसकी भनक तक न लगी होती।

□

दिनभर की अपनी उपलब्धियों, खुशफहमियों से ओत-प्रोत अविनाश कब घर के दरवाजे पर पहुँच गया, खुद अविनाश को खबर नहीं।

कब कपड़े बदले, कब चाबी भरे गुड्डे की तरह मुसकान दर्शाता यंत्रवत् खाने की मेज पर आ बैठा है, यह भी पता नहीं चला।

''आज तो बड़े महक रहे हो! रोम-रोम चहक रहा है! बात क्या है?'' खाने के साथ ही पत्नी ने उत्सुकता भी परोसी।

अविनाश चहका, ''कुछ मत पूछो। बात ही कुछ ऐसी है।''

''कैसी, कुछ हमें भी तो पता लगे। दिन में दफ्तर में भी नहीं थे। मैंने कई बार फोन किया, एक बार भी किसी ने नहीं उठाया।''

''ओ हाँ।'' अविनाश सचेत हुआ।

होना ही था। बेध्यानी में पूरी दिनचर्या जबान पर आ जाती तो!

''आज तो बहुत व्यस्त रहा, मगर वह व्यस्तता थकाऊ कम और कमाऊ ज्यादा थी। सुनकर तुम्हें भी अच्छा लगेगा। बात यह हुई कि बिना कोई पूर्व सूचना दिए एक बहुत पुराने परिचित आ धमके। कभी मैंने उनकी बहुत मदद की थी। अब वे मणिपुर में हैं। बेहतर स्थिति में हैं। वे मेरी उस मदद का ऋण उतारना चाहते हैं। वे चाहते हैं कि उनके सेंटर के पूरे बजट की किताबें मैं सप्लाई करूँ। इसके लिए वे मुझे अग्रिम भुगतान भी देकर जाएँगे। इतना ही नहीं, वे यह भी चाहते हैं कि मैं उनके खर्चे पर उत्तर-पूर्व की यात्रा करूँ।

''उस दौरान वे मुझे सातों राज्यों में ले जाएँगे और जहाँ भी, जितना भी बजट होगा, उतनी किताबों का आदेश दिलवाएँगे। वहाँ भी सब किताबें मुझे सप्लाई करनी होंगी। उसके लिए भी आधी से ज्यादा रकम अग्रिम दिला देंगे।

"वे तो यह भी चाहते हैं कि यह सिलसिला आगे भी जारी रखा जाए। मैं खुद भी यही चाहता हूँ। बल्कि मैं तो यह भी चाहता हूँ कि वहाँ के तमाम लेखकों की किताबें भी प्रकाशित करूँ। और इस सबके लिए जल्दी-से-जल्दी वहाँ की यात्रा पर निकल पड़ूँ।

"आज पूरे दिन उनके साथ प्रकाशक-दर-प्रकाशक घूम-घूमकर किताबें छँटवाईं। कल और परसों भी यही दिनचर्या रहेगी। चपरासी आज भी नहीं आया, इसलिए मुझे दफ्तर बंद करके जाना पड़ा। तुमसे एक बार भी बात नहीं हो सकी। कल और परसों भी अगर चपरासी नहीं आया तो आज जैसा ही हाल रहेगा। अब कहो, कैसी रही?"

पत्नी ने मुँहजुबानी कुछ न कहकर अविनाश की पीठ पर प्रेम भरा हाथ फेरा और अपनी ओर से शुभकामनाएँ, खुशियाँ, बधाइयाँ संप्रेषित कर दीं।

बदले में अविनाश ने भी अपनी हथेली पत्नी की हथेली पर जा धरी और कहीं खो गया।

पत्नी ने सपनों में सराबोर हो चुके पति को चेताने का कोई उपक्रम नहीं किया। वह उसी मुद्रा में देर तक खड़ी रहीं।

उधर अविनाश इस बीच मन-ही-मन अपने को शाबाशी देता रहा कि वाह प्यारे, लगे हाथ किस चतुराई से कल के लिए भी बेफिक्री खोज ली। काम्या के साथ बीतनेवाले लंच के समय को भी कारोबार के खाते में शामिल कर गुजरे!

ठीक ही कहते हैं राजकर जी कि प्रेम हद दर्जे के डरपोक, दब्बू, संकोची, शंकालु को भी दुस्साहसी और परम सत्यवादी को भी अश्वत्थामा हतोहता, नरो वा कुंजरो कहनेवाला बना देता है।

□

: तेरह :

प्रगति मैदान के गेट पर अविनाश तय समय से कुछ पहले इस इरादे से पहुँचा था कि काम्या का स्वागत करने का मौका मिलेगा। यह आभास दिलाने का अवसर हाथ आएगा कि वह उसके लिए पलक-पाँवड़े बिछाए खड़ा है। इतना ही नहीं, दूर से करीब आती काम्या को देर तक निहारते रहने का नयन-सुख मिलेगा सो अलग।

अविनाश तो खटारा ही सही, अपनी कार में काम्या का सारथी बन उसे घर से प्रगति मैदान तक लाना चाहता था, लेकिन काम्या ने इसे मंजूर नहीं किया था।

उसने बताया था कि वह कहीं और होते हुए पहुँचेगी।

यह हिदायत दी थी कि गेट पर उसका इंतजार जरूर करे।

यों भी बिना उसे साथ लिए रेस्त्राँ में प्रवेश वर्जित है ही।

बहरहाल, अविनाश का समय से पहले पहुँचना व्यर्थ गया।

कई तमन्नाओं पर घड़ों पानी फिर गया।

आँखों को झपकने का अवकाश तक नसीब नहीं हुआ, चूँकि काम्या वहाँ पहले से इंतजार में खड़ी थी।

कल की अपेक्षा आज और उत्तेजक और पारदर्शी लिबास पहना था।

नाभिदर्शना झीनी-सी साड़ी। ब्लाउज के नाम पर एक चीथड़ा।

वह भी शायद इसलिए कि कानून या नैतिकता के रक्षक सार्वजनिक स्थान पर लूज लँगोटी मर्दों की उत्तेजना शर्तिया बढ़ा देने में समर्थ लिबास पहनकर टहलने के आरोप में गोरी कलाइयों में हथकड़ियाँ न डलवा दें।

काम्या के साथ-साथ रेस्त्राँ तक की पदयात्रा के दौरान अविनाश ने एक और अंतर महसूस किया।

कल जहाँ उसे उसके बदन से उसी की गंध पाने का मौका मिला था, आज किसी इत्र की तीखी गंध ही मिल रही थी।

रेस्त्राँ में पहली मुठभेड़ घुप अँधेरे और तीखे संगीत से हुई।

आईहो के एक कर्मचारी ने उनका नाम, पता पूछने और चेकबुक, क्रेडिट कार्ड, टैक्स रिटर्न की रसीद और वोटर आई कार्ड की जाँच-पड़ताल कर लेने के बाद उन्हें जिस टेबल के साथ रखी कुरसियों पर ला बैठाया, उस टेबल पर कुल जमा इतनी रोशनी ही पड़ रही थी, जिसमें टेबल पर रखा सामान और अविनाश की खुशकिस्मती से उसकी बगल में न बैठकर ऐन सामने की कुरसी पर बैठ चुकी काम्या के खिले-खिले, खुले-खुले पीन पयोधर ही देखे जा सकते थे।

दोनों के बीच की दूरी को निकटता में बदलने के लिए मेज से सटकर बैठी काम्या अविनाश की एक हथेली को अपनी कोमल हथेलियों की गिरफ्त में लेकर सहलाने लगी थी।

ऐसे प्रकाश में जहाँ स्वर्ण-धवल शेष काम्या ही नजर नहीं आ रही हो, अविनाश को तो अँधेरे का हिस्सा बनकर लोप होना ही था।

थोड़े अंतराल के बाद जब आँखें उस अँधेरे की अभ्यस्त हो चलीं, अविनाश ने इधर-उधर नजर दौड़ाने पर पाया कि थोड़ी-थोड़ी दूरी पर वैसी ही कई और मेज-कुरसियाँ रखी थीं। उनमें से बहुतों पर कई जोड़े विराजमान हो चुके थे।

हर टेबल पर खाली कागजों से भरी एक फाइल और कंप्यूटर मॉनीटर रखा था।

सभी टेबलों के साथ तीन-तीन कुरसियाँ रखी गई थीं, जिनमें से तीसरी कुरसी हर कहीं खाली थी।

इस ताका-झाँकी के दौरान अविनाश को एक भंगिमा थोड़ी हैरान कर देने वाली लगी।

उसने पाया कि अन्य टेबलों पर विराजे जोड़ों में से कुछ जोड़े नितांत शांत, थिर बैठे हैं, गोया इस इंतजार में हों कि जब फोटोग्राफर कहेगा 'स्माइल प्लीज' तभी मुखड़े पर मुसकान लाएँगे।

शेष जोड़ों के बैठने का ढंग ठीक वही है जो उसका और काम्या का है। उनकी साथिन भी ठीक उसी तरह उनकी हथेली सहला रही है जैसे काम्या खुद उसकी हथेली को सहला रही है। यानी वे पुरुष भी अपनी महिला मित्र के साथ ही तशरीफ लाए हैं।

लगता है, महिला मित्रों का प्रेम प्रदर्शित करने का, अपनापन दरशाने का यही एक तरीका है! और यही एक लिबास!

वही देहदर्शना, नाभिदर्शना साड़ी और उभारों को ढकने के बजाय उनके वास्तविक आकार से भी ज्यादा आकार का होने का भ्रम पैदा कराने में सहायक

स्लीव लैस यानी बिना बाँहों के ब्लाउज!

इससे पहले कि अविनाश तमाम जोड़ों में और समानताएँ तलाश करे, अब तक खाली पड़ी टेबलों पर भी एक-एक जोड़ा आ चुका था और कोरम पूरा होते ही तीसरी कुरसी पर आकर विराजमान हो गया एक-एक मार्गदर्शक यानी इंटरनेशनल हॉलीडेज ऐंड इन्वेस्टमेंट मैनेजमेंट ऑर्गनाइजेशन उर्फ आईहोइएमो का कर्मचारी।

□

अविनाश को मेजबान कंपनी का पूरा नाम अब जाकर पता लगा।

''आईहोइएमो की ओर से मैं गुणानंद इस दिलखुश माहौल में आपका स्वागत करता हूँ और उससे भी पहले आपको एक साथ तीन इनाम पाने की बधाई देता हूँ। उम्मीद है, आपको हमारा साथ और हमारी मेहमाननवाजी बेहद पसंद आएगी।

''मैं आपको अपने ऑर्गेनाइजेशन के बारे में कुछ विस्तार से जानकारी देना चाहूँगा। हम कैसे और कितने एक-दूसरे के लिए मददगार हो सकते हैं, इसका खुलासा करूँगा।

''आज हमारे बीच जो परिचय शुरू होने जा रहा है वह कितनी दूर तक जा सकता है, इस बारे में आपसे कोई अंदाजा लगाने को कहूँ, उससे पहले मैं गुजारिश करना चाहूँगा कि हमारे आग्रह पर आप जो कागजात साथ लाए हैं, वे कुछ देर के लिए मेरे हवाले कर दें।''

रेस्त्रां में गूँज रही संगीत की आवाज या फिर गुणानंद की गति और प्रवाह की वजह से अविनाश को उसे सुनने के लिए पूरी तरह एकाग्र होना पड़ा। तब भी गुणानंद की शुरुआती बातें उसके कानों तक नहीं पहुँचीं, अलबत्ता अंतिम बात सुनकर तो कान खड़े हो गए।

''ऐसा क्यों?'' अविनाश ने उससे स्पष्टीकरण चाहा।

वे कागजात रेस्त्राँ में घुसने से पहले ही देखे जा चुके थे।

फिर से दिखाने का आग्रह करना उसे अपमानजनक लगा।

''आपके साथी यह देख चुके हैं कि वे नकली हैं या असली।''

गुणानंद ने सफाई दी, ''जी नहीं, उन्होंने तो केवल यह तसल्ली करने के लिए देखे होंगे कि आप उन्हें साथ लाए हैं या नहीं। मैं ऐसी किसी तसल्ली के लिए नहीं माँग रहा हूँ। जैसा कि आपको पता है, हम आपका एक लाख रुपए का बीमा कराने जा रहे हैं। उन कागजात से हमें आपके बारे में वे तमाम सूचनाएँ मिल जाएँगी, जो बीमा फार्म में भरनी होंगी।

''हमारी कंपनी आपको विदेश यात्रा पर भी भेजने जा रही है, सो कुछ कागजात उसकी खानापूर्ति के लिए जरूरी हैं। मसलन, जिस देश में भेजा जा

सकता है, उसके वीजा के लिए आवेदन करना, टिकट का इंतजाम करना, होटल को आपके बारे में सूचनाएँ मुहैया कराना।

''इधर जब तक हम लोगों की बातचीत पूरी होगी, हमारे एक अन्य सहयोगी इनकी फोटोकॉपी करवा लेंगे और जरूरी कागजी काररवाई पूरी करके सभी फार्म वगैरह पर जहाँ-जहाँ जरूरी होगा, आपके दस्तखत भी ले लेंगे।

''इस तरह आपके भी कई चक्कर बचेंगे और हमारे भी। न आपको अपना कोई दस्तावेज कुछ दिनों के लिए हमारे पास छोड़कर जाना पड़ेगा, न हमें उसकी हिफाजत करनी पड़ेगी।''

''हमारे पास तो कोई पासपोर्ट है नहीं। फिर विदेश यात्रा...''

अविनाश दास ने लाचारी बयान की।

गुणानंद ने अभय मुद्रावाले अंदाज में हाथ उठाकर अविनाश को धीरज न खोने का संकेत देते हुए बताया, ''उससे कोई फर्क नहीं पड़ता। ऐसे भी कई देश हैं जहाँ जाने के लिए किसी हिंदुस्तानी को पासपोर्ट की जरूरत नहीं पड़ती।

''दूसरी बात यह है कि विदेश यात्रा के लिए किस देश में भेजा जाएगा, यह इस पर निर्भर करता है कि हमारा-आपका साथ क्या रूप लेने जा रहा है। यदि वह तय सीमाओं तक गया तो विदेश यात्रा पर भेजने के लिए हम आपका पासपोर्ट भी बनवा देंगे। बस, उसमें थोड़ा समय लगेगा। यानी आप कम-से-कम इसी महीने तो विदेश यात्रा नहीं कर सकेंगे।

''पर खैर, आप अपने दस्तावेज तो दीजिए, ताकि सबसे पहले आपकी कागजी काररवाई शुरू हो सके।''

अविनाश का मन हुआ कि वह अपने दस्तावेज उसके हवाले करने से पहले यह भी जान ले कि आपकी वे सीमाएँ क्या हैं और उन्हें छू पाने के लिए मुझे क्या करना होगा?

मगर जानने का प्रयास किया नहीं, चूँकि इस बीच ज्यादा जरूरी काम लगा, आईहो के मुलाजिम इस गुणानंद के बच्चे को कुछ देर के लिए ही सही, अपने से दूर भेजना, जो जब से आया था, सूचनाएँ तो उसे दे रहा था, लेकिन नजर पूरी बहादुरी के साथ काम्या पर टिकाए हुए था।

उधर काम्या भी मीठी मुसकान के साथ उसकी प्रशंसक नजरों के प्रति आभारी होने का संकेत दे रही थी।

दस्तावेज गुणानंद के हवाले करते हुए अविनाश ने उकसाया, ''ये लीजिए और जल्दी-से-जल्दी इन्हें संबंधित व्यक्ति तक पहुँचा दीजिए।''

□

गुणानंद के विदा होते ही काम्या ने अविनाश की तरफ मारक चितवन उछाली और उसकी हथेली को हौले-हौले सहलाते हुए बोली, "तुम भी न! कहीं तुम मेरे साथ भी ऐसे ही सवाल-जवाब तो नहीं करोगे कि ये अपने और मेरे कपड़े किसलिए उतार रही हो? तकिए के नीचे क्या खोज रही हो? इतना सटकर क्यों बैठ रही हो? तुम्हारा हाथ कहाँ जा रहा है? इधर क्या खोज रही हो?"

"तुम भी..." दूसरी हथेली उसकी हथेली पर रखकर अविनाश ने खुशी का इजहार किया या झिझक पर विजय पाने का उपक्रम किया, न काम्या जान पाई और न शायद खुद अविनाश ही।

"और हाँ, मैं पहले से कहे देती हूँ, तुम्हारे साथ सुख-चैन के तीन दिन, दो रातें बिताने के लिए मैं अगले महीने तक इंतजार नहीं करूँगी। मैं तो चाहती हूँ हम यहाँ से सीधे वहीं के लिए फुर्र हो जाएँ। ऐसा न हो, हम तो उस पल के इंतजार में दिन गिनते रहें और इस बीच मेरे पति परमेश्वर आ टपकें।"

अविनाश ने चाहा कि काम्या से यह कहकर उसका मान बढ़ाए कि जैसा तुम चाहोगी, वैसा ही होगा। मैं तुम्हारी इच्छा के विरुद्ध कोई फैसला लेने की जुर्रत कर सकता हूँ भला! फिर भी कहा नहीं, चूँकि ठीक उसी समय उसका दिल तो इससे उलट यह कहने को उतावला हो आया कि तुम क्या जानो, तुम्हारे साथ अंतरंग पल बिताने की जितनी जल्दी मुझे है, तुम्हें तो कभी सपने में भी नहीं रही होगी।

कहीं दिमाग की जगह दिल की बात ही जुबान पर न आ जाए, इसलिए मौन रहना ही ज्यादा मुफीद लगा।

□

मार्गदर्शक गुणानंद एक बार फिर इनके बीच अवतरित हुआ।

"माफ कीजिएगा दास जी, मैं फिर आप दोनों के बीच हाजिर हूँ। ये लीजिए अपने दस्तावेज। देख लीजिए सबके सब हैं या नहीं?"

अविनाश ने देखा कि गुणानंद तो और भी ढीठ बनकर लौटा है। दस्तावेज उसे थमा रहा है, वे पूरे हैं कि नहीं, यह उससे जानना चाहता है, लेकिन उसकी नजरें लगातार पीछा कर रही हैं काम्या की कमनीय काया का।

दस्तावेज हाथ में आते ही अविनाश ने उन्हें ताश के पत्तों की तरह फैलाया और ऐलान कर दिया, "हाँ, पूरे हैं। अब आप मेरी तरफ मुखातिब होकर मुझे वह सब बताइए, जो इस काररवाई से पहले न बताने की कसम खाए हुए थे। और याद रहे, यह सब मैं जानना चाहता हूँ, मैं! मैडम नहीं।

"आप जो बतानेवाले हैं उस पर अमल करना है या नहीं, यह भी मैडम

तय नहीं करेंगी, मैं तय करूँगा। अंडरस्टैंड? इसलिए मैडम को शीशे में उतारने की कोशिश तुरंत बंद कीजिए और अपना और हमारा वक्त जाया किए बिना मुझे सब कुछ बताइए!''

गुणानंद ने तुरंत गरदन अविनाश की तरफ घुमाई और बोला, ''दास जी, मेरे आचरण से आपको दु:ख पहुँचा, इसके लिए मैं बेहद शर्मिंदा हूँ। फिर भी अगर आप मुझे माफी दें तो एक गुस्ताखी और करना चाहता हूँ। यकीन कीजिए, उसके बाद आपको शिकायत का कोई मौका नहीं दूँगा।''

अपना अनुरोध बयान करते ही वह फिर काम्या को निहारने लगा, गोया उससे कहना चाहता हो कि मैडम आप भी मेरी तरफ से सिफारिश कीजिए न, ताकि मुझे माफी मिल जाए।

इससे पहले कि अविनाश गुणानंद को कोई कठोर बात कहे या यह कहे कि उसे कोई फालतू बात नहीं सुननी, इसलिए वह केवल काम की बात ही करे, काम्या ने उसे अभयदान दिया, ''ठीक है, इनकी तरफ से मैं भरोसा दिलाती हूँ कि इन्होंने तुम्हें एडवांस में माफी दे दी है। अब झटपट कहो, ताकि काम की बातें शुरू हो सकें।''

''दरअसल, मुझे दास जी की किस्मत से रश्क हो रहा है। वह कोई आँख का अंधा ही होगा, जो इतनी सुंदर महिला को भर आँख न देखेगा। मैं भी वैसा कर गुजरा तो इसमें मेरा क्या कुसूर? पर मैं कसम खाकर कह सकता हूँ कि मेरे मन में कोई मैल नहीं है।''

गुणानंद की साफगोई ने जहाँ काम्या को मनमुदित किया, वहीं अविनाश को और भी खिझा दिया।

उसकी खीझ जुबान पर भी आ विराजी, ''तुममें उसकी औकात भी नहीं है। ज्यादा-से-ज्यादा सौ रुपल्ली रोज के मुलाजिम हो तुम, सो वही रहो और वफादार मुलाजिम को जो करना चाहिए, केवल वही करो। मेहमानों पर बुरी नजर डालने का नतीजा यह भी हो सकता है कि कल को ऐसी क्या, कैसी भी महिला को देखना नसीब न हो।''

अविनाश की तीखी प्रतिक्रिया का माकूल असर पड़ा।

गुणानंद ने अपनी कुरसी को ऐसा मोड़ दिया कि काम्या की काया तो काया, उसकी मौजूदगी भी नजर की जद में न रहे।

फिर अविनाश को इस निगाह से देखा कि लो, अब तो खुश हो न! और अपनी मुहिम पर जुट गया।

''हमारी कंपनी जैसा कि आप इसके नाम से ही जान गए होंगे, इनाम देने के अलावा और भी कई किस्म के काम अंजाम देती है। इनमें प्रमुख है रिसॉर्ट यानी

ऐशगाह बनाना। वाटर पार्क बनाना। यह तो आप भी मानते होंगे कि महानगरों में लोगों के पास अपने रहने भर के लिए ठीकठाक जगह नहीं बची। सो इतनी जगह की तो कल्पना ही बेमानी है जहाँ आराम से पाँव पसारकर चैन की साँस ले सकें। बड़े होटल जो हैं, वे या तो भीड़-भाड़ से भरे होते हैं या वे हायर मिडिल क्लास की जेब की सीमा में नहीं समाते।

''इस वर्ग की एक और दिक्कत है। यह उन जगहों पर खुद को सहज महसूस नहीं कर पाता जहाँ आम लोग भी मौजूद हों। जहाँ वे भी सैर-सपाटे के लिए आते हों। जहाँ कोई भी उनके एकांत में खलल पैदा कर सकता हो। इस वर्ग की जरूरतों और भावनाओं को ध्यान में रखकर ही हमारी कंपनी ने कई साल पहले रिसॉर्ट और वाटर पार्क बनाना तय किया था। यानी शहर से हटकर बनी ऐसी ऐशगाह जहाँ सब तरफ से बेफिक्र होकर कुछ दिन विश्राम किया जा सके।

''ऐसे कुछ रिसॉर्ट बन चुके हैं, कुछ बनने की प्रक्रिया से गुजर रहे हैं और कुछ भविष्य में बनाए जाएँगे।

''इनका निर्माण भले ही हमारी कंपनी की देखरेख में होता है, लेकिन असल में इनके मालिक हम नहीं, अपर मिडिल क्लास के लोग या आप जैसे उद्योगपति, पूँजीपति, कारोबारी लोग होते हैं। इनका निर्माण उन्हीं के सहयोग से, उन्हीं के लिए और उन्हीं की सलाह और जरूरतों के मुताबिक किया जाता है। हम केवल उन्हें बनाने और फिर उनकी देख-रेख की जिम्मेदारी उठाते हैं।

''हमारी ऐसी योजनाओं में आप कैसे हिस्सेदारी कर सकते हैं और इससे आपको किस किस्म के लाभ हो सकते हैं, यही बताने के लिए हमने आपसे आपका कीमती वक्त माँगा था।

''मान लीजिए हमारा जो एक रिसॉर्ट अब निर्माण के अंतिम चरण में है, उसकी कुल लागत आ रही है पचास लाख। इसमें जब तक वह रिसॉर्ट पूरी तरह रन नहीं करता, तब तक उस पर जो खर्चा होगा, वह भी शामिल है।

''हमने तय किया है कि इसके पचास मालिक होंगे। यानी इसमें उन सभी पचास लोगों से मिला हुआ एक-एक लाख रुपया लगाएँगे। इसमें हमारी तरफ से एक भी रुपया नहीं लगाया जाएगा।

''जैसा बताया जा चुका है, हम देखरेख करनेवाले की भूमिका निभाएँगे। इतने लोगों को शामिल करने की खास वजह यह है कि सभी साझीदार समान लाभ के हकदार हों।

''जिस तेजी से वेतनभोगी लोगों की आमदनी बढ़ रही है, उनके काम की स्थितियाँ और व्यस्तता बढ़ रही है, उसमें यह जरूरी होता जा रहा है कि जब उनके

पास आराम के लिए फुरसत हो, तब उन्हें पूरे इत्मीनान के साथ आराम करने का मौका मिले।

''ऐसे लोगों की तादाद लगातार बढ़ रही है, जो इसके लिए कोई भी रकम खर्च करने में समर्थ तो हैं ही, खर्च करने का मन भी बनाते जा रहे हैं। इसीलिए इधर रिसॉर्ट की माँग बढ़ रही है। खासकर महानगरों के आस-पास। हालाँकि बहुत से लोग ऐसे भी हैं, जो कई और कारणों से शहर से खासी दूर मौज-मस्ती में वक्त गुजारना पसंद करते हैं।

''हम किसी को बाध्य नहीं करते कि वह कौन से रिसॉर्ट में हिस्सेदारी ले। जो तैयार होने को हैं, यदि उनमें किसी के शामिल होने की गुंजाइश है तो उनमें; जो भविष्य में बनने हैं उनमें या नितांत एकांत में बन रहे रिसॉर्ट में।

''इनमें से पहलेवालों के बारे में तो हमें यह पता है कि इन पर कितनी लागत लगने जा रही है। जो भविष्य में बनने हैं उनका अभी एक अंदाजा ही है, इसलिए उसमें शामिल होनेवालों को पहले ही आगाह कर दिया जाता है कि निर्माण के समय लागत बढ़ी तो उन्हें कुछ पूँजी और लगानी होगी।

''हमारे किसी भी रिसॉर्ट की औसतन मासिक आय, तमाम खर्चे निकाल देने के बाद, लाख रुपए से कम नहीं होती। यानी हर हिस्सेदार को उसकी एक लाख की लागत पर दो हजार रुपया महीना लाभ। यदि लाभ की रकम महीने-के-महीने न उठाई जाए तो सालाना एकमुश्त पच्चीस हजार की प्राप्ति। जो आज की तारीख में किसी भी बैंक या बचत योजना में शामिल होने पर संभव नहीं। फिर हमारी योजना में इससे जुड़े कुछ और लाभ भी हैं।

''सभी हिस्सेदार साल में दो बार हफ्ते भर के लिए रिसॉर्ट में ठहर सकते हैं। उस दौरान उनसे कोई भुगतान नहीं लिया जाएगा। इससे अधिक बार ठहरने पर न्यूनतम खर्च देना होगा। कभी कोई पारिवारिक समारोह आयोजित करना हो तो उसके लिए कर्मचारियों की सेवाएँ मुफ्त में मिलेंगी।

''हम कुछ रिसॉर्ट ऐसे भी बना रहे हैं, जिनमें कुल बीस हिस्सेदार होते हैं। इनमें कोई हिस्सेदार चाहे तो वन रूम सेट की पूरी लागत देकर केवल उस सेट का मालिक बन सकता है। ऐसे रिसॉर्ट में छोटे-से-छोटे वन रूम सेट की लागत एक लाख रुपए तक आती है। इनमें पूँजी लगानेवालों के साथ हमारी कंपनी भी हिस्सेदार होती है।

''उस सेट में वह कितनी भी बार आकर ठहर सकता है। बाकी दिनों में उसके किराए से जो आमदनी होती है, उसमें से मेंटेनेंस का खर्च कम करके शेष रकम उसे दे दी जाती है।

''मेरे पास हमारे एक रिसॉर्ट की नाकाफी झलक दिखानेवाली सीडी है। मैं उसे आपके सामने रखे इस कंप्यूटर में इंस्टॉल करने जा रहा हूँ, ताकि आप यह देख सकें कि वे कैसे हैं और कितने काम के हैं।''

अपनी बात पूरी करके गुणानंद क्षण भर को रुका। उस अँधेरे-उजाले प्रकाश में ही उसने एक बार अविनाश की तरफ देखा।

अविनाश को एकटक काम्या को निहारने में मशगूल पाते ही गुणानंद के चेहरे पर कुटिल मुसकान तिर आई।

''इससे पहले कि मैं कुछ और बयान करूँ दास जी, मैं आपसे यह जानना चाहूँगा कि हम एक लाख रुपए का जो बीमा कराने जा रहे हैं, उसमें आपके उत्तराधिकारी का नाम क्या होगा, ताकि जब तक आप इसे देखें, मैं संबंधित व्यक्ति तक उसकी सूचना पहुँचा सकूँ।''

गुणानंद के सवाल ने काम्या पर एकाग्र अविनाश की तंद्रा भंग कर ही दी। वह अकबकाया-सा कभी गुणानंद को तो कभी काम्या को निहारने लगा।

''श्रीमती काम्या दास।''

इससे पहले कि अविनाश की अकबकाहट गुणानंद के मन में संदेह पैदा करे, काम्या ने सवाल अनुत्तरित रहे आने की स्थिति ही समाप्त कर दी।

अविनाश के लिए यह सवाल खासी उलझन में डालनेवाला हो सकता था, चूँकि उसका इरादा तो इस प्रसंग से परिवार को अँधेरे में ही रखने का था।

उसने काम्या के प्रति आभारी नजरों से निहारकर एक बार फिर यह संकेत पहुँचाया कि तुमने मुझे बड़ी भारी उलझन से उबार लिया।

कागज पर काम्या का नाम दर्ज करते हुए गुणानंद बोला, ''तो ठीक है। पॉलिसी तैयार करके उस पर दास जी के दस्तखत ले लेते हैं और पॉलिसी जो है, वह बाद में डाक से आपके घर पहुँचा देंगे।''

यह सुनते ही अविनाश फिर गफलत में पड़ गया।

पॉलिसी घर के पते पर पहुँचने का मतलब तो हुआ···

नहीं, नहीं, यह नहीं हो सकता, यह नहीं होने दिया जा सकता···

उसे हैरान देख काम्या फिर मुखर हुई, ''क्यों, पॉलिसी बनने में क्या हफ्तों लगेंगे? पॉलिसी घर के पते पर नहीं भेजना। जब हम विदेश यात्रा पर निकल चुकेंगे तब पॉलिसी कौन रिसीव करेगा? आप किसी भी तरह कल तक पॉलिसी तैयार करवाइए। कल मैं खुद यहाँ आकर ले जाऊँगी।''

'ठीक कहा न!' कुछ इसी भाव से काम्या ने अविनाश को निहारा और बदले में अविनाश ने एक बार फिर मन-ही-मन उसका आभार माना।

□

इस बीच कंप्यूटर पर तसवीरें आने लगी थीं। गुणानंद रुखसत हो चुका था, सो विस्मय-विमुग्ध यह युगल वीडियो देखने में तल्लीन हो गया।

अन्य टेबलों पर मौजूद युगल भी अपनी-अपनी कंप्यूटर स्क्रीन पर सुनहरे नजारे देखने में मशगूल थे।

वे किसी ऐशगाह के दृश्य थे, जो पहली नजर में किसी हॉलीवुड फिल्म के दृश्य जैसे लगे। गौर से देखने पर जाना कि न वे किसी विदेशी फिल्म के सीन हैं, न किसी विदेशी जगह के।

ऐशगाह का भूगोल भी भारतीय था और उसमें मौजूद लोग भी देशी थे। रिसॉर्ट के आस-पास की दृश्यावली बता रही थी कि वह किसी मुख्य मार्ग से जुड़ा राजस्थान का इलाका है और रिसॉर्ट में मौजूद लोग उत्तर भारतीय हैं।

किसी दृश्य में कोई पुरुष धूप छतरी के नीचे लेटा आसमान को निहार रहा था। किसी में कोई युवती टू पीस में औंधी पड़ी थी।

किसी दृश्य में कोई पुरुष शैय्या पर लेटा पीठ पर तेल मालिश करवा रहा था और जरूरत से ज्यादा गदराई कोई युवती अपने हाथों से नहीं, गोया उभारों से उसकी पीठ मल रही थी।

कुछ जोड़े तरणताल में किलकारियाँ भर रहे थे। कुछ कहीं एकांत में इस मुद्रा में मौजूद थे कि केवल दृश्य में मौजूद युवती की सुगठित और सुतवाँ पीठ ही नजर आ रही थी।

कभी-कभी कैमरा भूल से किसी ऐसे कमरे में झाँकने की गुस्ताखी कर रहा था, जहाँ कोई युगल ओशो रजनीश के बताए मार्ग यानी संभोग से समाधि की ओर प्रयाण करने में प्राणपण से जुटा था।

पूरी सीडी में एक भी दृश्य तो ऐसा नहीं था जो देखना गवारा न हो, खासकर तब, जब सहदर्शी प्रेयसी हो। उसकी मौजूदगी तो जैसे हर दृश्य को और अर्थवान, और गतिमान बनाए दे रही थी।

उन दृश्यों को देखते हुए खुद की कल्पना में भी वैसी ही दृश्यावली का निर्माण होता जा रहा था।

इस दृश्यावली और उस दृश्यावली में एक ही अंतर था।

वीडियो में पात्र रूप में और लोग नजर आ रहे थे, मगर कल्पना में बन रही रील में देखनेवाले खुद को पा रहे थे।

फिल्म देखने के दौरान अविनाश की हथेली को दबाए रखने में जुटी रहीं काम्या की हथेलियाँ फिल्म पूरी होते ही कुछ मुलायम हुईं। उनमें हरकत हुई। उस

हरकत, उस थिरकन का आशय यह था कि अब वह कुछ कहना चाहती है, सो अविनाश को चाहिए कि फिल्म से उबरते ही जो नयन उसकी गहराइयों में डूबने को आतुर हैं, उन्हें वहाँ से उबारे और उसके चेहरे पर फोकस करे।

''सुनो एडी! ओह!''

काम्या अपने कथन पर खुद ही हैरान हुई।

फिर हैरानी को किनारे किया और बोली, ''हाँ तो, ठीक तो है। तुम मेरे दास थोड़ेई हो, न बॉस हो। फिर मैं भला तुम्हें दास-बॉस क्यों कहूँ। मैं तो एडी ही कहूँगी। ऐ एडी, तुम्हें कोई ऐतराज तो नहीं?''

इस नए संबोधन को ईजाद करने और उसे इस्तेमाल भी कर गुजरने के दौरान काम्या के चेहरे पर जो प्रफुल्लता, मादकता और कुछ शरारत भी उभर आई थी, अविनाश उसे अपलक निहारने में पूरी तरह तल्लीन था। इसलिए उसे अगले कुछ पल यह खयाल ही नहीं आया कि काम्या को उसके जवाब का इंतजार है।

जब काम्या ने एक बार फिर उसकी हथेलियों को पूरी मुलामियत के साथ सहलाया, तब कहीं उसे चेत आया।

''तुम जो चाहे कहकर पुकारो, पर एक बात मेरी भी सुन लो। मैं औरों के लिए भले ही केवल दास हूँ, तुम मानो न मानो, कहो न कहो, तुम्हारा तो दासानुदास हूँ। खैर, क्या कहना चाहती हो?''

''तो अभी से सुन लो एडी। मैं नहीं चाहती कि तुम किसी ऐसे रिसॉर्ट में हिस्सेदार बनो, जो अभी बनना भी शुरू नहीं हुआ है। वरना मैं तुमसे कहाँ मिला करूँगी? मेरे घर में तो मिलना संभव होगा नहीं, तुम्हारा दफ्तर भी शायद हमें वह एकांत न दे सके। तब ले-देकर बचते हैं होटल। और होटलवाले! शायद तुम नहीं जानते, जब हम जैसे जोड़े वहाँ पहुँचते हैं तो सुनते हैं अनाप-शनाप किराया वसूलते हैं।

''फिर हमें एकाध बार तो मिलना नहीं है कि वह चुका भी दें। जब तक मेरा पति नहीं लौटता, कम-से-कम तब तक तो हमारी मुलाकात आए-दिन हो। इसलिए हमें तो किसी ऐसे रिसॉर्ट में शामिल होना होगा, जो पहले से रन कर रहा हो या जब तक हम विदेश यात्रा से लौटकर आएँ, आबाद हो चुके।''

''यानी तुम पहले से ही यह मानकर चल रही हो कि मैं इसमें शामिल होने जा रहा हूँ।''

''और नहीं तो क्या? तुम क्या चाहते हो कि हम जब विदेश से लौटें, तब एयरपोर्ट पर ही एक-दूसरे से अंतिम विदा ले लें? फिर यात्रा पर जाएँ ही क्यों? अगर गए भी तो मुझे तो ऐसा लगेगा जैसे मैं अपने लवर के साथ नहीं, किसी ऐसे

ग्राहक के साथ जा रही हूँ, जिसने मुझे तीन दिन, दो रातों के लिए बुक किया है। दो पल का मिलना तो ग्राहक-खरीदार के बीच ही होता है। जो मिलन कुछ साल भी नहीं निभाना, उसे शुरू ही क्यों करें? जो सुख-सागर सराबोर करने से पहले ही सूख जाना है, उसमें डुबकी लगाएँ ही क्यों? जिस फल को अभी तक नहीं चखा, वह एक बार के बाद फिर कभी हाथ न आना हो, तो उसका स्वाद जीभ को क्यों दें? जो…''

यकायक गुणानंद के अवतरित हो जाने से काम्या मौन हो गई।

अविनाश को लगा गुणानंद न आता तो काम्या तब तक कल्पनाओं को विस्तार देती रहती या उसे औकात बोध करानेवाली उपमाओं के तीर चलाती रहती, जब तक वह उसकी चाहत पर यथा-प्रस्तावित की मुहर न लगा देता।

''तो दास जी, उम्मीद है आपको हमारा यह रिसॉर्ट पसंद आया होगा। यह रहा आपका बीमा फार्म, कृपया इस पर दस्तखत कर दीजिए।''

जब तक अविनाश ने फार्म पर दस्तखत किए, गुणानंद ने मेज के नीचे रखे कंप्यूटर के सीपीयू में से सीडी वापस निकाल ली।

फिर दस्तखत किया हुआ फार्म हाथ में थामते हुए व्यस्त भाव से पूछा, ''और हाँ, क्या आप किसी रिसॉर्ट में हिस्सेदार होना चाहेंगे?''

''क्यों नहीं?'' अविनाश चहका और उसी भाव-भंगिमा के साथ काम्या की तरफ देखा।

बदले में काम्या ने हौले से उसकी हथेली सहलाकर खुशी और आभार का इजहार किया।

''क्या मैं जान सकता हूँ कि आप किस स्टेज के रिसॉर्ट में शामिल होने में रुचि रखते हैं?''

गुणानंद की आवाज ने तन्मय होकर काम्या को निहारते अविनाश की एकाग्रता भंग की।

''जो शहर के करीब हो, जिसका निर्माण पूरा हो चुका हो, जिसमें वन रूम सेट के मालिक हम हों। वह सेट भले ही छोटा हो या लागत लाख रुपए से कुछ अधिक हो। उसमें ठहरनेवालों की आवाजाही शुरू हो चुकी हो तो और भी बेहतर। जो कभी बनेंगे, उनके लिए पर्याप्त हिस्सेदार न मिले तो वह जाने कब पूरा होगा! यानी न नौ मन तेल होगा न राधा नाचेगी!''

''किस दिशा में? मतलब वह रिसॉर्ट कहाँ हो? दिल्ली-जयपुर हाईवे, दिल्ली-हापुड़ रोड, दिल्ली-फरीदाबाद यानी मथुरा रोड या दिल्ली-चंडीगढ़ रोड पर हो? हमारी कंपनी चारों दिशाओं में रिसॉर्ट बना रही है। पहले भी बना चुकी

है। आपने अभी जो रिसॉर्ट देखा, वह भी इन्हीं चारों दिशाओं में से एक दिशा में है, अलबत्ता यह शहर से थोड़ा नहीं, कुछ ज्यादा ही दूर है।''

गुणानंद ने उन्हें कई रिसॉर्ट के ब्लूप्रिंट और फोटोग्राफ दिखाए।

किस रिसॉर्ट में कितनी रकम लगाने से हिस्सेदार बना जा सकता है, यह भी बताता गया। उनमें से काम्या को जो दिशा और दूरी के लिहाज से पसंद आया और अविनाश को भी लागत के लिहाज से भी जो उपयुक्त लगा, उसमें शामिल होना तय कर लिया गया।

''तो फिर हमारी कंपनी का पूरा नाम लिखकर दीजिए एक लाख रुपए का चेक। ताकि इधर जब तक मैं आपको कुछ और योजनाओं के बारे में बताऊँ, हमारे साथी इस साझेदारी के पक्के कागज भी तैयार कर लें।''

□

गुणानंद अविनाश से एक लाख का चेक लेकर तीर की तरह गया और हाथ में एक और सीडी लिए गोली की तरह वापस आ गया।

इस बीच अविनाश काम्या को ठीक से देख भी नहीं सका, क्योंकि वह सिर झुकाए, चेहरे पर मंद-मंद मुसकान लिए शायद उस सुख की कल्पना में खो चुकी थी, जो अभी संपन्न हुए करार के अमल में आते ही हासिल होनेवाला था।

''शायद मैं आपको यह बताना भूल गया, या हो सकता है बता दिया हो; कि आपको हम कहाँ की यात्रा पर भेजेंगे, यह इस पर निर्भर करता है कि आप कितनी योजनाओं में और कितनी पूँजी लगाते हैं।''

अविनाश ने नहीं का संकेत देनेवाली मुद्रा में हाथ मटकाकर गुणानंद को यकीन दिलाया कि इस बारे में अभी हम दोनों अनजान हैं और अब वही जानना चाहते हैं।

''तो सुनिए। हम एक लाख तक की हिस्सेदारी करने पर भारत के ही किसी हिल स्टेशन या किसी भी शहर के पंचतारा होटल में तीन दिन, दो रातें बिताने और वहाँ तक आने-जाने का हवाई खर्च उठाते हैं। एक से ढाई लाख तक की पूँजी लगाने पर भारत की बजाय भूटान या नेपाल की यात्रा का मौका देते हैं। ढाई से पाँच लाख तक की हिस्सेदारी पर सिंगापुर, मॉरीशस या किसी अन्य देश की यात्रा पर भेजते हैं। पाँच लाख से ज्यादा की हिस्सेदारी लेने पर दस दिन के यूरोपीय देशों के टूर पर। तो अब तक आप बीमे का लाभ पा चुके हैं, भारत के किसी भी शहर या हिल स्टेशन पर मौजमस्ती के हकदार हो चुके हैं और जब आप लंच ले रहे होंगे तब हमारे एमडी यहाँ आकर आपको गिफ्ट आइटम भी सौंप देंगे।

''अब आगे सुनिए। हमारी कंपनी वाटर पार्क भी बनाती है। ऐसे पार्कों की

जरूरत भी दिनोदिन बढ़ती जा रही है। दरअसल, अमीर माँ-बाप नहीं चाहते कि उनका बच्चा या बच्चे ऐरे-गैरे बच्चों के साथ खेलें। अब बच्चे तो बिना खेल-कूद के रह नहीं सकते। कुछ दिनों के लिए रह भी जाएँ, मगर हमेशा के लिए नहीं। वे माँ-बाप के कहने में तभी चल सकते हैं जब खुद माँ-बाप कहीं ले जाकर उनकी जरूरत पूरी कराएँ। सो वैसे माँ-बाप शुरू-शुरू में मजबूरन इन वाटर पार्क का रुख करते हैं और बाद में इनके शौकीन हो जाते हैं। यहाँ आने में उनका दोहरा लाभ जो होता है। बच्चे तो मटरगस्ती करते ही हैं, उन्हें भी तरो-ताजा होने का मौका मिल जाता है।''

''इसे छोड़िए, इसमें हमारा कोई रुझान नहीं है।''

इससे पहले कि काम्या इस प्रस्ताव पर भी मंजूरी की मुहर लगाए, अविनाश ने इसे सिरे से खारिज कर दिया। खारिज करते ही ऐसी राहत महसूस की जैसे कंधे पर सवार बच्चे को अभी-अभी जमीन पर उतारा हो।

जाने क्यों वाटर पार्क का जिक्र छिड़ते ही उसे ऐसा महसूस होने लगा था, जैसे वह काम्या के बच्चे को उठाए पार्क में इधर-से-उधर डोल रहा है।

इतना ही नहीं, उधर गुणानंद जैसे-जैसे वाटर पार्क की उपयोगिता के बखान को विस्तार दे रहा था, इधर वह बच्चा उसके कंधों पर सवारी गाँठने के अलावा उछल-कूद भी मचाने लगा था।

''चलिए रहने देते हैं, हालाँकि मैं वाटर पार्क की झलकियाँ दिखानेवाली एक सीडी लाया हूँ। आपको इसमें शामिल नहीं होना है तो भी आप इसे देख तो लें। जब तक आप इसे देखेंगे, मैं रिसॉर्ट वाले करार के कागज तैयार करवाता हूँ।''

गुणानंद सीडी लगाकर चलता बना।

उसके जाते ही काम्या ने याद दिलाया, ''इतनी-सी हिस्सेदारी से तो विदेश जाना हो नहीं पाएगा और यहीं के किसी शहर में जाने का जोखिम मैं कम-से-कम अभी तो नहीं ले सकूँगी। इस तरह की सैर तो तभी संभव होगी जब मेरे पास शहर से बाहर किसी रिश्तेदारी में जाने का बहाना हो। तब वहाँ न पहुँचकर कहीं और जाया जा सकता है। घर लौटने पर कह दूँगी कि रास्ते में फँस गई थी। तबीयत बिगड़ गई थी? इसलिए अधबीच में कुछ दिन रुककर आराम करके लौटी हूँ।''

''खैर, उसे आने तो दो। उसके पास तो और भी कई योजनाएँ हैं न। फिर यह भी तो देखना है कि मैं कितनी पूँजी लगा सकता हूँ।''

अविनाश ने कदम पीछे हटाने की माकूल दलील तलाशी।

''तो सिरे से न नकारो। उसे सही वजह बताओ। हो सकता है उसके पास इसका भी कोई हल हो! या फिर तुम्हें बुरा न लगे, तुम्हारी मर्दानगी को गवारा हो

तो एकाध लाख रुपया तो तुम्हारे नाम पर मैं भी लगा सकती हूँ। अब मैं तुमसे जुदा थोड़ेई हूँ।''

अविनाश की हथेली भरोसे के भाव से दबाते हुए काम्या ने कहना जारी रखा, ''बोलो, तुम तैयार हो? मुझसे रकम लेने के बाद तुम्हारे बरताव में प्यार की जगह एहसान की फीलिंग तो नहीं आएगी न! मुझे तुम पूरे के पूरे चाहिए, न कि आधे-अधूरे, दबे-कुचले या वैसे जैसे अभी कुछ देर पहले तुम खुद को बता रहे थे, मेरे दासानुदास!''

अविनाश ने काम्या से कुछ कहना चाहा, मगर सामने से गुणानंद को आता देख मौन बना रहा।

''यह लीजिए दास जी, उन्नीस लोगों के साथ रिसॉर्ट में आपकी हिस्सेदारी का करारनामा। इन स्टांप पेपरों पर जहाँ-जहाँ पेंसिल से तीर बनाया गया है, वहाँ-वहाँ दस्तखत कर दीजिए।''

अविनाश को दस्तखत करने में मशगूल देख गुणानंद काम्या से मुखातिब हुआ, ''लगता है आप लोगों को वाटर पार्क योजना में जरा भी रुचि नहीं है, तभी आपने सीडी देखना भी गवारा नहीं किया।''

''हम देख तो रहे हैं।'' काम्या ने गुणानंद को संशोधित किया।

गुणानंद ने कंप्यूटर स्क्रीन की तरफ इशारा करते हुए कहा, ''आप भी क्या बात करती हैं मैडम। सीडी तो अपने शुरुआती सीन पर ही अटकी हुई है।''

इससे पहले कि वह काम्या को किसी और प्रसंग के बहाने अपने साथ बातचीत में उलझाए, करारनामे पर झटपट दस्तखत मारकर अविनाश बोला, ''इस सीडी को तो आप निकाल ही लीजिए।''

''जैसी आपकी मरजी।''

कहने के साथ ही गुणानंद नीचे झुका और सीडी निकालकर सामने रखते हुए बोला, ''तो मैं आपको अपनी एक और योजना के बारे में जानकारी देता हूँ।''

''उससे पहले आप मुझे कुछ कहने दीजिए।''

गुणानंद को फिर से वाचाल होते देख अविनाश ने लगाम कसी, ''बात यह है कि फिलहाल मेरे पास जितनी रकम है, उसका बड़ा हिस्सा मैं इस योजना में लगा चुका हूँ। अब किसी कम लागत की योजना में ही शामिल हो सकता हूँ।''

''योजना पसंद आई और मुनाफे की हुई तब तो होना चाहेंगे?''

''उस सूरत में भला शामिल होने से कौन मना करेगा, पर मूल तो है पूँजी।''

''उसकी चिंता आप न करें। यदि आप मन से हमारे साथ जुड़ना चाह रहे हैं तो हम भी मदद करने में पीछे नहीं रहनेवाले। अभी आपने एक फिकरा कसा

था न कि न नौ मन तेल होगा, न राधा नाचेगी। मैं अब जो बताने जा रहा हूँ, उसमें आपके इस मुहावरे का जवाब भी शामिल है।

"तो ऐसा है दास जी, हमारे पास ऐसे भी बहुत से लोग हैं जो हमारी कई योजनाओं में तो शामिल हैं ही, कुछ और पूँजी भी लगाना चाहते हैं। इधर हमारा सिद्धांत है कि हर योजना में सभी हिस्सेदार बराबर पूँजी लगानेवाले ही रखने हैं और किसी एक या दो या दस को भी, कहीं का मालिकाना हक नहीं देना है। इसीलिए हम चाहकर भी उनकी पूँजी नहीं लगा पाते। ऐसे लोगों से हम अपनी जिम्मेदारी पर उन लोगों को पूँजी उधार दिला देते हैं जो हमारे साथ जुड़ना तो चाहते हैं, मगर पूँजी के अभाव में तुरंत नहीं जुड़ पाते। सो यदि आपको हमारी कोई और योजना पसंद आए तो आप उसमें शामिल होने में जरा भी संकोच मत कीजिएगा।

"अभी आपकी तरफ से हम यानी रकम उनसे लेकर लगवा देंगे। जैसे-जैसे गुंजाइश होती जाए, आप उस रकम को चुकाते जाइएगा। जब तक उनकी पूँजी की पाई-पाई चुक नहीं जाएगी, आपके लाभ में से आधे के हिस्सेदार वे भी रहेंगे। फिर चाहे बकाया हजार रुपया हो या दस हजार। यह नहीं होगा कि जब तक बकाया एक लाख है, वे हर महीने आधे लाभ के हकदार हों और जब बकाया दस हजार बचे, तब उससे कम के।"

"यदि पूँजी का इंतजाम हो सकता है तो फिर बताइए, कोई और बड़ी, ज्यादा पूँजीवाली योजना भी बताइए।" अविनाश हुलसा।

"उससे पहले आपको अपने बारे में मुझे और भी कुछ बताना होगा। वह भी अंदाजे से नहीं, आधा-अधूरा नहीं, सही और मुकम्मल।"

हिदायतनामा पूरा करते ही कागज-कलम हाथ में थामकर गुणानंद ने अविनाश के आगे सवालों की झड़ी लगा दी।

आपके पास जो कार है, वह किस कंपनी की है?
कब खरीदी थी?
सीधे कंपनी से खरीदी थी या किसी और मालिक से?
आपके घर में ए.सी. है? यदि हाँ तो किस कंपनी का?
कब खरीदा था?
उसकी रसीद ली थी या नहीं?
टीवी किस कंपनी का है?
कितना बड़ा है?
रंगीन है कि श्वेत-श्याम?
दुकान खुद की है या किराए की?

पगड़ी देकर ली है या केवल किराएदारी पर है?

घर खुद का है या किराए का?

आपके नाम है या बीवी के नाम?

बैंक से कितने ओवरड्राफ्ट की सहूलियत मिली हुई है?

अपने धंधे के अकेले मालिक हैं या साझीदार भी है?

धंधे में कितनी पूँजी लगी हुई है यानी यदि सारा सामान नीलाम करने की नौबत आए तो कितनी रकम हाथ आ सकती है?

अचल संपत्ति के नाम पर दिल्ली के अलावा कहीं और भी कोई मकान, खेत-खलिहान या दुकान है?

सवालों की फेहरिश्त पूरी होते ही गुणानंद ने कलम बंद की और अपनी जेब से एक और सीडी निकालकर कंप्यूटर के हवाले कर दी।

''देखिए दास जी, आप जानते और मानते भी होंगे कि इधर लोगों में तीर्थस्थानों पर जाने का चलन बड़ी तेजी से बढ़ा है। लगता है जैसे-जैसे पाप बढ़ रहा है, भक्तिभाव भी बढ़ रहा है। या फिर जो लोग समृद्ध हो रहे हैं, वे इसके लिए ईश्वर का आभार जताने, और जो नहीं हो पा रहे हैं, वे उससे उन्हें भी समृद्ध कर देने की गुजारिश करने के लिए जाते हैं। इस मामले में गरीब और अमीर सब एक जैसे हैं। उनमें कोई भेदभाव नहीं है। मगर यह अभेद केवल तीर्थस्थान तक पहुँचने के मामले में ही है, वहाँ पहुँचते ही इनमें फिर भेद हो जाता है। वे फिर केवल भक्त से अमीर भक्त और गरीब भक्त में बदल जाते हैं। जब भगवान के पुजारी तक इन्हें उसी नजर से देखते हैं, फिर ये खुद को उसी नजर से क्यों न देखें!

''बहरहाल, हो यह रहा है कि अमीर श्रद्धालु चाहते हैं कि उन्हें तीर्थस्थान पर भी वही ऐशो-आराम मिले, जिसके वे आदी हैं। भले ही वह किसी भी कीमत पर क्यों न हो। सो हमारी कंपनी ज्यादातर तीर्थस्थानों पर ऐसे घर बना रही है, जो घर कम और होटल ज्यादा होते हैं। जिनमें थ्रीस्टार होटलों जितनी सुविधाएँ तो मिलती ही मिलती हैं। यह योजना इतनी कामयाब हो रही है कि पूछिए मत।

''अभी आप इस सीडी में ऐसी ही कुछ जगहों को देखेंगे और यकीनन आपको यह देखकर हैरानी होगी कि उन जगहों पर हमारे घरों में जगह पाने के लिए लोग किस कदर मारा-मारी करते हैं। हम ऐसे ही किसी धर्मस्थान पर बन चुके या बनने जा रहे घर में आपको भी शामिल कर सकते हैं। इसमें जगह का चुनाव आप करेंगे। साल में दो बार आप खुद भी सपरिवार उस जगह ठहर सकेंगे, जिसका आपसे कोई किराया नहीं लिया जाएगा। जो लोग आपका सिफारिशी खत लेकर पहुँचेंगे, उनसे भी बहुत कम किराया लिया जाएगा। पूरे साल उस घर से

जो आमदनी होगी, उसमें से देख-रेख पर हुआ खर्च कम करने के बाद शेष रकम आप तक पहुँचा दी जाएगी। इस योजना में लाभ का भुगतान महीने के महीने नहीं, साल में दो बार होगा, चूँकि ऐसी जगहों पर मौसम के चलते या ज्योतिषीय मनाही के चलते किसी-किसी महीने एक भी दर्शनार्थी नहीं पहुँचता।

''यह रही उन जगहों की सूची। आप इसमें से जिस तीर्थस्थान पर बन रहे घर में शामिल होना चाहें, हमें बता दें। चुनाव का एक तरीका यह भी हो सकता है कि जिस देवता में आपकी ज्यादा श्रद्धा हो, उसी के तीर्थ को चुन लें। अमूमन लोग ऐसी जगह के घर में शामिल होना पसंद करते हैं जहाँ वे खुद भी मत्था टेकने जाते हैं, ताकि कभी-कभार खुद भी अपने घर में रहने का सुख उठा सकें। हालाँकि कुछ लोग इससे ठीक उलट करते हैं। वे नहीं चाहते कि जब सीजन अपने चरम पर हो, तब उनका घर खुद उन्हीं ने घेरा हुआ हो, इसलिए वे वहाँ पूँजी नहीं लगाते जहाँ खुद भी जाते हों।''

जब तक गुणानंद धर्मस्थानों में पूँजी लगानेवालों की मनोवृत्ति का बखान पूरा करता, अविनाश उस सूची को पूरा पढ़ गया और भरतपुर के करीब के एक धर्मस्थान पर बन रहे घर में शामिल होने का मन बना लिया।

जैसे ही बखान पूरा हुआ, सूची में वह जगह चिह्नित करके सूची उसे थमा दी, ताकि जल्दी-से-जल्दी वह उनके पास से विदा हो। चूँकि गुणानंद फिर अपने वायदे से मुकरने लगा था।

वह अविनाश को नहीं, काम्या को अपनी आँखों के रास्ते रमणीक तीर्थस्थानों की सैर कराने निकल पड़ा था।

''तो आप लोग कुछ तीर्थस्थानों के दर्शन कीजिए। तब तक मैं इस करारनामे के दस्तावेज तैयार करवाता हूँ।''

गुणानंद ने सीडी चालू की और फिर अंतर्धान हो गया।

इसे तीर्थवंदना या धार्मिक संस्कार ही कहना होगा, जो इस बार गुणानंद के जाने के बाद काम्या के हाथ पहले-सी शरारत भरे अंदाज में हरकत में न आकर कुछ और करने में व्यस्त हो गए।

जैसे ही सीडी का पहला दृश्य कंप्यूटर स्क्रीन पर झलका, काम्या ने अब तक अपनी दोनों हथेलियों में थामा हुआ अविनाश का हाथ मुक्त कर दिया और बिना कोई टिप्पणी किए हाथ जोड़कर पूरे भक्तिभाव से दृश्य-दर-दृश्य हृदयंगम करने लगी।

उस दृश्यावली में अविनाश की कोई रुचि नहीं थी, सो वह दृश्य देखती काम्या को एकटक निहारने लगा। इस बीच जब-जब उसकी नजर स्क्रीन पर पड़ी,

मन–ही–मन उसे मानना पड़ा कि गुणानंद ने जो कहा था, सोलह आने सही कहा था।

लगभग हर धार्मिक स्थल पर श्रद्धालुओं की भीड़ उमड़ रही थी। यानी वहाँ घर बनाने में पूँजी लगाने से पुण्य भले ही न मिले, पैसा खूब मिलेगा। पुण्य का तो ऐसा है, कहते हैं कि अब ऐसी जगहों पर धर्मशाला बनाने पर भी नहीं मिलता। धर्मशाला बनानेवाले धर्मात्माओं को अब धर्मभीरुओं से मिलती हैं गालियाँ या बेईमान, कंजूस होने का खिताब। भगवान् के घर में भी भक्तों की जेब पर सरेआम डाका डालने का लाँछन।

□

गुणानंद फिर अवतरित हुआ और आते ही मेज पर फिर से कुछ स्टांप पेपर फैलाते हुए बोला, "तो दास जी, हाजिर है आपके और हमारे बीच तीर्थक्षेत्र पर बन रहे तपोवन में साझेदारी का करारनामा। इसी के साथ इस स्टांप पेपर पर आपकी ओर से यह शपथ लिखी गई है कि आप हमारी कंपनी के मार्फत, फलाँ आदमी से, जिसका नाम अभी यहाँ नहीं लिखा गया है, यहाँ उस आदमी का नाम लिखा जाएगा, जो आपको पूँजी उधार देगा, फिलहाल उसके लिए जगह खाली छोड़ दी गई है, एक लाख रुपया उधार ले रहे हैं। यह रकम आप किस्तों में चुकाएँगे। जब तक पूरी एक लाख की रकम नहीं चुक जाती, तब तक आपको तीर्थक्षेत्र वाले घर से जो आमदनी होगी, उसका आधा हिस्सा हमारी कंपनी उन तक पहुँचाती रहेगी। और हाँ, तब तक के लिए आपकी कार, एसी, कलर टीवी और इनवर्टर उसके पास गिरवी रहेगा। घबराइएगा नहीं, ये सभी चीजें आज भी आपके पास हैं और आगे भी रहेंगी, बशर्ते आप उधारी चुकता करते रहेंगे।"

करारनामे के दस्तावेजों पर दस्तखत होते ही गुणानंद ने सीडी बाहर निकाली और विदा लेनेवाले अंदाज में सूचना दी, "अब हमारे एमडी आपसे मिलने आएँगे। फिर आप लंच लेंगे। एक सरल और कम पूँजी निवेश वाली योजना की जानकारी आपको अभी भी नहीं दी जा सकी है, सो वह जानकारी देने के लिए मैं लंच के बाद फिर हाजिर होना चाहूँगा। तब तक के लिए नमस्कार।"

"एडी, तुमने यह बहुत नेक और पुण्य का काम किया।"

मेज पर टिके अविनाश के हाथ को फिर से अपनी गिरफ्त में लेते हुए काम्या ने बधाई दी।

अविनाश को लगा जैसे इस बार की बधाई में खुशी से कहीं अधिक मात्रा श्रद्धा की है।

□

: चौदह :

गुणानंद गया और उलटे पाँव लौट भी आया। वह अकेला नहीं लौटा था। एक भारीभरकम शख्स को साथ लाया था। नवागंतुक इनके करीब आते ही दोनों हाथ जोड़े स्टेचू की तरह थिर हो गए।

"आप हैं दास जी, और आप हैं श्रीमती दास।"

अविनाश और काम्या की ओर इशारा कर गुणानंद ने उस काया को दोनों का परिचय दिया।

"और आप हैं हमारे एमडी साहब। आईहोइएमो के मैनेजिंग डायरेक्टर श्रीमान आहलूवालिया।"

अविनाश-काम्या ने खड़े होकर अभिवादन स्वीकार किया।

एमडी उस तीसरी कुरसी पर विराजमान हो गए, जिस पर कुछ देर पहले तक गुणानंद बैठा था।

"दास जी अब तक हमारी दो योजनाओं में हिस्सेदारी ले चुके हैं। रिसॉर्ट और तपोवन योजना में।" गुणानंद ने उन्हें सूचना दी।

"आपको वाटर पार्क में भीगना रास नहीं आया?"

एमडी ने हँसते हुए कहा और अविनाश को भी हँसाना चाहा।

जब देखा कि अविनाश के चेहरे पर कोई प्रतिक्रिया ही नहीं आई तो उसे उसी के हाल पर छोड़ कोट की जेब में हाथ डालते हुए काम्या की ओर मुखातिब हुए, "यदि आप बुरा न मानें और अन्यथा न लें तो एक बात कहना चाहता हूँ।"

"कहिए। बात बुरी हुई तो भी मैं बुरा नहीं मानूँगी।"

काम्या ने उन्हें अभयदान दिया।

एमडी ने जेब में मौजूद उस चीज को, जिसकी खोज में हाथ भीतर ले गए थे, बाहर निकालने का उपक्रम करते हुए कहा, "आप बेहद सुंदर हैं और आप

जैसी सुंदर देवी पर यह खूब फबेगा।''

और जेब से बाहर आया एक हार काम्या के सामने रख दिया।

फिर दोबारा जेब में हाथ डाला और वहाँ से एक कागज निकालकर अविनाश के सामने रखते हुए बोले, ''देखिए दास जी, मैं किसी के साथ कभी अन्याय नहीं करता। जो चीज जिसके हाथों में होनी चाहिए, उसी को देता हूँ। सो वह रखा है आपकी अति सुंदर पत्नी के सामने हमारी तरफ से एक तुच्छ सरप्राइज गिफ्ट आइटम और यह रही उसकी रसीद।

''पच्चीस हजार का यह हार आपकी श्रीमती की किस्मत में था, सो उन तक पहुँचा दिया। यह उस हार की रसीद है। उस जौहरी की जहाँ से यह खरीदा गया है। यदि कभी कोई दिक्कत आए या ईश्वर न करे, कभी इसे बेचने की नौबत आए तो इस रसीद को दिखाकर उस जौहरी को तो ठीक-ठाक दामों में बेच सकेंगे।

एक बात और कहकर मैं आपसे विदा लेना चाहूँगा। अरे हाँ, पर आपकी श्रीमती जी की तारीफ के फेर में मैं आप दोनों का स्वागत करना और आपको बधाई देना तो भूल ही गया। मेरा खयाल है दास जी, इनके साथ जब भी आप कहीं जाते होंगे, यकीनन ऐसे हालात से गुजरते होंगे। खैर, यहाँ पधारने के लिए आप दोनों का मैं तहेदिल से स्वागत करता हूँ, इनामी जोड़ा बनने पर बधाई देता हूँ और सुखद यात्रा के लिए शुभकामनाएँ भी देता हूँ।

''अंत में मैं दास जी से खुले मन से यह कहना चाहता हूँ कि हे दास जी, यह सच है कि आप ही इनके गले का हार हैं, फिर भी, आपको कोई ऐतराज न हो तो आपकी श्रीमती जी को अपना यह हार पहने हुए एक बार हम भी देखना चाहते हैं।''

एमडी की बात सुनकर अविनाश और काम्या के चेहरे पर मुसकान तिर आई। काम्या ने एक बार कनखियों से अविनाश की ओर निहारा और एमडी से मिले हार को अपने गले में डाल लिया।

''सुंदर, अति सुंदर! अब जाकर इस हार में निखार आया।''

एमडी ने तालियाँ बजाते हुए अपनी प्रतिक्रिया दी और गुणानंद को वहाँ से टलने का संकेत देते हुए खुद भी रुखसत हो गए।

उनके जाते ही काम्या ने अपने दोनों हाथ पीठ की ओर ले जाते हुए अविनाश से आग्रह किया, ''एडी, जरा इधर तो आइए।''

अविनाश रोबोट की गति से उठा और दोनों के बीच में रखी कुरसी को लाँघता हुआ काम्या के ठीक पीछे जा खड़ा हुआ।

''मुझे इसका कुंडा नहीं मिल रहा, आप ही बंद कर दीजिए।''

अविनाश ने हार का कुंडा खोजकर उसे ठीक से बंद कर दिया, मगर उसके बाद भी काम्या के कंधों पर टिके हाथ हटाए नहीं, बल्कि अपनी पोरों में कोमलता लाकर उसकी ग्रीवा को सहलाने लगा।

''आगे भी तो देखिए, कितना नीचे तक लटक रहा है।''

काम्या ने गरदन उठाकर उसे अपना अग्रभाग दिखाना चाहा।

''हाँ, है तो लंबा। किसी दिन जौहरी के पास जाकर ठीक करवा लेना।''

''तो क्या यह मेरे पास ही रहेगा?''

''भई, जब तुम्हें दिया गया है तो तुम्हारे पास ही रहेगा।''

काम्या चहकी, ''ओह एडी, तुम वाकई बहुत दिलदार हो। अब मुझे पूरा यकीन होने लगा है कि हमारी खूब निभेगी।''

इसी के साथ अविनाश के दोनों हाथों को अपने हाथों की गिरफ्त में लिया और उन्हें तब तक थामे रही जब तक अविनाश वापस अपने हिस्से की कुरसी पर विराजमान नहीं हो गया।

अब अविनाश ने वहाँ मौजूद अन्य लोगों पर भी नजर डाली।

इससे पहले भी उसने जब-तब अन्य मेजों पर नजर दौड़ाई थी। वहाँ क्या बातचीत हो रही है, इस पर भी कान देने की कोशिश की थी। लेकिन जहाँ अपनी मेज पर विराजमान गुणानंद तक की आवाज बमुश्किल कानों तक पहुँच रही थी, वहाँ दूसरी मेजों पर हो रही बातें सुन पाना तो असंभव ही था।

बहरहाल, इस बीच कुछ मेजें खाली हो चुकी थीं। यानी कुछ मेहमान बिना लंच लिए ही विदा हो चुके थे।

एमडी एक के बाद एक मेहमान युगल तक जा रहे थे और हर युगल को जेब से कुछ-न-कुछ निकालकर थमा रहे थे।

एमडी के विदा होते ही सबके आगे लंच परोस दिया गया।

लंच से निवृत्त हुए ही थे कि गुणानंद फिर आ पहुँचा, ''एक बार फिर मैं आप दोनों का हार्दिक स्वागत करता हूँ। उम्मीद है आपको लंच स्वादिष्ट लगा होगा।''

बदले में मिली दोनों की मुसकान को ही सहमति मानते हुए फिर से अपनी मुहिम में जुट गया।

''तो अब एक और बेहतरीन योजना बयान करता हूँ। जैसा कि आप जानते ही हैं, हमारी पृथ्वी का पर्यावरण दिनोदिन असंतुलित हुआ जा रहा है। हम पेड़ काटकर, वन उजाड़कर कंक्रीट का जंगल खड़ा करते जा रहे हैं। ऐसा न तो नादानी में कर रहे हैं, न निर्ममता में। हमारी जरूरतें बढ़ रही हैं, इसलिए करना पड़ रहा है।

''यह कहना भी बेमानी होगा कि कोई ऐसा दिन भी आ सकता है जब हमारी तमाम जरूरतें पूरी हो जाएँ या हमें पेड़ न काटने पड़ें। यकीनन जरूरतें हमेशा बनी रहनेवाली हैं और पेड़ों का कटना भी जारी रहनेवाला है। ऐसे में क्यों न ऐसा रास्ता तलाशा जाए, जिससे साँप भी मर जाए और लाठी भी न टूटे! अन्य देशों ने ऐसे कुछ रास्ते खोज निकाले हैं।

''हमारी कंपनी ने भी एक ऐसा ही सरल और स्थायी रास्ता खोजा है। उस पर अमल भी शुरू कर दिया है। उससे प्रकृति का सौंदर्य तो बढ़ेगा ही, जो इस सौंदर्य को बढ़ाने में सहभागी बनेंगे, उन्हें आय भी होती रहेगी। प्रकृति का संतुलन भी बना रहेगा और हमारी जरूरतें भी प्रकृति को बिना और क्षति पहुँचाए निरंतर पूरी होती रहेंगी।

''वह उपाय है नए-नए पेड़ लगाना। हमने कई प्रदेशों में वहाँ की सरकारों से बहुत सारी जमीन नई पौध लगाने के लिए ली है। हम उस पर पौधे रोपते जा रहे हैं। एक दिन यही पौधे पेड़ों में तब्दील हो जाएँगे। तब वे जरूरतमंदों को लकड़ी भी देंगे और हमें उस लकड़ी की कीमत के रूप में आमदनी का जरिया।

''अब हम उत्तराखंड में भी ऐसी जमीन ले रहे हैं। वहाँ देवदार की पौध रोपी जाएगी। इस योजना में वही लोग शामिल हो सकते हैं, जिनमें पहाड़ियों जितना ही धैर्य हो। देवदार तुरत-फुरत तैयार होनेवाला पेड़ नहीं होता।

''यदि आप हमारी इस योजना में रुचि रखते हों तो कम-से-कम बीस हजार की पूँजी लगाकर इस दोहरे यानी अपने भी और अपने समाज के भी लाभवाली योजना में शामिल हो सकते हैं।''

''अविनाश को यह योजना इतनी रोचक लगी कि इसमें शामिल होने के मामले में उसने काम्या की हाँ या न का भी इंतजार करना गवारा नहीं किया।

''योजना बेशक लाजवाब है। इस योजना में शामिल होने के लिए मैं सहर्ष तैयार हूँ। इतनी रकम लगाने में भी मुझे कोई हर्ज नहीं है, मगर श्रीमान गुणानंद, यह तो बताइए, यह उत्तराखंड भारत के मानचित्र में है कहाँ?''

''अभी भले ही न हो, लेकिन हमारी योजना अमल में आने तक यकीनन भारतवर्ष के इसी मानचित्र में होगा। हमने भी प्रतिज्ञा की हुई है कि उस दिन के न आने तक हम भी चैन से नहीं बैठेंगे।''

''यानी आप पहाड़ी भाई हैं?''

''जी हाँ, पूरा पहाड़ी। गुणानंद कोटनाला। कोई शक!''

''जी नहीं। मेरी निगाह में तो अब आप किसी शक के नहीं, शाबाशी के हकदार ठहरते हैं।''

''धन्यवाद, तो दास जी···''

''अमाँ, अविनाश जी कहने में जोर पड़ता है क्या?''

इससे पहले कि गुणानंद अपना वाक्य पूरा करे, अविनाश ने तल्खी से उसकी खबर ली।

इस तल्खी से गुणानंद तो सन्न हुआ ही, काम्या भी चौंकी, जो काफी देर से रेस्त्राँ की छत निहार रही थी।

संभवत: उत्तराखंड में रोपे गए अविनाश के हिस्से की पौध को बढ़ते-बढ़ते आकाश से बातें करते देखने में तल्लीन हो चुकी थी।

अगले ही पल उसने अविनाश की हथेली पर हथेली रखकर उसका गुस्सा शांत करने का उपक्रम शुरू कर दिया।

''मैं क्षमा चाहता हूँ अविनाश जी। मैं तो अंग्रेजी चलन के हिसाब से संबोधित कर रहा था।''

''पर भइए, न तुम अंग्रेज, न मैं। हम बातचीत भी हिंदी में कर रहे हैं, फिर भी दास जी, दास जी! मेरा नाम केवल दास नहीं, अविनाश दास है।''

गुणानंद ने धीमी आवाज में तुतलाते हुए कहा, ''ऐसा है सल, मैं आसा कलता हूँ कि आपने मुझे खमा कल दिया होदा।''

अविनाश ने उस पर अभयदान देती-सी नज़र डाली।

''तो अब यह बताइए कि आप इस योजना के लिए रकम कैसे देंगे! मेरा मत्लब है, एक और चेक से या नगद?''

''दोनों ही नहीं। मैं यह रकम दूँगा क्रेडिट कार्ड से। यह लीजिए मेरा क्रेडिट कार्ड और अपनी काररवाई पूरी कीजिए। और हाँ, मेरे कार्ड की लिमिट बीस हजार ही है।''

गुणानंद फिर एक सीडी चालू करके अंतर्धान हो गया।

इस बार सीडी देखने में अविनाश ने तो खासी रुचि ली, लेकिन काम्या ने उसे कनखियों से भी नहीं देखा।

सीडी में कई रमणीक स्थानों के दृश्य थे। गगनचुंबी पेड़! कल-कल करते झरने! कुलाँचे भरते वन्य जीव! फूल! लताएँ! नदियाँ! नौकाएँ! आँखों को सुहानी लगती हरी-भरी वादियाँ! जगह-जगह रोपे गए नन्हे-नन्हे पौधे!

□

गुणानंद फिर कुछ दस्तावेजों, करारनामों और अविनाश के क्रेडिट कार्ड सहित हाजिर हुआ। कागजों पर दस्तखत करवाए, क्रेडिट कार्ड वापस दिया, कंप्यूटर में से सीडी निकाली। फिर निवेदन किया, ''तो इस तरह आप तीन योजनाओं में साझेदार बने, इसके लिए हम आपके आभारी हैं। अपनी कंपनी की ओर से आपको अनंत शुभकामनाएँ देते हैं।

''आप आईहो की तरफ से नेपाल की यात्रा के हकदार हो चुके हैं। अब हमें दस हजार रुपए का एक चेक दीजिए। जिस होटल में आपको ठहराया जाएगा, यह चेक उसे धरोहर के रूप में दिया जाएगा। यदि आप तय तारीखों पर वहाँ नहीं पहुँचे तो चेक भुनाकर होटल अपने घाटे की भरपाई कर सकता है। हालाँकि यह चेक विदेश यात्रा पर जानेवालों को तब वापस किया जाता है जब वे यात्रा पूरी करके यहाँ लौट आते हैं, लेकिन नेपाल या भूटान जानेवालों को उनका चेक वहीं होटल में ही वापस कर दिया जाता है।''

अविनाश ने लक्ष्य किया कि उसकी डपट के बाद गुणानंद कुछ शर्मिंदा करने वाले लहजे में बोलने लगा है।

इससे पहले कि उसका यह बरताव कोई नई खीझ पैदा करे, अविनाश ने चेक पर दस हजार की रकम भरी और चेक गुणानंद के हवाले कर दिया, ताकि जितनी जल्दी संभव हो, वह टले।

''तो अब आज के लिए इजाजत दीजिए अविनाश जी। कल तक आपके सभी कागजात तैयार हो जाएँगे और नेपाल के चार हवाई टिकट भी आ जाएँगे। आप कल दोपहर बाद वह सब हमसे हासिल कर सकते हैं।''

काम्या ने तुरंत इस पर भी सहमति दी, ''हाँ, हाँ, कोई हर्ज नहीं। कल दोपहर बाद मैं किसी भी समय आकर सब ले जाऊँगी।''

अविनाश एक बार फिर काम्या को आभारी नजरों से निहारने पर विवश हुआ। उसे लगा कि काम्या ने सचमुच उसे एक धर्मसंकट से बल्कि आर्थिक संकट से भी उबार लिया है।

कल दोपहर तक तो देवराज को भी किताबों का चयन पूरा कर लेना है। वह किसी भी समय आ सकता है। ऐसे में उसके लिए ज्यादा जरूरी होगा देवराज का इंतजार करना, न कि यहाँ आकर यह सब हस्तगत करना।

रेस्त्राँ से बाहर आते ही काम्या ने अविनाश की उँगलियों में उँगलियाँ फँसाईं, गरदन उसके कंधे पर टिकाई और आहिस्ते-आहिस्ते सीढ़ियाँ उतरते हुए पूछा,

''क्यों एडी, मैंने ठीक किया न! वरना खामखाह तुम्हारा वक्त जाया होता। अब मैं ऐसा करूँगी, कल घर से पहले जौहरी के पास पहुँचूँगी। हार अपने गले के माप का करने को कहूँगी। फिर वहाँ से इधर का रुख करूँगी। इनसे बीमा पॉलिसी, एयर टिकट और अगड़म-सगड़म सब ले लूँगी।''

''ठीक है।'' अविनाश ने उसकी योजना पर सहमति जताई।

आखिरी सीढ़ी लाँघते ही काम्या यकायक रुकी। खुले बालों को पीठ की तरफ झटका। चेहरा अविनाश के चेहरे के करीब लाई। चेहरे पर ही नहीं, आँखों में भी शरारती अंदाज लाकर बोली, ''जानते हो एडी, मेरे मन में और क्या है? अच्छा, पहले तुम अंदाज लगाओ, क्या हो सकता है?''

''तुम्हीं बता दो न!'' अविनाश ने सोचने की बजाय जानने के प्रति उतावलापन दिखाया।

''ओहो, तुम मेरे लिए जरा-सी माथापच्ची भी नहीं कर सकते!''

यह आरोप सुनते ही अविनाश का चेहरा उदास हो आया।

''खैर, जाने दो, मैं ही बताती हूँ। मेरा मन है कि जब हम नेपाल जाएँ तब यह हार भी मेरे गले में हो। अरे हाँ, वह रसीद तो मुझे दो।''

''कौन-सी रसीद?'' अविनाश ने हैरानी जताई।

''वही, इस हार की, जो एमडी ने तुम्हारे हवाले की थी। उसके बिना तो जौहरी हार को हाथ भी नहीं लगाएगा न!''

''अरे हाँ, यह लो।''

अविनाश ने रसीद काम्या के हवाले कर दी।

रसीद हाथ में थामते हुए काम्या फिर से शरारती अंदाज पर उतरी, ''तो अब क्या इरादे हैं? मेरे साथ मेरे घर चलोगे?''

अविनाश का एक मन हुआ कि चल ही दे, फिर खयाल आया कि देवराज आज भी तो आ सकता है। यों भी काम्या आँखें फाड़-फाड़कर निरखने ही तो देगी। बता जो चुकी है कि इससे अगला कदम तो नेपाल में ही उठाएगी। निहारना तो बहुत हो गया, लिहाजा देवराज का इंतजार करना ही बेहतर होगा। फिर पत्नी को फोन भी तो करना है न!

''तो फिर?'' अविनाश की तरफ अपलक निहारने के बाद भी जवाब न मिलने पर काम्या ने टहोका, ''क्या कहते हो? हाँ या न?''

''नहीं, आज नहीं। बाहर जाने से पहले कई काम भी तो सलटाने हैं न।''

''देख लो! एक बार फिर सोच लो। ऐसा मौका बार-बार नहीं मिलेगा। आज

चलते तो खुश कर देती। आगे जैसी तुम्हारी मरजी। तुम्हारा यही आखिरी फैसला है तो तुम अपना रास्ता लो, मैं···

"नहीं, नहीं, मैं ऐसा करती हूँ एक बार फिर रेस्त्राँ में जाती हूँ और उस गुणानंद के बच्चे से पूछती हूँ कि कल ठीक कितने बजे आना होगा। उम्मीद है तुम्हारी डपट से डरा वह बेचारा मुझे देखते ही थरथर काँपने लगेगा।"

अपनी बात पूरी करते ही अविनाश को गेट पर अकेला छोड़ काम्या फिर से प्रगति मैदान की ओर मुड़ गई।

अपने से दूर जाती काम्या की पीठ को आँख से ओझल होने तक निहारने के बाद अविनाश भी कार की तलाश में जुट गया।

□

: पंद्रह :

अगली शाम दो महत्त्वपूर्ण सूचनाएँ लेकर आई। पहली तो यह कि देवराज किताबों की एक सूची, पचास हजार रुपए और मणिपुर आने का निमंत्रण थमा गया। अविनाश ने उसे यह भरोसा दिलाया कि उसके निमंत्रण का मान रखने के लिए अगले हफ्ते किसी भी दिन वह मणिपुर पहुँच सकता है।

ऐसा कह पाना संभव हुआ था, इससे पहले मिली एक और सुखद सूचना से।

देवराज के आने से ठीक पहले काम्या बता चुकी थी कि उसने हवाई जहाज के चार टिकट हासिल कर लिए हैं। अलबत्ता वे नेपाल के नहीं दार्जिलिंग के हैं।

काम्या ने बताया कि वे तो हमारी यात्रा ही रद्‌द कर रहे थे। वह तो उसने उन्हें समझा-बुझाकर नेपाल की जगह दार्जिलिंग की यात्रा पर भेजने को राजी कर लिया।

काम्या ने बताया कि दरअसल तुम आइहो को जो चेक देकर आए थे, उसमें चेक की तारीख 11 की जगह 17 लिख आए थे। इसलिए आइहोवाले अभी यह मानने को तैयार नहीं हुए कि उन्हें तुमसे दो लाख से अधिक की हिस्सेदारी की रकम मिल चुकी है।

वे तो क्रेडिट कार्ड से मिले बीस हजार और आईहो के जरिए लिए गए एक लाख रुपए का ही साझीदार मानकर चल रहे हैं। इतनी हिस्सेदारी से केवल भारत के ही किसी हिल स्टेशन पर भेजा जा सकता है, इसीलिए वे दार्जिलिंग भेजने पर ही सहमत हुए।

काम्या ने बताया कि हालाँकि मैंने उन्हें बहुतेरा समझाया कि चेक पर फरवरी की 29 तारीख तो लिखी नहीं है, जो चार साल में एक बार आती है। इस महीने 17 तारीख भी आएगी ही। यह भी भरोसा दिलाया कि यह चेक हर हाल में कैश होगा। यों भी तब तक हम दार्जिलिंग से लौट भी चुके होंगे। हम हमेशा के लिए तो दार्जिलिंग जा नहीं रहे हैं।

काम्या ने इस दु:खद कुयोग में भी एक सुखद संयोग खोज लिया था। उसका कहना था कि एक तरह से यह अच्छा ही हुआ। अब हम तुम्हारे एक लाख बीस हजार के इनवेस्टमेंट के एवज में दार्जिलिंग जा ही रहे हैं, कल को जब वह एक लाख का चेक कैश हो जाएगा तब उसके एवज में फिर किसी हिल स्टेशन पर हो आएँगे। दार्जिलिंग में हमारा पहला मिलन बेहद सुखद रहा तो अपने मिलन की पुनरावृत्ति के लिए एक बार फिर वहीं चले चलेंगे।

काम्या के साथ एक ही महीने में दो-दो बार छह दिन और चार रातें बिताने की सुखद कल्पना ने अविनाश का सर्वांग आह्लाद से सराबोर कर दिया था।

वह इस सुखद कल्पना का ठीक से आनंद ले भी न पाया था कि काम्या ने चिंता में डालनेवाली दो अन्य सूचनाएँ और थमाई थीं।

काम्या ने बताया कि तीनों साझेदारियों के दस्तावेज तैयार हो चुके हैं, लेकिन अभी नोटरी पब्लिक से सर्टिफाई नहीं हो पाए हैं। तुम्हारा चेक कैश हो जाने के बाद अगले मंगलवार तक सर्टिफाई हो पाएँगे, जबकि हम सोमवार को दार्जिलिंग के लिए कूच कर जाएँगे।

सो अब मैं भी यात्रा की तैयारी में जुटती हूँ। मुझे ससुरालवालों को भी तो साधना होगा न। सास को और जेठ-जेठानी को कोई पट्टी पढ़ानी होगी। किसी की बीमारी में उसका साथ देने जा रही हूँ, यह यकीन दिलाना होगा।

अब मैं तुम्हें कोई फोन नहीं करूँगी। सोमवार को रिपोर्टिंग टाइम तक, यानी दस बजे हवाई अड्डे पहुँच जाना। फोन किया तो चाहकर भी अपनी बेचैनी, बेकरारी छुपा नहीं सकूँगी।

और मेरे अजीज एडी, तुम भी बेचैन हो जाओगे। हजार काम छोड़कर दौड़े आओगे, जो मुझे अच्छा नहीं, खराब लगेगा। उस सूरत में न तो मैं खुश रह सकूँगी, न तुम्हें खुशी दे सकूँगी।

तुम यही मानकर धीरज रखना कि भूख ज्यादा बढ़ जाने पर खाना भी ज्यादा स्वादिष्ट लगता है। तब खाने की शुरुआत भकोसने से होती है, बीच में खूब चटखारे लिए जाते हैं और अंतत: थाली को पूरी तरह चाटकर ही परे खिसकाते हैं।

काम्या की सलाह, संभावित नाखुशी का संकेत और इस अंतराल की सुखद परिणति का विशद वर्णन पा चुके अविनाश ने भी तय कर लिया कि अब काम्या का दीदार हवाई अड्डे पर ही करेगा। उसके घर जा धमकना उसे नागवार गुजरा तो दार्जिलिंग प्रवास फीका पड़ सकता है।

इस बीच उसे भी कुछ जरूरी काम करने हैं।

देवराज के ऑर्डर की किताबें फिलहाल उधारी पर ही उठानी हैं, ताकि प्रवास के दौरान हाथ में पर्याप्त रकम रहे।

किताबें कल ही मणिपुर के लिए रवाना कर देनी हैं।

तभी मेरे मणिपुर पहुँचने से पहले किताबें वहाँ पहुँच पाएँगी।

इसके बाद पार करने को बचेंगी कुल दो बाधाएँ।

पहली बाधा तो पत्नी को नोटों की गड्डियाँ दिखाकर यह जताते ही पार हो जाएगी कि एक आदेश हाथ में है और दूसरे इससे भी बड़े आदेश के लिए सोमवार को मणिपुर जाना है। एक हफ्ते बाद लौटूँगा।

दूसरी बाधा से दार्जिलिंग प्रवास के अंत में सामना होगा।

उसमें पार पाना होगा काम्या से।

प्रवास के अंत में उसे बताना होगा कि तुम्हें वापसी का सफर अकेले तय करना होगा। मुझे अचानक मणिपुर जाना पड़ रहा है।

अब अगले सोमवार को दिल्ली में ही तुम्हारे दीदार होंगे।

□

: सोलह :

यह सच था कि अविनाश दास जब पहली बार काम्या से मिलने गया था तो इकलौती ही सही, किसी परस्त्री के नितांत आत्मीय निमंत्रण पर मिलने का चाव पूरा करने और उसके साथ गमन, फिर समागम भी करने की अस्पष्ट और असंभव संभावना सँजोकर पहुँचा था।

उसी दिन काम्या के हाव-भाव से और उसकी जुबानी भी अविनाश यह जान चुका था कि काम्या भी अविनाश से फिलहाल यही दोनों अपेक्षाएँ पूरी करना चाहती है।

और हालाँकि उसने साफ तौर पर एक बार कहा भले ही न हो, भविष्य में, स्थितियाँ अनुकूल होने पर यानी जब उसका पति भी उसी घर में, उसके पहलू में सोता हो, अविनाश के सहकाम से वह प्रतिष्ठा भी अर्जित करना चाहती है, जो समाज में केवल संतानवती स्त्रियों को ही मिलती है।

पहली अपेक्षा यानी अपनी शर्तों पर, अपनी पसंद के पुरुष के साथ चरम सुख भोगने की शुरुआत उसी दिन की जा सकती थी, उसे इसके लिए अवसर और अवकाश दोनों ही सुलभ थे।

फिर भी जैसे उसने यह तय किया था कि इस सुखानुभूति के लिए सुपात्र अविनाश है, वैसे ही यह भी ऐलान कर दिया था कि इसकी शुरुआत प्रवास के दौरान करेगी।

वह अपने मन से, विवेक से और दमखम से वरण करने जा रही इस साझेदारी का आरंभ ऐसी जगह से करना चाहती है, जो न उसके पति का आवास हो, न अपने चुने पुरुष का हो, न वह जहाँ श्रीमती भोगराज के नाते अवस्थित कर दी गई है, वह हो। प्रवास में हो, किसी मुक्ताकाश में हो।

इसके बावजूद अविनाश को यह संदेह बना हुआ था कि इस किस्म की

अंतर्यात्राओं के लिए अपेक्षित सुयोग, समय, स्थान, स्वच्छंदता, सहवासी, समर्पण भाव जैसी भौगोलिक या मानसिक स्थितियों के रहते भी उनके बीच तुष्टिकर तो दूर, क्षणिक अंतर्संबंध भी आधार ले पाएगा या साकार हो पाएगा!

जाने क्यों उसे अभी भी ऐसा लगता था कि काम्या भावुकता में यह कदम उठा तो रही है, लेकिन अन्य स्त्रियों की नजर में अविनाश के लिए वितृष्णा और उपेक्षा देखते ही भावुकता स्वाहा हो जाएगी।

जब वह पाएगी कि अविनाश के साथ चलने भर से खुद भी सबके उपहास का पात्र बन रही है। उसकी सुंदरता भी उसे आह और वाह का नहीं, ओह और हाय की हकदार बना पा रही है।

तब काम्या अविनाश का साथ देना तो दूर, उसकी तरफ आँख उठाकर देखना भी गवारा नहीं करेगी।

उसकी उपेक्षा भले ही न करे, किसी लाँछन से भले ही न मड़े, सौजन्यता का परिचय देते हुए क्षमा माँगे और उसे भूल जाने को कहे।

□

दिल्ली हवाई अड्डे पर जो समय जाँच और उड़ान के इंतजार में बिताना पड़ा, उस पूरे समय काम्या बुझी-बुझी, सकुचाई-सी बनी रही। कुछ ऐसी जैसे खुद को सबकी नजरों से, यहाँ तक कि अविनाश की नजरों से भी छुपा लेना चाहती हो।

अविनाश को लगा, उसी की सोच सच होने जा रही है!

फिर लगा कि हो न हो, काम्या को किसी परिचित के टकरा जाने का भय सता रहा है।

वह सशंकित है कि कोई देख न ले। करीब न आ जाए।

यह न पूछने लगे कि कहाँ जा रही हो?

यह साथ में काला भुसंड आदमी कौन है?

उनका जोड़ा रंग-रूप के मामले में है भी तो इतना विलोम कि हर आने-जाने वाले की नजर क्षण भर को उन पर ठहर ही जाती है।

एक के प्रति हैरत से तो दूसरी के प्रति सहानुभूति से।

काम्या के प्रति सहानुभूति का सिलसिला यहीं नहीं थमा।

उसने सोचा, यों भी काम्या अपने ही देश के किसी हिल स्टेशन पर आना ही कहाँ चाहती थी।

वह चेक का मामला न उलझा होता तो आना भी नहीं था।

हालाँकि चेक का घपला होने पर ट्रिप बदलने का फैसला लेने से पहले मुझे

बता दिया होता तो मैं दूसरा चेक दे देता या उसी चेक पर नई तारीख डाल देता।

अब उस बारे में तो कुछ किया नहीं जा सकता था।

अलबत्ता काम्या को बुरी नजरों से तो बचाया ही जा सकता है।

मन में यह इरादा उपजने की देर थी कि काम्या की फिक्र में बराबर के फिक्रमंद और सावधानी बरतने में उससे भी ज्यादा सावधान अविनाश ने उसे अपनी ओट में ले लिया।

किसी फौजी की तरह सावधान-विश्राम की मुद्रा बनाने लगा।

यह सिलसिला तब तक जारी रखा जब तक यात्रियों से उड़ान की ओर गमन करने की गुजारिशी सूचना प्रसारित नहीं हो गई।

□

लेकिन यह क्या?

हवाई जहाज में बैठने के बाद ही नहीं, जहाज के उड़ान भर चुकने के बाद भी काम्या के व्यवहार में कोई बदलाव नहीं आया!

इस बीच जैसे वह और भी बुझ गई!

चेहरा फीका पड़ गया! नयन मुँदने को हो आए!

जैसे यात्रा पर स्वेच्छा से नहीं, किसी के दबाव में आई हो!

उसका अपहरण करके यहाँ तक लाया गया हो!

काम्या की यह दशा अविनाश को बेचैन करने लगी।

वह उसके प्रति द्रवित हो आया। फिक्रमंद हो आया।

सलाह दी कि तुम्हारी तबीयत बिगड़ रही हो तो जहाँ भी यह जहाज पहली बार रुकेगा, हम वहीं उतर जाएँगे। तुम आराम कर लेना। फिर यदि संभव हुआ तो आगे की यात्रा पर चलेंगे, वरना दिल्ली लौट चलेंगे।

काम्या ने ऐसा करने से मना कर दिया। भरोसा दिलाया कि तबीयत बिलकुल ठीक है। वह सामान्य है। उसे कुछ नहीं हुआ है। किसी-किसी को सफर की शुरुआत में घबराहट होती ही है, वही हो रही है। इसलिए यात्रा स्थगित नहीं करेंगे, दार्जिलिंग पहुँचकर ही आराम करेंगे।

काम्या ने ढेर सारा भरोसा तो थमाया, लेकिन उसका चेहरा और उसके हाव-भाव उसके कथन की गवाही नहीं दे सके।

ऐसे में अविनाश कैसे मान ले कि वह ठीक है।

ठीक जैसी या जैसी अविनाश ने आज से पहले उसे देखा है, वैसी कोई तो भंगिमा दिखाई दे!

इतनी देर से वह उसके साथ है, माना कि हवाई अड्डे पर तो उसे किसी परिचित द्वारा देख लिए जाने का भय रहा होगा, पर यहाँ हवाई जहाज में, जहाँ वे एक-दूसरे के इतने करीब हैं कि उन्हें जुड़वाँ भी समझा जा सकता है, जहाँ उन पर किसी की नजर भी नहीं जा सकती; जाएगी भी तो यकीनन वह कोई अनजान नजर होगी, फिर भी वह अपने आप में सिमटकर ही बैठी है।

बैठी भी अविनाश की छोटी आँख की तरफ है, सो वह उसे ठीक से निहार भी नहीं पा रहा।

एक बार भी अविनाश को स्पर्श नहीं किया।

अविनाश ने जब-जब उसे छूकर उसके प्रति अपनी चिंताओं का अहसास कराना चाहा, तब-तब और भी बाएँ खिसक गई।

जो काम्या अपने घर में तो घर में, प्रगति मैदान के रेस्त्राँ में भी उतने लोगों के बीच अपने यौवन का भरपूर और बेधड़क प्रदर्शन कर अविनाश को नयनसुख देती रही, वह यहाँ ऐसा लिबास पहनकर बैठी हुई है कि हथेलियाँ और चेहरा ही उघड़ा दिखाई दे रहा है।

हालाँकि इस बीच न तो दिल्ली के मौसम में सर्द हवाओं ने डेरा डाला है, न इस एयरकंडीशंड प्लेन में ही इतनी ठंडक है। दार्जिलिंग में भी उतनी ठंड से सामना नहीं होना। फिर भी जाने क्यों काम्या ठंड से बचाव के लिए नख-शिख ढकने में समर्थ लिबास पहनकर आई है!

एयरपोर्ट पर अविनाश यह मानकर चल रहा था कि काम्या को कोई शारीरिक परेशानी है। यह इसकी शराफत या मेरे प्रति लगाव ही है, जो उस परेशानी को धता बताती चली आई है।

अब काम्या के पहरावे पर ध्यान जाते ही फिर उसी धुरी पर सोचने लगा।

□

यकीनन इसने यह कदम सोच-समझकर नहीं, विवेक की सहमति से नहीं, भावावेश में उठाया है। इसीलिए इस मानसिक उलझन में है कि गैर-मर्द के साथ चली तो आई हूँ, जाने इसका अंजाम क्या हो?

हो सकता है अब पछतावा हो रहा हो! डर रही हो!

भेद खुल जाने का भय सता रहा हो!

यह दुश्चिंता बेचैन कर रही हो कि यह अनैतिक संबंध भी वह 'सुख' दे पाएगा या नहीं?

इस आदमी को माध्यम बनाकर जिस अंधकूप में कूद रही हूँ, वह असंतुष्टि,

अतृप्ति देकर अधोपतन की ओर तो नहीं ले जाएगा?

इससे भी इच्छित सुख, कल्पित खुशी, प्रतीक्षित सुत नहीं मिला तो तलाश आगे भी जारी रखनी होगी या इतिश्री करनी होगी?

क्या ऐसा हो पाएगा? एक बार बहके कदम पीछे लौट पाएँगे?

अविनाश का मन हुआ कि वह काम्या के बिना कुछ कहे ही उसे यह भरोसा दिला दे कि—

—तुम बेफिक्र रहो, तुम्हें निराशा हाथ नहीं लगने जा रही।

—मैं तुम्हें दिल, मन, आशक्ति, समर्पण की अतल गहराइयों में डूबकर ही समेटूँगा।

—तुम्हारे रोम-रोम को पुलकित कर दूँगा।

—अमूल्य निधि की तरह तुम्हारी हिफाजत करूँगा।

—कंजूस की तरह तुम्हारा भरपूर उपभोग करूँगा।

—कुबेर की तरह तुम पर संतुष्टियाँ न्योछावर करूँगा।

—गुलाम की तरह तुम्हारी टहल करूँगा।

—याचक की तरह तुम्हें ग्रहण करूँगा।

—वरुण की तरह तुम्हारे तन-मन को सराबोर कर दूँगा।

□

हठात् अविनाश ने अपने-आप से भी कुछ सवाल किए—

यह मुझे हो क्या रहा है?

मैं यह सब क्यों सोच रहा हूँ?

मैं तो सहजता से, सहमति से, समर्पण भाव से साथ पाने निकला था। ऐसा संबंध बनाने, जिसमें न कोई सौदा हो, न समझौता, न दबाव, न प्रलोभन, न चिंता, न शर्त, न विवशता, न अनिच्छा।

यह जो संबंध बनने जा रहा है, यह वह कहाँ रह गया है?

इसमें तो प्रलोभन भी है, सौदा भी, समझौता भी, विवशता भी, और अब जैसा लग रहा है उभय पक्ष की ओर से अनिच्छा और मेरी ओर से चिंता भी।

यह जो सुंदर स्त्री मेरे करीब बैठी है, भले ही इसने सौदे की शर्त या समझौते की धारा के रूप में यह न कहा हो, मगर अपनी बातचीत के दौरान कई बार यह संकेत तो दिया ही था कि यह मुझे इस प्रलोभन के तहत भी देहदान करनेवाली थी कि इसकी पुनरावृत्ति से इसे संतान-सुख मिलेगा।

अब लगता है, इसमें उस संबंध के प्रति जरा भी इच्छा शेष नहीं है। सो अब

सहजता, सहमति या समर्पण भाव से नहीं, अनैतिक लगने के बावजूद, भय या गोपनीयता बनाए रखने की अपेक्षा से देह प्रस्तुत करेगी।

और मैं! मैं जो इसकी चिंता में दुबला हुआ जा रहा हूँ, क्या महज इसलिए, चूँकि यह वह पहली स्त्री है, जिसने मेरी दैहिक कुरूपता और अपूर्णता के बावजूद मुझे उपेक्षा का पात्र नहीं समझा!

जिसके चलते स्त्रियों को मेरे साथ दो कदम चलना तो दूर, मेरी तरफ निहारना भी असह्य हो जाता रहा है।

क्या सचमुच इस भली औरत के प्रति मेरी चिंताओं का यही एकमात्र कारण है?

कहीं इसकी चिंता की आड़ में मैं इस सच्चाई को झुठलाने की कोशिश तो नहीं कर रहा हूँ कि मैंने परस्त्रीगमन के जो मापदंड तय किए थे, वे तब तक के लिए ही थे, जब तक दूर-दूर तक उसकी कोई संभावना नहीं थी।

इस संभावना में वे मापदंड खरे उतर रहे हैं; इस झूठ से खुद को बहला लेने के बाद भी वह सपना सपना ही रह जानेवाला है।

□

काम्या के प्रति चिंतातुर और खुद के प्रति शंकालु भावनाओं को विराम देने के लिए या काम्या को बातों में उलझाकर मानसिक तनाव से बाहर लाने के लिए या फिर शायद तभी वह प्रसंग याद आ जाने की वजह से—तीनों ही वजह तब माकूल और मौजूँ वजह होने का माद्दा रखती थीं—सो अव्वल वजह जो भी रही हो, परिणाम एक ही रूप में सामने आया।

अविनाश ने यकायक काम्या से पूछ ही तो लिया, ''तुम वह इनामवाला हार तो अपने साथ लाई हो न! दिख नहीं रहा। लगता है दार्जिलिंग में पहनोगी। वह भी तब, जब पहली-पहली बार मुझे नेह-निमंत्रण दोगी।''

''कहाँ ला पाई। उस जौहरी ने उसे ठीक ही नहीं किया था। जब मैंने कहा कि फिर मुझे उसी हाल में लौटा दो तो बोला कि वह जिस कारीगर के पास है, वह दस दिन के लिए अपने गाँव चला गया है। सो हार तो जिस हाल में भी मिलेगा, तभी मिलेगा।''

काम्या को फिर से पुरानी काम्या में लौटा लाने के लिए छेड़ा गया यह प्रसंग अविनाश को उसकी काम्या नहीं, एक और असंतोष थमा गया।

हार टटोलकर देखने के बहाने काम्या की गरदन तक पहुँची और तब से वहीं थमी अपनी हथेली से अविनाश ने यकायक काम्या का चेहरा अपनी तरफ मोड़ा। फिर उसके होठों पर चुंबन जड़ते हुए चुहल की, ''चलो कोई बात नहीं।

उस हार को जाने भी दो। तुम क्या किसी हार से कम हो? मेरे लिए तो तुम्हीं मेरा नौलखा हार हो।''

पत्नी के अलावा किसी अनन्या के कपोल पर जड़े इस पहले चुंबन की अनुभूति अविनाश को इतनी विभोर कर गई कि काम्या के प्रति घनीभूत हो चली तमाम दुश्‍चिंताएँ जाने कहाँ विलीन हो गईं!

उधर अविनाश के अप्रत्याशित व्यवहार ने काम्या को क्षण भर के लिए अवाक् ही तो कर दिया।

''तुम भी न, कुएँ के मेढक जैसे वहीं चक्कर काट रहे हो।''

''कल तक तो तुम भी यही कर रही थीं।''

''कल तक बात कुछ और थी, आज कुछ और है।''

''कल और आज में क्या फर्क है, वही तो जानना चाहता हूँ।''

''होटल में पहुँचकर वह भी पता चल जाएगा।''

''यहीं बता दो। यहाँ भी मुझे ही सुनना है और वहाँ भी।''

''इसलिए नहीं, ताकि तुम्हारा सफर तो चैन से कटे।''

''तो क्या वाकई तुम वहाँ पहुँचते ही मेरा चैन हर लेनेवाली हो! मेरे लिए तो यह अच्छी खबर है। इसमें सफर चैन से न कटने की बात कहाँ है! तुम क्या सोचती हो, अगर तुम पहले दिन जैसा उन्मुक्त बरताव करोगी तो मैं इस उड़ते जहाज में भी संयम खो सकता हूँ?''

''नहीं, ऐसा नहीं है। अगर मैं ऐसा सोचती तो तुम्हारे साथ यहाँ आती ही क्यों? तुम जो इतनी देर तक एक ही रट लगाए रहे कि चलो उतर लेते हैं, उसे तुरंत मान न लेती।''

''फिर और क्या बात है? तुम और किस सोच में डूबी हो?''

''फिलहाल तो मुझे मेरी सास याद आ रही है। मेरी आजादी उसे जरा भी पसंद नहीं। जब भी उसे पता चलता है कि मैं उसके बेटे की गैर-मौजूदगी में कहीं गई थी, मुझपर शक करने लगती है। लाँछन लगाती है।

''मैंने उससे कई बार कहा कि यदि आपको मुझपर इतना ही शक है तो जब ये इंडिया में नहीं होते, आप मेरे पास रहा करो। पर नहीं, रहेगी तो जेठ जी के ही पास। जेठानी ने पता नहीं ऐसा क्या जादू किया हुआ है कि वह गोड़ दबाने की शर्त रखे तो उसके गोड़ भी दबाएगी और वहीं बनी भी रहेगी। अपने बेटे को तो यह नसीहत दे नहीं सकती कि तू बाहर मत जाया कर। धंधा जो चौपट हो जाएगा। मुझे धमकी देकर डराती रहती है। कहती है, मैं पुत्तर को कह दूँगी कि इसके पर

निकल आए हैं। तेरे जाते ही इसके पाँव जमीन पर नहीं टिकते। वह सचमुच ऐसा न कर दे, इसलिए मुझे हर दूसरे दिन फोन करके उसे पैरीपोणा कहना पड़ता है। असल में मैं निपूती हूँ न, इसलिए उसे फूटी आँख भी नहीं सुहाती। वह तो यही चाहती है कि मैं टलूँ तो बेटे के लिए ठोक-बजाकर ऐसी बहू लाए, जो आते ही उसकी गोद में पोता रख दे।

"खैर, छोड़ो, सास का जिक्र छिड़ने पर तो मैं इतना बोल सकती हूँ कि पता ही न लगेगा दार्जिलिंग कब आ गया। भीतर से भरी जो बैठी हूँ। हम खुशियों की तलाश में निकले हैं। ऐसे में दु:ख देनेवालों को क्यों याद करें? अब मुझे थोड़ा आराम करने दो और तुम भी मुझे घूरना बंद करके आँखें मूँद लो। अब जो भी बातचीत करेंगे, दार्जिलिंग में, होटल में पहुँचकर ही करेंगे।"

काम्या सचमुच आँखें बंद करके आराम की मुद्रा में चली गई।

नाकाफी मगर सुखांत बातचीत ने अविनाश को भी सहज कर दिया, सो वह भी आँखें मूँद मन-ही-मन कुलाँचें भरने लगा।

□

: सत्रह :

होटल के कमरे में पहुँचते ही काम्या में फिर वही हवाई अड्डे और हवाई यात्रा जैसे बेचैनी के लक्षण दिखाई देने लगे। उसने अविनाश से अनुरोध किया, ''एडी, देखो इस होटल में कोई मेडिकल शॉप जरूर होगी। वहाँ से मेरे लिए सेनेटरी नैपकिन तो ला दो। केयर फ्री हों तो वही लेना। दिल्ली हवाई अड्डे पर पहुँचते ही मुझे लगने लगा था कि मेरा पीरियड शुरू होने को है। हालाँकि मेरे हिसाब से तो यह अगले हफ्ते होना था।''

'ओह, खोदा पहाड़ और निकली ऋतुचर्या!'

कैमिस्ट शॉप की तलाश में निकले अविनाश ने अपने-आप को बताया और जो चिंताएँ, आशंकाएँ यहाँ दार्जिलिंग तक संग-साथ चली आई थीं, उन्हें नेक सलाह दी कि अब यहाँ से दफा हो लो।

नैपकिन हाथ में आते ही काम्या तेजी से बाथरूम में चली गई। अब चिंता की कोई बात नहीं रह गई थी, सो अविनाश कमरे में कुछ देर यूँ ही चहलकदमी करता रहा, फिर खिड़की के पास खड़े होकर दूर तक फैली प्राकृतिक छटा निहारने में तल्लीन हो गया।

बहुत देर बाद काम्या बाथरूम से निकली।

ठीक तभी होटलकर्मी चाय-नाश्ता लिए हाजिर हुआ।

जैसे ही वह चाय बनाने को हुआ, काम्या ने उसे ऐसा करने से रोका और संकेत से बाहर जाने को कहा।

फिर खुद ही चाय बनाकर अविनाश को आवाज दी।

चाय पीते-पीते आगामी योजना बताई, ''एडी, मैं तो बुरी तरह थक गई हूँ और मुझे टीस भी मच रही है। अब इस दर्द की कोई दवाई तो होती नहीं, सो मैं तो चाय पीकर एक लंबी नींद लूँगी। तुम चाहो तो इस बीच कहीं घूम आओ।''

"तुम भी क्या बात करती हो! तुम यहाँ तकलीफ में रहो और मैं कहीं घूमने निकलूँ! न, न। तुम बेफ्रिक होकर सोओ। मैं यहीं कमरे में रहूँगा और कुछ करना ही होगा तो टीवी देखता रहूँगा।"

इसके बाद तो यथा-प्रस्तावित ही होना था, सो वही हुआ भी।

देर शाम तकरीबन आठ बजे काम्या की नींद टूटी। उठते ही वह फिर बाथरूम की ओर भागी। अविनाश ने बिस्तर पर पड़ी सलवटें हटाईं और वहीं बैठ गया।

बाथरूम से लौटते ही काम्या फिर बिस्तर पर अधलेटी हो गई। एक हाथ अविनाश की पीठ तक लाई और उसका सिर अपने गुदाज उभारों के करीब रखकर बोली, "तुम्हारे साथ तो बुरा हुआ न! कहाँ तो तुम ही क्या, मैं भी सोच रही थी कि यहाँ पहुँचते ही दीन-दुनिया को भुलाकर एक-दूसरे में खो जाएँगे और कहाँ हिल स्टेशन में, होटल में, कमरे में, बिस्तर में, एकांत में होते हुए भी एक-दूसरे को खोया-खोया, बुझा-बुझा देखने को मजबूर हैं!"

"तुम ऐसा क्यों सोच रही हो? तुम स्वस्थ तो हो लो। वह सब भी हो जाएगा। आज नहीं तो कल हो जाएगा। एकाध दिन तो मेरी पत्नी की हालत भी शायद कुछ-कुछ ऐसी ही रहती है। दूसरे दिन सब फिर से वैसा-का-वैसा हो जाता है।"

"पर मेरे साथ नहीं होता न। असल में, जब तक कोई स्त्री एक बार गर्भवती नहीं हो जाती, उसे दो-तीन दिन तक एक जैसी तकलीफ से गुजरना पड़ता है। और हाँ, तुम बाथरूम में रखा डस्टबिन मत छूना। उसमें कुछ फेंकना हो तो मुझे देना, मैं फेंक दूँगी। उसे खाली करने के लिए स्वीपर को भी तब आने दूँगी जब तुम कमरे में नहीं होओगे।"

"ऐसा क्यों?"

"हो सकता है उसमें सैनेटरी नेपकिन देखते ही वह तुम्हारी तरफ ऐसे देखने लगे जैसे कह रहा हो 'हाय बेचारा!' तब तुम उसका हाल इतना बुरा कर गुजरो, जितना प्रगति मैदान में उस गुणानंद का भी नहीं किया था।"

"तुम भी न! खैर, अभी तो तुम अपनी तबीयत पर ध्यान दो। हो सकता है कल तक तुम इतनी ठीक हो जाओ कि खुद ही कहने लगो, एडी, मैं तो तैयार हूँ, तुम भी आ ही जाओ, आगे जो होगा देखा जाएगा।

"आखिर तुम तो यहाँ तक आई ही उस खास मकसद से थीं। वरना हम जो कल करने जाएँगे वह तो उस दिन भी किया जा सकता था, जिस दिन मैं पहली बार तुमसे मिलने तुम्हारे घर पहुँचा था। मेरा खयाल है तुम भी समझ गई थीं कि मैं उसके लिए पूरी तरह तैयार हो चुका था।"

''और मैं तो तुम से भी पहले तैयार थी। तभी से तैयार थी जब से तुम्हें आने का न्योता दिया था, बल्कि सच तो यह है कि यदि मैंने उकसाया न होता तो तुम जरूर उस इरादे के साथ नहीं आए थे। फिर उस दिन जाने क्यों मेरे मन ने यह ठान लिया कि हमारे समागम की शुरुआत वहाँ नहीं, किसी ऐसी जगह होनी चाहिए, जो न तो मेरे पति की बपौती हो, न तुम्हारी। इसलिए इसकी शुरुआत हो उस किसी देश के किसी शहर के किसी उस होटल में जिसका चुनाव हम दोनों ने किया हो। जो हम दोनों की साझा जगह हो।

''और देखो हुआ क्या! न हम किसी और देश के किसी शहर के किसी होटल तक जा पाए, न उस क्षण को करीब ला पाए। हालाँकि अपने उस फैसले के चलते अंत में मुझे मायूसी ही हाथ लगनेवाली है, फिर भी मैं कल भी या परसों कोई जोखिम नहीं लेना चाहूँगी। कहीं ऐसा न हो, उत्तेजना में कुछ ऐसा कर गुजरूँ जो मुझे कोई स्थायी दर्द या बीमारी दे जाए। वैसे भी मैंने तुम्हारे साथ ऐसी शुरुआत की कल्पना नहीं की थी, जिसमें हम दोनों के अलावा हमारे बीच कोई भय या सावधानी भी हाजिर हो।

''हमारा उतावलापन हमारे अगले ट्रिप को भी बरबाद न कर दे। आखिर तुम्हारा चेक कैश हो जाने पर आइहोवाले हमें एक बार फिर किसी शहर के किसी होटल में ठहरने का मौका तो देंगे ही देंगे। हो सकता है, तब हम इसी महीने फिर इसी होटल और इसी बिस्तर में हों। तब हम पूरे तन-मन से अपना मनचाहा आनंद उठाएँगे ही। और फिर मेरे अजीज एडी, हमें जो एकांत मिला है, हम जो एक-दूसरे के इतने करीब हैं, ऐसा यह कोई आखिरी मौका थोड़ेई होने जा रहा है। हम तो आगे भी मिलेंगे, बार-बार मिलेंगे। बल्कि हो सकता है कई बार तो रोजाना मिलें। मेरे पति के पाँव हिंदुस्तान की जमीन पर साल में टिकते ही कितने दिन को हैं! एक बात मैं अभी से साफ-साफ कहे देती हूँ कि यदि तुमने कभी मेरे बुलावे को नकारा या ज्यादा दिन का अंतराल दिया तो मैं तुम्हारे दफ्तर या घर में आ धमकूँगी!''

इससे पहले कि काम्या के बोल-दर-बोल से निरंतर बढ़ती उत्तेजना बेकाबू हो जाए और नतीजा यह हो कि जबरन हासिल किया पहला अवसर ही आखिरी अवसर साबित हो, अविनाश ने प्रसंग बदला, ''वह सब जब होगा तब होगा, फिलहाल यह बताओ कि खाना यहीं खाओगी या डायनिंग हॉल में चलोगी, ताकि तुम्हारा मन थोड़ा बदले।''

''नहीं, मैं यहाँ से कहीं नहीं जा सकती। जाने कब बाथरूम तक भागने की नौबत आ जाए। मेरे लिए तो खाना यहीं मँगवा दो। तुम खुद चाहो तो वहीं जाकर

खा आओ। कुछ देर को तो मेरी पहरेदारी से मुक्ति मिलेगी।''

काम्या की अंतिम इच्छा का पालन अविनाश से हो नहीं सकता था, सो हुआ यह कि दोनों के लिए कमरे में ही खाना आया।

खाना खाने के बाद दोनों ने कुछ देर टीवी रिमोट के कान मरोड़े और फिर एक-दूसरे की तरफ पीठ करके नींद के आगोश में चले गए।

□

अगली सुबह फिर वही गुजरे कल की पुनरावृत्ति शुरू हुई। काम्या हर घंटे-आध घंटे बाद बाथरूम की दौड़ लगाती रही। अविनाश हर बार बिस्तर ठीक करता रहा। कभी उसका तकिया ठीक से लगाता रहा, कभी पीठ को सहारा देकर पलंग की पुश्त से टेक लगवाता रहा, कभी बेध्यानी में हट गई चादर को फिर से ओढ़ाता रहा।

इन दायित्वों से बचे समय में खिड़की के रास्ते दिखाई दे रहे दार्जिलिंग के उन्हीं-उन्हीं नजारों को बार-बार निहारता रहा। कमरा अपनी धुरी पर घूमता होता तो यकीनन अविनाश के हिस्से में कुछ और दृश्य आ गए होते।

यह सिलसिला शाम तक चला।

इस बीच नाश्ता, दोपहर का खाना कमरे में ही आया।

एक बार अविनाश को बहुत थोड़ी देर के लिए तब कमरे से बाहर रहना पड़ा जब एक होटल कर्मचारी चादर, तकिए, कंबल बदलने और दूसरा कमरे और बाथरूम की सफाई करने आया।

शाम को काम्या को थोड़ा सहज पाया कि अविनाश ने सशंक मन से प्रस्ताव रखा, ''क्यों न हम थोड़ी देर के लिए यहीं नीचे हरी घास पर चहलकदमी करने चलें!''

और ताज्जुब, अविनाश की शंका निर्मूल सिद्ध हुई।

काम्या सचमुच ऐसा करने के लिए सहमत हो गई।

उसने पाँव में स्लीपर डाले और यह भूलते हुए कि वह रजस्वला है, बेहद तकलीफ से गुजर रही है, फुरती से उठी और हाथ पकड़, अविनाश को भी उसी फुरती से उठाती हुई बोली, ''चलो, चलते हैं।''

फिर अविनाश की हैरान आँखों से सामना होते ही हैरानी दूर की, ''तुमने ठीक ही कहा था कि कल तक हालात बदल जाएँगे। अब मैं स्वस्थ महसूस कर रही हूँ। हालाँकि इससे पहले तो तीन दिन मेरी एक जैसी हालत रहती थी। लगता है, पीरियड समय से पहले शुरू हुआ था, इसलिए तकलीफ भी कम समय तक झेलनी पड़ी।''

हरी घास पर टहलते हुए अविनाश यह महसूस करके खुश होता रहा कि उसके करीब फिर से वही काम्या लौट आई है, जिससे वह परिचित था। जिसे इससे पहले दो बार देख चुका था। जिसने उसे अपने आकर्षण में पूरी तरह बाँध लिया था।

कल से अभी कुछ देर पहले तक की काम्या सूरज के आगे कुछ देर को घिर आई घटाओं की तरह विलीन हो चुकी थी। एक बार फिर काम्या अपने उसी उन्मुक्त व्यवहार पर उतर आई थी, जो उसने अपने घर में और फिर प्रगति मैदान में भी दिखाया था।

वही अविनाश से लिपट जाना, कभी उछलकर उसके गाल को चूम लेना, कभी कंधे को सहलाना, कभी उसके हाथ को अपनी पीठ पीछे से घुमाकर अपने कंधे तक लाना और हथेली को अपने उभारों पर ले जाना। हथेली पर थोड़ा-सा दबाव बनाकर यह जताना कि वह इसी मुद्रा में बना रहे।

अपनी प्रफुल्लता में वह यह भी भूली हुई थी कि उसके शरीर पर पर्याप्त कपड़े नहीं हैं। उसी पारदर्शी गाउन में चली आई है, जो कल दोपहर बिस्तर में जाने से पहले पहना था। जो सर्द हवाओं को उसके अंगों का स्पर्श करने से तो दूर, देखने वालों को आँखों ही आँखों में उसके अंगों का माप लेने से भी नहीं रोक पा रहा होगा।

काम्या को कपड़ों में होते हुए भी अलफ देखा जा सकता है, यह अविनाश का अंदाजा या कल्पना नहीं थी। दरअसल, उसने लक्ष्य किया था कि जब से वे दोनों यहाँ टहलने आए हैं, एक युवा काम्या को घूरे जा रहा है।

उसकी नजरों में न झिझक है, न देख लिए जाने का भय, न सौंदर्यबोध, न प्रशंसा। है तो सिर्फ आदिम भूख, तृष्णा, आँखों ही आँखों में उसे समूचा निगल जाने की आकांक्षा और यकीनन अविनाश के प्रति ईर्ष्या भी।

यकायक काम्या थमी और उस युवा को अपने पास बुलाया।

''सुनिए मिस्टर, जरा इधर तो आइए।''

जैसे ही वह इनके करीब पहुँचा, काम्या का चेहरा गुस्से से लाल भभूका हो गया, ''यहाँ ठहरनेवालों को इस तरह घूरना तुम्हारी ड्यूटी में शामिल है क्या?''

काम्या की डपट से या रँगे हाथों पकड़े जाने से वह रुआँसा हो आया और घुटनों के बल बैठकर माफी माँगने लगा।

''इस बार तो माफ कर रही हूँ; अगली बार यह हरकत की तो नौकरी से निकलवा दूँगी! अब देखते क्या हो! खड़े होओ और दफा हो जाओ!''

डरा, झेंपा, वह युवा उलटे पाँव वहाँ से रफूचक्कर हो गया।

''जाने ये होटलवाले कैसे-कैसों को नौकरी पर रख लेते हैं! जरूर यह लड़का यहाँ अकेला रहता होगा। मैं बहुत देर से यह महसूस कर रही थी कि वह हमें घूर रहा है। उसे जलाने के लिए ही तुम्हारे साथ लपड़-झपड़ शुरू की थी। अब अपनी ही करनी पर सिर धुनेगा। मैं दावे के साथ कह सकती हूँ कि यह कई रातों तक स्वप्नदोष का शिकार बनेगा या कहीं ऐसी जगह जाएगा जहाँ मजा भले न मिले, एड्स जरूर मिलेगी।''

गुस्से से लाल हो आई काम्या को सहज करने के लिए अविनाश हँसते हुए बोला, ''जो हुआ सो हुआ। अब तो गया न। अब तुम भी उसे भूल जाओ।''

'इससे तो भूल जाने को कह रहे हो, क्या तुम भी इस वाकये को कभी भुला पाओगे?' काम्या को सलाह देने के क्षणांश बाद ही अविनाश ने मन-ही-मन खुद से सवाल किया। फिर बेध्यानी में मन-ही-मन में जवाब न देकर मुँहजुबानी दे गया, ''नहीं, कतई नहीं।''

''अब तुम्हें क्या हुआ?''

अविनाश की 'नहीं, कतई नहीं' सुनते ही काम्या ने टोका।

उसके टोकते ही अविनाश सँभला।

''कुछ खास नहीं। दरअसल, मन में एक-दो सवाल सिर उठा रहे थे, सो खुद ही से पूछा था कि वे तुम्हारे सामने रखूँ या न रखूँ, फिर खुद ही को यह ताकीद दी थी कि नहीं, कतई नहीं।''

□

टहलते हुए वे घास के मैदान के किनारे पहुँच गए थे। इससे पहले कि अविनाश लौटने के लिए कदम बढ़ाए, काम्या वहीं एक बेंच पर लेट गई और अविनाश को भी अपने करीब बैठने की जगह देते हुए उलाहना दिया, ''ओहो, तो जनाब मेरे साथ होते हुए भी मुझे भूलकर अपने-आप में खोने लगे। इतनी बुरी लगने लगी हूँ मैं कि मुझमें न डूबकर खुद में डुबकी लगाने की नौबत आ गई!''

काम्या क्षण भर को मौन हुई। दोनों हाथों से अविनाश का चेहरा थामकर अपने चेहरे के करीब किया और अपने चेहरे पर मादकता लाते हुए बोली, ''तो सुनो जनाब, अब मैं भी उस हालत से उबर चुकी हूँ, जिसने अब तक मुझे रोका हुआ था। कहो तो अभी तुरंत कमरे में चलकर अपने में ऐसा डुबा सकती हूँ कि उबरने की सुध भी नहीं रहेगी। और जब उबरने का खयाल आएगा भी तो मुझी से पूछना पड़ेगा कि मैं कहाँ हूँ, मैं कहाँ हूँ?''

काम्या के बोल ही नहीं, उसकी चित्ताकर्षक भावमुद्रा ने भी अविनाश को

एक पल के लिए अपने हीनताबोध से उबारा, लेकिन अगले ही पल वह फिर उसी अवस्था को प्राप्त हो लिया।

"तो बोलो, चलते हो या रात होने का इंतजार करना चाहते हो, ताकि वह सब जब शुरू हो तो किसी और काम के लिए, यहाँ तक कि पेट की भूख मिटाने के लिए भी विराम न लेना पड़े। जब एक बार वह सब शुरू हो तो अविराम चले, कोई अंतराल न आए, कोई व्यवधान न आए।"

काम्या ने चुनौती के रूप में फिर अपना निमंत्रण दोहराया।

काम्या के उत्साह से, निमंत्रण से फिर प्रफुल्ल हो आए अविनाश ने भी उदारता का दामन थामा, "अरे, तुम तो कहाँ से कहाँ पहुँच गई! मुझे तो यहाँ टहलना, तुम्हारे साथ होना बहुत सुहावना लग रहा है। अब जब तुम सहमत हो तो वह सब भी होगा, जैसा तुमने कहा, तभी शुरू होगा, जब उसके अलावा और कुछ करना शेष न होगा।"

अविनाश को चुनौती देने के बाद काम्या थोड़ी बेचैन हो आई थी। मगर अविनाश के सहयोगी भाव ने उसकी बेचैनी दूर कर दी।

सहज होते ही काम्या जिद पर उतर आई, "तो फिर वे दोनों सवाल बताओ जो मुझे बताए जाएँ, इसकी गवाही तुम्हारा मन नहीं दे रहा है। अब तो तभी मुझे यह यकीन होगा कि तुम अपने मन से भी कहीं ज्यादा मेरा कहा मानते हो।"

"पहला तो यही कि तुम यह क्योंकर जानती हो कि वह लड़का यहाँ अकेला रहता होगा और अब या तो स्वप्नदोष का शिकार होगा या फिर एड्स का शिकार।"

"यह जानने के लिए कौन बड़ा ज्ञानी-ध्यानी होना जरूरी है। मैं जानती हूँ कि मैं बेहद सुंदर हूँ। जिस लिबास में अभी हूँ, उसमें तो किसी ऋषि की भी नज़र मुझ पर पड़े तो वह भी यकीनन अप्सरा को भुलाकर यहीं लंबलेट हो लेगा। और जहाँ तक उस लड़के की जो गत होनेवाली है, उसे अंदाजने की बात है, सो जो कहावत सुनाने जा रही हूँ, वह तुमने पहले भी कई बार सुनी होगी कि अपने तेरह दिनी पीएम ने भी शादी नहीं की तो क्या हुआ, कई बारातों में शामिल होने का मौका तो उन कविराज को भी मिला ही होगा।

"अब तो तुम्हारे दिल को ठंडक पड़ गई होगी, है न? तो हे वत्स, हाथों की तरह वाणी को भी फिर हरकत में लाओ।

"अरे-अरे, हाथों को तो अपना काम करते रहने दो। मैंने उन्हें यहाँ से हटा लेने को तो नहीं कहा। बहुत मिठास महसूस करा रहे हैं ये। फिर अब तो हमें कोई घूर भी नहीं रहा। मैं तो सिर्फ इतना कह रही थी कि लगे हाथ अपना दूसरा सवाल

भी कह डालो, ताकि उसका भी समाधान कर सकूँ। मैं नहीं चाहती कि आज की रात मैं तुम्हारे साथ जो रिश्ता शुरू करने जा रही हूँ, उसमें मेरा साथ देते समय तुम्हारे मन में मेरे प्रति कोई सवाल हो।''

अविनाश ने और भी तन्मयता के साथ हाथों को क्रियाशील करते हुए अगली उलझन बयान की, ''मैं जानना चाहता था कि तुम्हें मेरे साथ होना अटपटा तो नहीं लगता? मेरा खयाल है उस लड़के की आँखों में तुम्हारी सुंदरता के लिए प्यास या प्रशंसा, वह तो थी ही, उसके अलावा मेरे प्रति जलन और तुम्हारे प्रति दया भी थी कि देखो तो बेचारी की किस्मत!''

अविनाश अपने ही खिलाफ इससे ज्यादा कुछ कह न सका।

''वह ऐसा सोच रहा था या नहीं, यह तो पता नहीं, पर हाँ, यह तो मैं भी मानती हूँ कि तुम्हारे साथ होने पर मेरी सुंदरता में सचमुच हजारों चाँद लग जाते हैं। वह और भी बढ़ जाती है।''

बात पूरी करते न करते काम्या बेंच से थोड़ी उठी और अविनाश को दोनों बाँहों में भरकर चुंबनों की झड़ी लगा दी।

काम्या का यह करतब अविनाश में किसी किस्म की स्फूर्ति या उन्माद का संचार नहीं कर सका, क्योंकि काम्या का आत्मावलोकन पहले ही उस पर घोर वज्रपात कर चुका था।

उसके बोल पूरे होते-न-होते वह तो पूरा-का-पूरा बुझ चुका था। इसीलिए उसके हाथों ने ही नहीं, मन ने भी काम्या का साथ देने की भूमिका नहीं निभाई। उसका तो तन और मन दोनों ही एक साथ आत्मग्लानि के अंधकूप में गहरा गोता लगा चुके थे।

□

काम्या अविनाश में आए इस बदलाव को महसूस नहीं कर सकी। इसलिए वह आत्ममुग्धता की उसी मनःस्थिति में फिर मुखर हो चली।

''जानते हो एडी, मैंने बहुत सोच-समझकर तुम्हें साथी चुना है। तुमसे पहले कामना ने और दो मर्दों के बारे में बताया था, मगर मैं तैयार नहीं हुई थी। फिर उसने तुम्हारे बारे में बताया और यह भी कहा कि तुम शायद अपने-आप को इतना असुंदर समझते हो कि किसी लड़की से मिलने से पहले ही मान लेते हो कि किसी भी सूरत में उसे तुमसे मिलना अच्छा नहीं लगेगा। तभी मैंने तय कर लिया था कि यदि यह आदमी वाकई मर्दाना हुआ तो मैं इसे अपना साथी बना लूँगी। इसीलिए उससे नंबर लेकर मैंने तुमसे संपर्क किया। जब तुम पहली बार मुझसे मिलने आए

और तुम्हारी आँखों में मैंने अपने लिए चाहत देखी, तो मेरे मन ने यह गवाही दी कि हाँ यही है वह मर्द, जिसकी तुझे तलाश थी।

''तुम्हारे साथ कुछ पल बिताने के बाद मैं यह भी जान गई कि तुम कभी मेरे साथ जोर-जबरदस्ती नहीं करोगे। मेरा हर कहा मानोगे। मैं जब, जितनी आज़ादी लेने दूँगी, उतनी से ही संतुष्ट रहोगे। तब तक मेरा साथ दोगे, जब तक मैं ही तौबा न कर लूँ। फिर मेरे-तुम्हारे साथ पर कोई शक भी नहीं करेगा। हम जब तक हमबिस्तरवाली हालत में ही न दिख जाएँ, कोई भी हमें कहीं देखकर यह अंदाज नहीं लगाएगा कि हम किसी गलत इरादे से एक साथ हैं। हमारे बारे में कोई अटकलें नहीं लगाएगा। हम पर शक करने से पहले, हम पर कोई लाँछन लगाने से पहले हजार बार सोचेगा कि उसके कहे पर भला कौन यकीन करेगा! कौन आँख का अंधा होगा जो यह मानेगा कि इतनी सुंदर, जवान, धनवान काम्या इतने काले-कलूटे के पहलू में सो सकती है! इसे किसी गैर-मर्द के साथ सोने का मन हुआ ही तो ऐसे खूबसूरत, गबरू जवानों की भला कोई कमी है, जो इसके बुलावे पर आने से मना कर दें! यकीनन नहीं। एक खोजे हजार मिल जाएँगे। कामसुख भी देंगे और इसे गवारा हुआ तो दाम भी लुटाएँगे।''

काम्या का कहा हर शब्द अविनाश के दिमाग में घन की तरह बजता जा रहा था। सुनना असह्य होने लगा तो अविनाश ने सलाह दी, ''अँधेरा होने को है। तुमने ठीक से कपड़े भी नहीं पहने। ऐसा करो, तुम कमरे में चलकर फ्रेश होओ। तब तक मैं बार में जाकर दो पैग लगाता हूँ।''

''अरे, तुमने तो मेरे मुँह की बात छीन ली। मैं खुद भी तुमसे यही कहने वाली थी कि पहले जरा टुन्न तो हो आओ। वो क्या है कि मेरा पति जब भी मेरे करीब आता है, पीकर ही आता है। मुझे पति भले ही अच्छा न लगता हो, उसके मुँह से शराब की जो गंध आती है न, वह मदहोश कर देती है। मेरी तो कई बार यह भी इच्छा हुई कि उससे कहूँ, ला, एक पैग मुझे भी लगवा दे। उससे तो नहीं कह सकी, पर आज मैं भी एक पैग लगाकर यह महसूस करना चाहती हूँ कि किसमें ज्यादा नशा है—मुझमें या उसमें! आज तुम भी हम दोनों में डूबने के बाद सच-सच बताना। खैर, अभी तुम बार में पहुँचो, मैं भी कपड़े चेंज करके वहीं पहुँचती हूँ।''

□

: अठारह :

बार में पहुँचते ही श्रीमान अविनाश दास जाने कहाँ कुछ ऐसे गुम हुए कि अपनी ही कोई सुध-बुध नहीं रह गई। काम्या अभी तक नहीं आई है या सामने गिलास में वही पहला पैग अभी भी बचा हुआ है, इस तरफ भी ध्यान नहीं गया।

यह भी याद नहीं रहा कि श्रीमान जी यहाँ गम गलत करने के लिए पधारे थे, गम बढ़ाने नहीं।

जब होश आया तो गिलास में बची शराब गले के नीचे उतारी और अपने आपको बताया, 'तो यह काम्या भी मुझे…'

इससे आगे का सच खुद को बताने में संकोच आड़े आ गया।

'तो क्या काम्या भी, क्या?'

उसके खुदी ने सवाल खुद उसको लौटाया।

और पूरा भी किया।

तुम्हें क्या यह लगता है कि काम्या अंधी है? उसमें कोई खोट है? वह बदचलन है? निराश्रित है? असमर्थ है? कुछ कमाने निकली है?

नहीं, अविनाश, नहीं। सच तो यह है कि वह बेहद सुंदर है। उसमें यौवन ठाठें मार रहा है। उसे अपनी सुंदरता और अपनी क्षमताओं का पूरा-पूरा भान है। किसी तपस्वी तक का तप भंग करने की सामर्थ्य रखती है। हर दिन एक प्रेमी बदल सकती है। हर दिन एक नया चटोरा छाँट सकती है।

फिर भी उसने अपना लक्ष्य पाने के लिए तुम्हें चुना, वह इसलिए नहीं कि इस धराधाम पर तुम इकलौते मर्द बचे थे। बल्कि पूरी होशियारी से, पूरी समझदारी से, ऐसा निष्कंटक विकल्प मानकर चुना था, जो तब तक उसके पास बना रहेगा जब तक उसे उसका पावना मिल नहीं जाता। जिसे अपने मकसद में कामयाब हो जाने के बाद वह जब तक चाहेगी, इसी रूप में बनाए रखेगी और जब चाहेगी, दुत्कार देगी।

जो चाहकर भी कभी उसका कोई अहित कर ही नहीं पाएगा।

जो चेहरे का रंग बदल देनेवाली सर्जरी कराने के बाद भी चीख-चीखकर अपने हिस्से का कोई और सच बयान करेगा तो भी कोई कान न देगा।

चूँकि पूरी देह उजियार दे, ऐसी सर्जरी अभी संभव नहीं।

और तुम खुद क्या हो? क्या वाकई तुम्हें अपने बारे में कोई गलतफहमी थी? या अब भी है?

मेरा खयाल है, तुम जो मेरे सामने अभी सिर झुकाए बैठे हो, और यह दिखाने की कोशिश कर रहे हो कि अब तुम्हें अपने बारे में कोई गलतफहमी नहीं है, मेरे मौन होते ही फिर उसी खुशफहमी में जीने लगोगे, जिसमें कुछ देर पहले तक जी रहे थे या शायद अभी भी जी रहे हो।

यदि यही सच न होता तो तुम यहाँ बैठे अपना सिर न धुन रहे होते। तुम्हें यह इलहाम होता कि तुम कितने घंटे से यहाँ बैठे हो। तुम्हें अब तक यह यकीन हो जाना चाहिए था कि वह क्षण कभी नहीं आएगा जब काम्या को अपने कहे पर पछतावा होगा और तुम्हें यहाँ से उठा ले जाने के लिए आएगी, या किसी को भेजेगी।

सो मेरे प्यारे अविनाश, होश में आओ, उठो, यहाँ से टरको। अब भी कुछ कहने का मन हो तो अपने-आप से कहो—अरे अविनाश, तो क्या तुम भी···

पहले काम्या की जुबानी और अब खुद की उलाहनी कटूक्तियों से शर्मसार हुए अविनाश को अब जाकर खयाल आया कि रात के तकरीबन बारह बजने को हैं। वह यहाँ और काम्या वहाँ कमरे में भूखी बैठी होगी!

□

कमरे में पहुँचने पर काम्या के नहीं, एक खत के दीदार हुए। खत की पहली पंक्ति पढ़ते ही यह आभास मिला कि खत काम्या ने लिखा है।

''मेरे अजीज एडी,

मैंने अपनी आदत के मुताबिक सास का हाल जानने के लिए जेठ जी के घर फोन किया तो पता लगा मेरे पति कल रात ही अचानक हिंदुस्तान लौट आए हैं और मुझे घर में न पाकर परेशान हैं। मेरी पड़ताल में उन्होंने जमीन-आसमान एक किया हुआ है। तुम्हारा नशा खराब न हो, इसलिए मैं न तो बार तक आ रही हूँ, न किसी को भेजकर तुम तक यह खबर पहुँचा रही हूँ। मैं तुरंत यहाँ से निकल रही हूँ, ताकि होटलवाले मुझे दिल्ली की फ्लाइट छूटने से पहले एयरपोर्ट तक पहुँचा सकें। कल रात तक तो तुम भी दिल्ली पहुँच ही जाओगे, सो आगे की जो भी योजना बनानी है, उसके बारे में वहीं चर्चा करेंगे।''

खत पढ़ते ही पहली प्रतिक्रिया रही—चलो, बला टली।

काम्या ने यहाँ से गमन करके एक तरह से मुझे राहत ही पहुँचाई। अन्यथा कल जब मैं यह कहता कि मैं तुम्हारे साथ वापस दिल्ली नहीं लौट रहा हूँ, तब उसे यह शिकायत करने का मौका मिलता कि उसने मेरे मन की मुराद पूरी नहीं की, इसलिए मैं उसे बीच रास्ते में छोड़कर जा रहा हूँ।

यह रात उसे यहीं गुजारनी होती तो यकीनन मेरे साथ शारीरिक संबंध कायम करना चाहती। इसके लिए वह तो मानसिक रूप से तैयार हो चुकी थी और उतावली भी थी। इधर इन हालात में उस समागम के लिए मैं मानसिक रूप से अपने को असमर्थ पाता। उसके आमंत्रण को स्वीकार न कर पाता।

खैर, जो हुआ सो हुआ, अब मैं भी कल शाम नहीं, बल्कि कल सुबह ही यहाँ से निकल लूँगा।

अविनाश ने मन ही मन यह सब तय करने के बाद अभी ठीक से राहत की साँस भी न ली थी कि किसी ने कमरे का दरवाजा खटखटाया।

अविनाश को लगा, काम्या ही होगी। उसके एयरपोर्ट पहुँचने से पहले ही दिल्ली की फ्लाइट जा चुकी होगी, सो लौट आई है।

अविनाश फुरती से दरवाजे तक पहुँचा और पट खोल दिए।

सामने काम्या नहीं एक होटल कर्मचारी खड़ा था।

अविनाश बुझे मन से मुड़ा और सोफे पर पसर गया।

पीछे-पीछे वह होटलकर्मी भी उसके करीब आया और एक कागज थमाने की कोशिश करने लगा।

''यह क्या है?''

''जी, मैडम को एयरपोर्ट पहुँचाने और उसी प्राइवेट टैक्सी में यहाँ तक वापस आने का बिल।''

''यह सुबह भी तो दे सकते थे।''

''जी हाँ, दे तो सकता था, लेकिन मैडम ने कहा था कि यहाँ वापस पहुँचते ही आपको यह खबर दे दूँ कि वे सकुशल पहुँच गई हैं और उन्हें फ्लाइट भी मिल गई है। अब तक तो वे दिल्ली पहुँचनेवाली होंगी। दिल्ली की सीधी उड़ान मिल गई थी न।''

उस कर्मचारी का बयान पूरा होने से पहले ही अविनाश के मन में एक और सवाल उगा कि प्राइवेट टैक्सी की जरूरत क्यों पड़ी?

उसने यह सवाल किया नहीं, चूँकि उस कर्मचारी का बयान पूरा होने तक

यह भी याद आया कि होटल की ओर से उन्हें जो सुविधाएँ दी जानी हैं, उनमें होटल से हवाई अड्डे तक एक बार पहुँचाना तो शामिल हो सकता है, जिसका उन्हें कोई भुगतान नहीं देना होगा, दो-दो बार पहुँचाना नहीं। सो किसी एक के जाने का भुगतान तो देना ही होगा।

"बहुत-बहुत धन्यवाद! आपका नाम जान सकता हूँ?"

पर्स से बिल की रकम निकालने के दौरान अविनाश ने उससे बातचीत जारी रखी, "और हाँ, मैं भी कल शाम को दिल्ली लौटने की बजाय कल सुबह मणिपुर की तरफ निकलना चाहता हूँ। क्या आप मुझे बता सकते हैं कि इसके लिए मुझे जल्दी-से-जल्दी कब की फ्लाइट मिल सकती है?"

"क्यों नहीं। देखिए यहाँ से सीधी फ्लाइट तो कोई नहीं मिलेगी। यदि आप एकदम भोर में निकल पड़ने को तैयार हों तो मैं आपको होटल की गाड़ी से उतनी दूर तक भिजवा सकता हूँ जहाँ से आपको एक के बाद एक साधन मिलते जाएँगे। इस तरह आप कम समय में वहाँ जा लगेंगे।"

"यह और भी बेहतर होगा। मैं तैयार हूँ। कहिए तो अभी से सामान पैक कर लूँ! सामान है ही क्या, केवल एक सूटकेस!"

"फिलहाल आप तीन घंटे आराम कर लीजिए। ठीक चार बजे मैं आपको जगा दूँगा। टैक्सी का बिल भी अभी रहने दीजिए। सुबह होटल के बिल के साथ ही इसका भुगतान भी ले लूँगा।"

"मैं रुपए निकाल ही चुका हूँ, इन्हें तो सँभालिए। और हाँ, होटल का कैसा बिल, कैसा भुगतान?"

□

होटल का बिल शब्द सुनते ही अविनाश के कान खड़े हो चुके थे। इसलिए यह क्या माजरा है, यह जानना जरूरी हो गया था।

"यहाँ ठहरने और खान-पान का।" कर्मचारी ने खुलासा किया।

"पर हम तो यहाँ आईहोइएमो के मेहमान हैं। हमारे रहने का खर्चा तो वे पहले ही दे चुके हैं। बल्कि सुबह तो आपको मेरा दस हजार का वह चेक लौटाना होगा, जो जमानत के तौर पर यहाँ जमा करवाया गया है।"

"कौन आईहोइएमो? कैसा चेक? काहे की जमानत?"

कर्मचारी ने प्रतिप्रश्नों की झड़ी लगाई।

"हिंदुस्तान की एक कंपनी, जिसने इनाम के तौर पर हमें यहाँ तीन दिन, दो रातें बिताने के लिए भेजा था। यदि हम किसी वजह से नहीं आ सके, जिसके

चलते आपका कमरा खाली रहा तो उस सूरत में कमरे का किराया कंपनी पर नहीं, हमारी जेब पर जाए, इसलिए जमानत के तौर पर दिया गया चेक।''

अविनाश की बातों को हैरानी के साथ सुनते रहे कर्मचारी ने साफ किया, ''हमारे होटल को तो ऐसी कोई जानकारी नहीं है। हमारे लिए तो आप भी और ग्राहकों की तरह एक सम्मानित ग्राहक भर हैं। यदि किसी कंपनी ने आपके लिए कमरा बुक करवाया होता तो हमें तो बताया होता। भुगतान भेजा होता। वह मेरी जानकारी में भी होता।

''आपको ठीक-ठीक याद है कि उस कंपनी ने आपको इसी होटल में आने को कहा था? हो सकता है, उसने इंतजाम किसी और होटल में किया हो और आप भूल से यहाँ चले आए हों? आपको भेजते समय उन्होंने कोई खत या चालान भी दिया होगा, ताकि होटलवाले यह जान सकें कि आप ही वे लोग हैं, जिन्हें ठहराना है। ऐसा कोई खत आपने हमें तो दिया नहीं। लाइए अब दे दीजिए। उसी से सब पता चल जाएगा।''

''वह तो मैडम के पास था। लगता है वह भी उन्हीं के साथ दिल्ली वापस चला गया।''

''तो कोई बात नहीं। आप कल शाम तक ठहरिए। अब आधी रात को तो उन्हें हलकान करना ठीक नहीं होगा, कल दिन में पूछ लेना। उनके साथ चला गया हो तो फैक्स के जरिए मँगवा लेना।''

अविनाश ने मन-ही-मन सोचा, 'हाँ यह हो तो सकता था, लेकिन तभी न, जब उसका कोई नंबर मेरे पास रहा होता।'

अविनाश को उदास होते देख कर्मचारी ने उदासी दूर करनी चाही, ''मैडम आपकी दोस्त थीं न! बेहद सुंदर थीं। इतनी सुंदर महिलाएँ बहुत कम देखने को मिलती हैं।''

वाणी में जितनी कड़वाहट घोली जा सकती थी, उससे कहीं अधिक कड़वाहट घोलकर अविनाश ने पूछा, ''आपसे किसने कहा कि वे मेरी मित्र थीं? क्या मैडम ने रास्ते में यह भी बताया था?''

''जी नहीं, दरअसल वे जिस तरह आपको बिना बताए, आनन-फानन में चली गईं, उससे मुझे लगा कि वे आपकी मित्र ही रही होंगी। आपके परिवार से होतीं तो आपको भी जाना पड़ता। अपनों का दु:ख तो जी साझा होता है न!''

कर्मचारी को भी लगा जैसे यह सवाल उसे शब्दबाण से ही धराशायी करने के इरादे से दागा गया है, सो उसने भी पूरी विनम्रता से मगर अविनाश के मुकाबले ज्यादा मारक और जहरबुझा जवाबी व्यंग्यबाण छोड़ा, ''फिर यहाँ आप तफरी करने

ही तो आए थे, इसीलिए पिछले दो दिन से इसी कमरे में बंद थे। कारोबार फैलाने तो आए नहीं थे कि उसका हर्जा न हो, इसलिए आप यहीं रुके रहे हों और मैडम अकेली चली गई हों।''

अविनाश ने इस बीच गौर किया कि काम्या से यह चूक होना संभव है कि जाने से पहले कंपनी का कागज यहाँ रखना भूल गई हो।

आखिर यहाँ से रुखसत होने से एक मिनट पहले तक भी उसे कहाँ खबर थी कि उसे उड़नछू होना है। जब खबर हुई, तब ऐसी खबर के साथ कि उसके बाद अपना भी होश कहाँ रहा होगा! अविनाश का दिमाग और संभावनाओं की पड़ताल में जुटा।

एक पल को यह मान भी लिया जाए कि काम्या यहाँ कुछ भी लिखा हुआ रखकर नहीं जा सकी, तो भी उसकी कॉपी इन लोगों के पास तो पहले से होनी चाहिए थी।

कहीं वाकई कंपनी ने हमारे ठहरने का इंतजाम किसी और होटल में तो नहीं किया था और हम गलती से इसमें आ गए हों!

हो सकता है यहाँ मिलते-जुलते नाम के दो होटल हों!

अविनाश अपने-आप में उलझा हुआ था। उधर होटलकर्मी विजयी-मुद्रा में वहीं डटा इस इंतजार में था कि अब नहीं तो अब, अविनाश उसके व्यंग्यबाण के जवाब में कोई अस्त्र जरूर चलाएगा!

''बहरहाल, क्या आप मेरे लिए इतना कष्ट उठा सकते हैं कि यहाँ के तमाम बड़े, जो दो-चार ही होंगे, होटलों में यह पता कर लें कि श्रीमती और श्री अविनाश दास के नाम से कोई कमरा बुक हुआ था क्या?

''और हाँ, बेफिक्र रहें, मैं होटल का बिल पे कर दूँगा। यह तो मैं अपनी जानकारी बढ़ाने के लिए आपको परेशान कर रहा हूँ।''

''जी, हमें कैसी फिक्र और कैसी परेशानी! हम जानते हैं कि आप जैसे रईस लोग होटल की पाई-पाई चुकाकर ही जाएँगे, चुपके से खिसक नहीं जाएँगे। जैसा कि आपने कहा, होटलों से पड़ताल करके मैं तुरंत आपको बताता हूँ, ताकि आप भी कुछ देर चैन की नींद सो सकें।''

अविनाश की ओर से जोरदार प्रत्युत्तर की बजाय हथियार डाल देने जैसी प्रतिक्रिया से निराश हुआ होटलकर्मी नेक सलाह और लंबा सलाम थमाकर रुखसत हो गया।

इधर अविनाश की नींद, जो यों भी पास नहीं आई थी, जाने कहाँ पक्की तौर पर जा छुपी!

पाँच मिनट बाद ही कर्मचारी बता गया कि इन नामों से यहाँ के किसी भी होटल में, किसी भी दिन के लिए कोई कमरा बुक नहीं था।

इस सूचना ने अविनाश को इस लायक भी नहीं रहने दिया कि वह टॉर्च लेकर अँधेरे में गुम हो चुकी नींद को खोजने निकले।

अगले चार घंटे अविनाश ने उस कंपनी को और फिर इतनी लापरवाही के लिए काम्या को कोसने में खर्च किए।

कंपनी को इस अक्षम्य भूल के लिए ऐसा सबक सिखाने की योजना बनाई कि भविष्य में जो भी व्यक्ति वहाँ मुलाजिम होकर आए, उसे आते ही यह ताकीद कर दी जाए कि वह और कोई भूल करने के लिए भले ही स्वतंत्र हो, इस किस्म की भूल भूलकर भी न करे।

भोर में उस कर्मचारी के नमूदार होते ही अविनाश ने उसकी हथेली पर होटल बिल का भुगतान रखा। सहयोग के लिए उसका धन्यवाद किया और ताकीद की कि दि़ल्ली की आइहोइएमो कंपनी फोन करके या खत लिखकर यह जानना चाहे कि अविनाश होटल में कितने दिन रुका था, तो बताया जाए आठ दिन, न कि दो दिन।

वह कर्मचारी अविनाश की योजना के मुताबिक ही बयानबाजी करे इसके लिए उपहार के तौर पर उसे दार्जिलिंग से दिल्ली वापसी का अपना टिकट यह कहते हुए थमाया कि अब इसे लौटाने का समय मेरे पास तो है नहीं, यह काम तुम्हीं अपने करकमलों से करना और जो रकम हाथ लगे, उसे भी तुम ही रख लेना।

□

मणिपुर पहुँचते ही अविनाश ने पहला काम पत्नी को फोन करने का किया। उसे बताया कि मैं जानता हूँ तुम्हें वहाँ मेरी बेहद चिंता हो रही होगी। मगर क्या करूँ, यहाँ की तमाम एसटीडी लाइनें खराब थीं, सो पिछले तीन दिन से अपनी खैर-खबर ही नहीं दे सका।

बहरहाल, मैं यहाँ तक ठीक से पहुँच गया था।

देवराज से मुलाकात हो गई थी और उसे साथ लिए-लिए दर-दर भटक रहा हूँ। अब रोजाना तुमसे एक बार बात करने की कोशिश करूँगा।

दिल्ली लौटने से पहले यदि कहीं लगातार दो दिन रुकना हुआ तो वहाँ का कोई फोन नंबर दे दूँगा, ताकि जरूरत पड़ने पर तुम भी फोन कर सको।

और हाँ, अपने श्रीमान चपरासी महोदय यदि काम पर लौट भी आए हों तो उनसे कहना कि जब तक मैं दिल्ली न पहुँचूँ, वे छुट्टियाँ ही मनाते रहें।

□

: उन्नीस :

यात्रा के पहले पड़ाव में लुटे-पिटे और अंतिम पड़ाव में उम्मीद से कहीं अधिक उपलब्धियों से लदे-फदे अविनाश ने अभी घर के दरवाजे पर दस्तक भी नहीं दी थी कि यकायक दरवाजा खुला और उसे देखते ही बिटिया चहकी, ''ओ पापा! तुसी तो ग्रेट ही ग्रेट हो।''

''अब ऐसा क्या कर दिया मैंने?''

अविनाश ने सशंक स्वर में पूछा।

बिटिया के पास शंका निवारण के लिए वक्त नहीं था।

वह तो स्कूल के लिए निकल ही रही थी कि दरवाजे पर पिता से अनपेक्षित भेंट हो गई।

पापा को एक प्यारी-सी पप्पी देती बिटिया बस पकड़ने के लिए दौड़ी और अभी-अभी गहरी शंका में डूब चुके पिता ने घर के भीतर कदम रखा।

अविनाश को यह सोचकर डर लगा कि कहीं बिटिया को, पत्नी को खबर तो नहीं लग गई है कि वह यहाँ से सीधे मणिपुर के लिए नहीं निकला था, पहले दार्जिलिंग गया था। वह भी अकेला नहीं, कॉलगर्ल के साथ।

नहीं-नहीं, काम्या शुरू में जरूर कॉलगर्ल की परिधि में आती रही हो, चूँकि काम्या से पहला परिचय फोन पर ही हुआ था। और अधिकांश महिलाओं से केवल फोन पर ही मधुर वार्त्ता का अवसर पाता रहा अविनाश ऐसी महिलाओं को कॉलगर्ल विशेषण से विभूषित करने का आदी रहा है।

कॉल यानी फोन और गर्ल यानी लड़की, हुई न कॉलगर्ल!

अविनाश की ऐसी सूची में जो भद्र महिलाएँ शामिल हैं, उन्हें उस रूप में कॉलगर्ल नहीं कहा जा सकता, जिनके लिए यह शब्द कुख्यात है, यानी देह व्यापार करनेवाली लड़कियाँ!

हालाँकि अविनाश काम्या को केलिसखि ही बनाना चाहता था। फिर भी वह कॉलगर्ल नहीं होती, चूँकि इस सखीत्व में अवदान के रूप में सुख अपेक्षित था न कि अर्थ।

कहीं ऐसा न हुआ हो कि उस चेक में कोई और भी कमी रह गई हो और आईहोवालों ने घर फोन टनटना दिया हो! हालाँकि मुझे अभी भी यकीन नहीं होता कि मैंने चेक पर गलत तारीख भरी होगी।

बहरहाल, उस भूल के लिए तो काम्या ने उन्हें जैसे-तैसे मना लिया था। फिर वे ऐसा क्यों करने लगे?

उन्हें तो खबर थी कि मैं सपत्नीक दार्जिलिंग गया हूँ।

पर हाँ, उन्हें यह भी तो खबर थी कि बिटिया घर में ही है।

जब फोन किया हो और पत्नी को भी घर में ही पाया हो, तब पूरा किस्सा ही उजागर कर दिया हो!

ऐसा गजब न ढाया हो!

शायद ढाया भी नहीं है, वरना बिटिया की आवाज में नाराजी होती और वह ग्रेट नहीं, चीटर होने का तमगा देती।

फिर पत्नी भी तो नाराज, परेशान, शिकायती मुद्रा में नहीं दिख रहीं। उनके चेहरे पर भी खुशी, तसल्ली झलक रही है।

यदि वे जरा भी खफा होतीं या उनके मन में कोई शंका, कोई शल्य होती या उनके साथ किए गए छल की भनक मिल गई होती, तो मुझे यों सफर की थकान उतारने के लिए अकेला छोड़कर खुद रसोई में नहीं चली गई होतीं।

अब तक तो मेरी वह खबर ले चुकी होतीं कि मुझे अपना यह काला मुँह छुपाने के लिए खोजने पर भी कोई अँधेरी गुफा या कंदरा न मिलती।

कहीं काम्या ने तो यह उलाहना देने के लिए फोन नहीं खड़खड़ा दिया कि मैंने दिल्ली पहुँचने के बाद भी उसे फोन क्यों नहीं किया!

और अपनी आदत से लाचार बिटिया ने उससे ढेर सारी बातें की हों। यह पड़ताल की हो कि आप मेरे पापा को कैसे जानती हैं? कब से जानती हैं? पापा की मित्र हैं या कारोबारी ताल्लुकात हैं?

और काम्या ने अपने इस एडी की तारीफ के पुल बाँधे हों।

तब बिटिया ने हैरानी जताई हो कि मैंने तो पापा के मुँह से कभी आपका नाम नहीं सुना!

और तब उसने बताया हो कि हमारी पहचान अभी बमुश्किल दस दिन पहले ही हुई है।

और दस ही दिन में आप पापा की मुरीद हो गईं!

सचमुच मेरे पापा जो हैं न, वे ग्रेट हैं।

बिटिया ने काम्या को भी यह कहा हो।

तभी से यही वाक्य पापा से कहने को लालायित हो।

हाँ, यही हुआ होगा।

उसने दार्जिलिंग से चलते वक्त जो सूचना मेरे लिए लिखकर छोड़ी थी, उसमें लिखा था कि दिल्ली में तुमसे फोन पर बात करने की कोशिश करूँगी।

जिस रात वह दिल्ली पहुँची थी, उसकी जानकारी के मुताबिक उससे अगली रात मुझे भी दिल्ली पहुँच जाना था न!

उसने अगले दिन मेरे दफ्तर में कई बार फोन किया होगा और जब मुझसे बात नहीं हो पाई होगी तब घर पर फोन मिलाया होगा।

लेकिन उसके पास तो मेरे घर का फोन नंबर होगा ही नहीं!

उससे तो जब भी बात हुई दफ्तर में ही हुई, उसी नंबर पर हुई।

हो सकता है उसने कामना से घर का नंबर भी ले लिया हो, यह सोचकर कि हो न हो, मेरे दफ्तर का फोन खराब है।

उसे पता है न कि मेरे पास उसका कोई नंबर नहीं है।

मैंने तो कई बार माँगा, पर उसने दिया ही नहीं।

तब फिर जरूर उसी ने घर के नंबर पर फोन किया होगा!

हो सकता है कई बार किया हो!

पहले दफ्तर में और वहाँ बात न हो पाने पर घर में।

अविनाश को यकीन था कि काम्या बेहद उद्विग्न होगी।

उसके मन में कई आशंकाएँ होंगी।

हमारे संबंधों को लेकर अनिश्चय की स्थिति में होगी।

ऐसा होना स्वाभाविक है। हमारे संबंधों पर विराम तो नहीं लग चुका है, यह दुःखद संभावना उसे विचलित कर रही होगी।

यह कुशंका निर्मूल है या सच, इसकी तस्दीक के लिए मेरे दो बोल पर्याप्त होते। इसीलिए बतियाने को उतावली रही होगी।

इसी उतावलेपन में घर पर फोन करने की भूल की हो।

अविनाश जानता है कि अपने तईं तो काम्या यही समझ रही होगी कि वह

मन में जो मंसूबे सँजोकर दार्जिलिंग के लिए रवाना हुई थी, वे धरे के धरे रह गए थे। प्रवास में वे अजनबी ही बने रहे। आत्मीय, प्रिय या सुखकर बातें तक नहीं हुईं, ऐसे में देह संबंध की कल्पना तो कल्पना ही रही आई।

मुझे काम्या जिस इकलौती वजह से लुभावनी लगी थी, उसकी जिस निष्कलुष नजर पर मैं मर मिटा था, उसे तो वह खो चुकी थी। जिस क्षण मैंने उसके मुँह से यह सुना था कि मैं इतना काला-कलूटा हूँ कि मेरी मिसाल दी जा सकती है। मेरी मौजूदगी में उसकी सुंदरता के और निखर आने की मिसाल! मेरे लिए तो उसी क्षण काम्या का वजूद बेवजूद हो चुका था।

भले ही उसने अपने चेहरे पर वितृष्णा का, तिरस्कार का, पश्चात्ताप का, वमन का, दुर्भाग्य का या कुछ वैसा भाव जो कोई लिजलिजी चीज छू जाने, गंदगी में पाँव पड़ जाने पर आ जाता है, यह अहसास न कराया हो कि मैं इतना कालिया हूँ कि कालिमा भी मुझसे जलती होगी।

फिर भी प्रकारांतर से कहा तो यही था कि देखनेवाले जब उसे और मुझे एक साथ देखते हैं, तब गोरेपन की पराकाष्ठा उसमें देखते हैं और उसका जो सर्वाधिक विलोम कालापन हो सकता है, वह मुझमें।

काम्या के मन में मेरी छवि ऐसी है, यह खुद उसी की जुबानी सुनते ही मेरे लिए उसका वजूद लोप हो चुका है, लेकिन इस वर्तमान से बेखबर होने के चलते वह संपर्क करना चाहती होगी। ताकि दार्जिलिंग प्रवास में जो संभव नहीं हुआ, एक बार फिर उसकी शुरुआत अब यहाँ की जा सके।

यह बताना चाहती हो कि उसे मेरी जरूरत कल भी थी, आज भी है और आगे भी रहनेवाली है। न सही कोई देशी-विदेशी हिल स्टेशन, न सही किसी होटल का कमरा, अपना घर और उसका एकांत, अपनी इच्छा और अपना लक्ष्य तो अभी भी वही है।

यों भी प्रवास की समाप्ति के साथ ही अपने इरादों को किसी और दिन तक टालने का विकल्प भी लोप हो ही चुका है।

संभव है इस बीच मेरा वह चेक कैश हो चुका हो और काम्या ने आईहो वालों से संपर्क करके अगले ट्रिप की योजना बना ली हो!

उसे कहाँ खबर है कि आईहो की तरफ तो हमारा पहला ट्रिप भी बकाया है, चूँकि इस ट्रिप का भुगतान तो मुझे ही करना पड़ा है।

काम्या तो यही मानती होगी कि इस बीच हममें एक-दूसरे के प्रति समझदारी बढ़ी, भरोसा बढ़ा, आकर्षण बढ़ा था। ऐसे में स्वाभाविक है कि इस अंतराल ने

एक–दूसरे को पाने की चाहत और उत्तेजना भी बढ़ाई होगी। दूरियों को हमेशा के लिए मेटने का संकल्प भी दृढ़ किया होगा।

यकीनन काम्या की मान्यताएँ यही होंगी।

यदि मैं भी काम्या की तरह अब भी उसकी नजर में अपनी छवि से अनजान होता तो मेरी सोच भी इसी पटरी पर दौड़ रही होती।

काम्या का दुर्भाग्य कि अब मैं ज्ञानवान हो चुका हूँ।

□

अविनाश ने अपने आपसे प्रण किया कि अब मैं यह भूलने जा रहा हूँ कि कोई काम्या भी है, जिसे लेकर मुझमें कभी चाहत जागी थी।

अपने मन से गुजारिश की कि वह उसे इस प्रण पर अडिग रहने की शक्ति दे, उसका पूरा–पूरा साथ दे।

मगर यह क्या, उसके शुभचिंतक मन ने इस प्रण पर 'तथास्तु' कहने में असमर्थता जाहिर कर दी!

फिर धैर्य के साथ समझाना शुरू किया।

—कि हे अविनाश, इस तरह काम्या की उपेक्षा करना, काम्या को अँधेरे में रखना तुम्हारे हित में न होगा।

कहीं ऐसा न हो, काम्या तुम्हारी उपेक्षा को अपनी बेइज्जती समझे और पत्नी को सारा कच्चा चिट्ठा बताकर जीना दूभर कर दे।

कोई भी रूपगर्विता और अभिमानिनी, स्वेच्छा से भले ही सैकड़ों पुरुषों को ठुकरा दे, मगर कोई पुरुष उसकी आतुरता की उपेक्षा करे, यह कतई गवारा नहीं करेगी। जो सजला सहर्ष देहदान कर सकती है, वह सखेद देहदाह को विवश भी कर सकती है!

जो काम्या अपने मोहजाल में उलझाकर तुम्हारा चैन हर सकती है, वह तिरिया चरित्तर फैलाकर भी चैन हर सकती है!

यह उद्बोधनी हृदयवीणा सुनते ही भयभीत अविनाश ने नहीं, मन के आज्ञाकारी अविनाश ने मन से पलटी मारी।

मैं यकायक नाता तोड़कर उसे कुपित नहीं करना चाहता, बल्कि एक बार मिलकर यह अहसास कराना चाहता हूँ कि उससे मेरा कोई मेल नहीं। मैं उसके योग्य नहीं। मैं सचमुच उससे प्यार करने लगा हूँ, इसलिए नहीं चाहता कि मेरी वजह से उसका घर उजड़े। उस पर लाँछन लगे। जो नादानी हालात के चलते अभी होने से रह गई, उसे अंजाम देकर शेष जीवन खुद को चरित्रहीन मानकर शर्मिंदा होती रहे।

अविनाश को अपना शरणागत हुआ देख, मन ने प्रतिपक्षी आशंकाओं की झड़ी लगाई।

और अगर वह तुम्हारी इन्हीं बातों से आहत हो गई तो?

उसने तुम्हारी सारी दलीलों को सिरे से खारिज कर दिया तो?

यदि उसने कहा कि यह सब वह पहले से जानती है तो?

इन पर खूब सोच-विचार करने के बाद ही इस नतीजे पर पहुँची है कि आत्मतृप्ति ही सबसे बड़ी उपलब्धि है।

अपने मन के मीत को समर्पित होना ही सच्चरित्रता है।

उसके बाद जो भी होगा, उसे वह सह लेगी।

यदि यह सब पाप भी है तो, एक बार जो पाप मन से कर चुकी है, उसे तन से भी करना चाहती है।

इसके लिए तुम्हें कभी दोषी नहीं ठहराएगी, न कभी दोबारा तुमसे यह अपेक्षा रखेगी।

सोचो! सोचो! तब तुम क्या करोगे?

'तब··· वही होगा जो काम्या चाहेगी।'

इस आत्मस्वीकृति के साथ ही अविनाश का यह मन एक नई संभावना पर विचार करने लगा।

—कि फिर क्यों न इस बार अपने ही देश के किसी हिल स्टेशन की जगह किसी विदेशी होटल में ऐश की जाए!

आखिर अब तक तो मेरा चेक भी कैश हो ही चुका होगा, सो अब तो मैं दो लाख से ज्यादा का हिस्सेदार हो चुका हूँ।

तभी मन का दूसरा पहलू फिर वाचाल हुआ।

फिर तुम्हारी उस मान्यता का क्या होगा—

सहज, समर्पित संबंध!

'वही तो हुआ। न सौदा, न दबाव, न लालच, न मजबूरी।'

तुम्हें सचमुच इस संभाव्य परिणति में वे सारे लक्षण नजर आ रहे हैं या अब तक अपूर्ण अभिलाषा यानी परस्त्रीगमन का अवसर फिर मिलता दिखाई देने लगा सो शीर्षासनी मुद्रा में यह कह रहे हो कि यह सीधा ही तो है!

मन ने जो सच्चाई बयान की, वह शर्मसार होने के लिए पर्याप्त थी, लेकिन हुआ यह कि इसके बाद अविनाश का चेहरा और काला नहीं, लाल हो आया। शर्म से नहीं, उत्तेजना, सुखद कल्पना, अपूर्व संभावना से!

''क्या बात है, अकेले-अकेले मुसकराए जा रहे हो?'' हाथ में चाय का कप लिए करीब आ चुकी पत्नी ने सवाल किया।

''खास कुछ नहीं। तुम तो दाद देने के लिए पास में थी नहीं, सो यात्रा की उपलब्धियों पर मन-ही-मन खुश हो रहा था।''

''अब तो आ गई हूँ। लो चाय लो और बताओ कैसी रही यात्रा। कुछ ऑर्डर भी मिले या सिर्फ जान-पहचान ही हो पाई। जैसा तुम सोच रहे थे वैसा भविष्य नजर आया या नहीं?''

''अचला, तुम सुनोगी तो हैरान रह जाओगी। यात्रा उससे कहीं ज्यादा सुखद और लाभप्रद रही, जितनी मैंने उम्मीद लगाई थी। देवराज सचमुच बहुत भला आदमी है। वहाँ उसका बहुत सम्मान है। उसका कहा कोई टालता नहीं, और जो मैंने महसूस किया, वह सच भी कहूँगा कि उसे मैंने किसी से कुछ भी ऐसा कहते देखा भी नहीं जो टाला जा सके। वह हर किसी से उसी के मन की, उसी के हित की बात कहता है।''

''तुम्हारी तरह या उसका अपना कोई और तरीका है?''

''क्या मतलब है तुम्हारा?''

''मेरा मतलब है, तुम भी तो सबके मन की, सबके हित की ही बात कहते हो, लेकिन तुम्हारा जो तरीका है, वह सुननेवाले को नहीं सुहाता। नतीजा यह होता है कि उस बात में छुपे अपने हित पर भी उसका ध्यान नहीं जा पाता।''

''सो तो है। देवराज का तरीका वह नहीं है। इसका यह अर्थ मत निकालना कि मैं अपना तरीका बदलने जा रहा हूँ।''

''अब, बीस साल साथ गुजारने के बाद क्या यह गुंजाइश बचती है कि मैं यह सपने में भी सोचूँ कि तुम अपना तरीका बदलोगे?''

''तुम न अचला, बहुत शातिर हो! ऐसी मीठी मार मारती हो कि चोट तो पहुँचती है, मगर दर्द कहाँ हो रहा है, यह पता नहीं लगता। बहरहाल, उसने मुझे बहुत से लोगों से मिलवाया। कई संस्थानों से ऑर्डर दिलवाए। कइयों से अग्रिम भुगतान भी दिलवाया। हमारे बीच यह समझौता हुआ कि वे लोग अपनी रचनाएँ मुझे भेजेंगे। मैं उन्हें यहाँ दिल्ली से छपने का मौका दूँगा। चूँकि मैंने और मुझसे कहीं पहले देवराज ने उन सबको यह स्पष्ट कर दिया कि मेरा प्रकाशन सदेच्छा से चलनेवाला प्रकाशन है, न कि बड़ी पूँजी से; सो वे पांडुलिपि के साथ ही उसे प्रकाशित रूप में देखने के लिए जो भी संभव होगा, आर्थिक मदद भी देंगे। वह इतनी तो जरूर होगी, जिससे कागज, छपाई और जिल्दसाजी हो सके। डिजाइनिंग वगैरह

का खर्च मैं उठा लूँगा। रहा संपादन, प्रूफ रीडिंग और दौड़-भाग, सो उतनी क्षमता मैं रखता ही हूँ। पांडुलिपि के पुस्तक रूप लेने में वह मेरा सश्रम योगदान हुआ।''

अल्पविराम लेने के लिए मौन हुए अविनाश ने पाया कि यह सब सुनते-सुनते अचला सचमुच यथा नाम तथा रूप हो गई है।

''अरे हाँ, याद आया, मुझे देखते ही बिटिया इतनी खुश क्यों हो गई थी? यह क्यों कह रही थी कि पापा तुसी तो ग्रेट हो?''

''अब क्या बताऊँ! तुम जो इनाम लेने नहीं गए थे, जिसे लेने से ही मना कर दिया था; यह भी जानती हूँ कि मेरी वजह से किया था, दरअसल वह इनाम नहीं था, विशुद्ध ठगी थी। कोई हम जैसे बहुतेरों को बेवकूफ बनाकर बाकायदा सबकी जेब पर डाका डाल रहा था। पिछले दिनों दो अखबारों में उनकी ठगी के कच्चे चिट्ठे छपे हैं। एक पत्रकार ने तो दो दिन तक आपबीती और जगबीती दोनों लिखकर इन तथाकथित इनामों की पूरी कलई खोल दी।

''बिटिया ने दोनों अखबारों की कतरन सँभालकर रख ली है, ताकि जब तुम लौटो तो तुम्हें पढ़वाकर अपना वही तकिया कलाम दोहरा सके कि पापा, तुसी तो ग्रेट हो। वे कतरनें यहीं मेज की दराज में रखी हैं। जब तक तुम उन्हें पढ़ो, तब तक मैं तुम्हारे लिए नाश्ता तैयार करती हूँ।''

और पत्नी की बात पूरी होने से पहले ही दराज में से दो अखबारों की तीन कतरनें निकालकर अविनाश इस पड़ताल में जुट चुका था कि धारावाही खबर का पहला भाग किस कतरन में है।

□

'सबकी खबर' अखबार में दो किस्तों में छपी खबर को शीर्षक दिया गया था : प्रगति मैदान में बुलाते हैं जेब खाली करवाते हैं!

शीर्षक पढ़ते ही अविनाश की उत्सुकता बढ़ी।

उसने झटपट खबर के इंट्रो पर नजर डाली—

'किसी भी क्षण आपका फोन बज सकता है। आपको इनाम जीतने की बधाई दी जाएगी। इनाम भी एक नहीं, तीन-तीन। एक लाख का बीमा। विदेश यात्रा। पंचतारा होटल में रहना और गिफ्ट वाउचर।'

इस आधे इंट्रो को पढ़ते-न-पढ़ते मन कसैला हो गया।

वजह यह थी कि खासे बड़े टाइप में छपे इतने से शब्दों में ही उसे एक गलती नजर आ गई।

होटल को 'होटला' छापा गया था।

इस असावधानी के लिए उसने मन-ही-मन अखबार-कर्मियों को डपट लगाई और फिर आगे पढ़ने लगा।

'बस, आपको करना यह होगा कि अपनी पत्नी (या किसी भी महिला मित्र) के साथ प्रगति मैदान में यूपी पवेलियन के पास पहुँचिए। सुबह या दोपहर। लंच खाइए। दो घंटे बिताइए और···'

इंट्रो का अंतिम वाक्य अधूरा छोड़ दिया गया था।

पाठकों में उत्सुकता जगाना ही इंट्रो का जिम्मा ठहरा, जिसे वह बखूबी अंजाम दे चुका था।

शनिवार : तेरह सितंबर

हलो। आप··· से बोल रहे हैं ?

हाँ।

आपको बधाई हो। आपको तीन इनाम मिले हैं।

क्या! कहाँ से ? कैसे ?

एक लाख रुपए का बीमा, जिसका प्रीमियम हमारी कंपनी भरेगी। किसी देश के किसी शहर के किसी फाइव स्टार होटल में मुफ्त में तीन दिन और दो रातें अपने जोड़ीदार के साथ बिताने का मौका और एक आकर्षक गिफ्ट वाउचर!

आपसे हमारी गुजारिश है कि आप परसों सुबह ठीक पौने ग्यारह बजे अपनी पत्नी के साथ प्रगति मैदान में यूपी पवेलियन के पास पहुँच जाएँ। दो घंटे हमारे साथ बिताएँ। लंच करें और इनाम लेकर घर चले आएँ। फिर अपनी सुविधा से विदेश यात्रा पर रवाना हो जाएँ।

इससे पहले कि मैं यानी पत्रकार कुछ कहूँ, उसका नाम पूछूँ, उस कंपनी का नाम पता करूँ, जिसने मुझ पर यह इनायत की थी, दूसरे छोर से फोन कट गया।

सोमवार : पंद्रह सितंबर

सुबह-सवेरे फिर वही फोन आया।

यह याद दिलाने के लिए आया कि आज मुझे सपत्नीक वहाँ पहुँचना है। फिर वही बधाई दोहराई गई। फिर प्रगति मैदान में पहुँचने का न्योता दिया गया। उसी शर्त के साथ कि आना जोड़े से होगा। यदि नहीं आ सकते तो बेटे-बहू को भेज दें या अपनी किसी महिला मित्र के साथ चले आएँ। अकेली महिला या अकेला पुरुष नहीं आ सकता। यदि आए तो उन्हें कार्यक्रम में शामिल नहीं किया जाएगा।

यह नई सूचना जोड़ी गई कि गेट नंबर वन ए पर पहुँचें और सीधे यूपी पवेलियन तक चले आएँ। वहाँ हमारी कंपनी मोल्ड क्रस्ट का प्रतिनिधि मिलेगा।

वह आपको हमारे पास तक ले आएगा।

मैंने जानना चाहा कि मैंने तो आज तक आपकी किसी कंपनी की पेंसिल तक नहीं खरीदी, फिर मेरा इनाम, वह भी एकाध नहीं तीन-तीन, कैसे निकाल दिए आपने?

जवाब मिला, हमारे प्रतिनिधि ने दो साल पहले आपसे फोन पर कुछ सवाल किए थे। आपने उनके जवाब रोचक दिए सो···

पर दो साल पहले तो हमारे घर फोन ही नहीं था।

ओह नो सर, आपका मामला यह नहीं है सर। मैं किसी और का विवरण देख गई। आपने तो सर प्रगति मैदान में मेले के दौरान जो खरीदारी की थी, उसका कैशमीमो नंबर लकी ड्रॉ में अव्वल रहा था सर! लड़की ने इनाम की वजह दुरुस्त की।

फिर भी मैं नहीं आ सकूँगा। मेरी पत्नी अस्वस्थ हैं।

नहीं सर, आपको जरूर आना है। मैं निमंत्रण को आज की जगह कल का कर देती हूँ। आप आज मैडम को किसी डॉक्टर को दिखा लीजिए सर। कल तक··· दो घंटे की तो बात है सर। या सर अपने किसी मित्र की पत्नी को··· उनकी भी आउटिंग हो जाएगी। लड़की चहकी।

अब इतनी जल्दी किसकी पत्नी खोजूँ?

मैं याद दिलाने ने लिए फिर फोन करूँगी सर!

बधाई सर, बधाई।

और फोन कट गया।

मैंने सारा किस्सा जस-का-तस पत्नी और बच्चों को सुना दिया।

शाम को फोन बजा। फोन बेटे ने उठाया। वही मधुर आवाज। बेटे ने फोन का स्पीकर ऑन कर दिया, ताकि उस छोर की आवाज हम सबको भी सुनाई दे।

यह जानते हुए कि हमारा जाने का मन नहीं है, ना-नुकुर की।

दूसरे छोर की आवाज में घबराहट आ मिली।

हमने आपके मम्मी-पापा के नाम से टेबल बुक करवा दी है। उनके न आने से हमारा बहुत नुकसान होगा। मेरी नौकरी तक···

बेटे को तरस आ गया।

आप बेफिक्र रहिए, मेरे मम्मी-पापा एक सौ दस परसेंट पहुँचेंगे।

ओह। धन्यवाद। वैसे आपके पापा करते क्या हैं?

पत्रकार हैं।

और फोन कट गया।

मंगलवार : सोलह सितंबर

मैं सपत्नीक प्रगति मैदान पहुँचा। फोन पर निर्देश दिया गया था कि गेट नंबर वन ए से आइएगा। उस गेट के आस-पास कोई टिकट खिड़की नहीं थी। संभवत: वह गेट स्टाफ के आने-जाने के लिए है। दरबान ने भी टिकट के बारे में कुछ नहीं पूछा।

हालाँकि मेरे पास आईटीपीओ द्वारा जारी पास है, जिसके आधार पर मैं कभी भी बिना टिकट लिए भीतर जा सकता था, लेकिन मेरा चेहरा देखकर तो दरबान को यह इलहाम होने से रहा कि मेरे पास एंट्री पास है। फिर पत्नी के पास तो ऐसा कोई पास नहीं था।

यूपी पवेलियन में मरम्मत का काम चल रहा है। वहाँ मजदूरों के अलावा कोई नहीं दिखा। हाँ, पड़ोस में रुचिका रेस्टोरेंट के पास कई जोड़े खड़े थे।

सीढ़ियों पर कुरसी डाले एक महिला बैठी थी। वह नाम पुकारती। जोड़े सीढ़ियों पर पहुँचते। वहाँ उन्हें एक फार्म थमाया जाता। जोड़ा उसमें कुछ खानापूर्ति करता। तभी लड़की और तीन सीढ़ियाँ चढ़कर एक दरवाजा खोल भीतर जाती। भीतर से एक युवक बाहर आता। वह भी उस जोड़े का नाम पुकारता। उनसे हाथ मिलाता और उन्हें भीतर ले जाता।

काफी देर तक हमारे नाम की आवाज न लगने पर मुझे ऊब होने लगी। मैं कुछ जोड़ों को लाँघकर उस सीढ़ी पर पहुँचा, जिस पर वह लड़की फार्म लिए बैठी थी। वहाँ का नजारा देखने लगा। लड़की ने दो जोड़ों को एक साथ अपने पास बुलाया। दोनों को फार्म थमाया। फार्म देखते ही एक जोड़े ने बताया कि हमें अंग्रेजी नहीं आती।

लड़की उनकी मदद करने को आतुर हुई।

इसमें लिखा है कि आप यहाँ किसी के दबाव में नहीं आए हैं।

तो बताइए, हाँ पर निशान लगाऊँ या न पर?

आप दो घंटे का कार्यक्रम अटेंड करने को तैयार हैं। हाँ या न?

आप अपना पहचान-पत्र लाए हैं। हाँ या न?

चेक बुक, क्रेडिट कार्ड, पासपोर्ट लाना था, लाए हैं?

हाँ या न?

जी हमारे पास इनमें से कोई चीज होती ही नहीं है।

पुरुष ने मासूम-सा जबाव दिया।

लड़की ने फार्म पर जोड़े का नाम, टेलीफोन नंबर दर्ज किया और दस्तखत करवा लिए।

इस बीच दूसरा जोड़ा फार्म भरकर लड़की को सौंप चुका था।

लड़की दोनों फार्म लेकर फिर भीतर गई। जब वापस आई तो उसके साथ दो युवक थे।

एक ने उस जोड़े का स्वागत किया, जिसने खुद फार्म भरा था।

दूसरा युवक अंग्रेजी न जाननेवाले जोड़े से हाथ जोड़कर बोला, क्षमा कीजिएगा। अब जगह भर चुकी है। आप देर से आए। अगली बार फोन आने पर जरा जल्दी आना।

मैं हैरान! मेरा माथा ठनका। दाल में कुछ काला नज़र आया।

इसने भी तो वही सब बताया था, जो पहलेवाले जोड़े ने अपने आप लिखा था। हाँ, चेकबुक, क्रेडिट कार्ड या पासपोर्ट नहीं लाया था। और जगह कैसे भर गई होगी! अभी तो हमें भी बुलाया जाना है!

वह जोड़ा लड़की से उलझ गया।

आपके पास जगह नहीं थी तो आपने हमें बुलाया क्यों?

हाथ में मौजूद खाली फार्म कुरसी पर रख, लड़की उन्हें मनाने, समझाने में व्यस्त हुई कि मैंने एक खाली फार्म जेब में डाल लिया।

वह लड़की उन्हें उनके हाल पर छोड़ मुझसे मुखातिब हुई।

हाँ जी। आपको किसने फोन किया था?

किसी मोनिका ने।

लड़की ने अपने पास मौजूद लिस्ट देखी।

क्षमा कीजिए, आपका नाम तो लिस्ट में है नहीं।

मैं समझ गया। बेटे ने आखिर में यह जो बता दिया था कि मैं पेशे से पत्रकार हूँ। फिर भला नाम कैसे हो सकता था।

मैं भी उससे उलझ गया। मैंने कहा कि मैं यहाँ से तभी हटूँगा, जब किसी जिम्मेदार आदमी से बात कर लूँगा।

बमुश्किल तमाम एक कोई आहूजा बात करने आए। बात तो क्या की, क्षमा माँगी और जहाँ से अवतरित हुए थे वहीं गायब होने को आतुर हो आए। ठीक तभी वह जोड़ा अब आहूजा से उलझ गया, जिसे फार्म भरवा लेने के बाद भी भीतर नहीं ले गए थे।

आहूजा ने उसे धमकाया, धीमी आवाज में बात कीजिए। याद रखिए आप

प्रगति मैदान में हैं और बिना टिकट घुसकर आए हैं!

वह जोड़ा सकपका गया। स्वाभाविक भी था। उसके पास कोई न्योता तो आया नहीं था। जो भी बात हुई, मौखिक और वह भी फोन पर। जिस गेट से आने को कहा गया, वहाँ न तो टिकट मिलता है, न माँगा जाता है। यहाँ जो फार्म भरवाया गया, वह भी इन्हीं के कब्जे में है। रुचिका रेस्टोरेंट इनके कब्जे में है। यह भी संभव नहीं कि वहाँ कुछ खाने-पीने से बिल ही हाथ में आ जाए, ताकि यहाँ आने, मूर्ख बनाए जाने का कोई सबूत दे सकें। शिकायत भी मैदान से बाहर निकलने पर की जा सकती है।

बुधवार : सत्रह सितंबर

अखबार का ताजा संस्करण छोड़ते ही मैंने आईटीपीओ यानी मेला स्थल की संरक्षक संस्था के दफ्तर में फोन किया। जानना चाहा कि क्या प्रगति मैदान में किसी भी समय, किसी भी दिन, बिना टिकट लिए आम आदमी का जाना-आना हो सकता है? क्या इन दिनों यूपी पवेलियन किसी को किराए पर दिया गया है?

मुझे बताया गया, आप स्वागतकक्ष में फोन करें। वहाँ आपके सवालों के जवाब मिलेंगे।

इस फोन पर स्वागत अधिकारी भद्र महिला ने कहा, मेरे पास अकसर लोग यूपी पवेलियन, मोल्ड क्रस्ट पूछते हुए आते हैं। मैं तो उन्हें वापस लौटा देती हूँ। शेष सवालों के जवाब हमारे डॉयरेक्टर या चीफ सिक्यूरिटी ऑफीसर से मिल सकते हैं।

उन्होंने दोनों अधिकारियों के नंबर लिखा दिए।

दोनों ही अधिकारी फोन पर उपलब्ध नहीं हो सके। दूसरी बार फोन करने पर डायरेक्टर के पीए ने जानना चाहा, आपको क्या बात करनी है? बताने पर वह बोले, इसमें हमारे डायरेक्टर आपकी कोई मदद नहीं कर सकते। ये छोटे-मोटे काम हैं। आप सिक्यूरिटी चीफ से ही संपर्क कीजिए या फिर जनरल मैनेजर से।

दूसरी बार में चीफ फोन पर उपलब्ध हो गए। उन्होंने कहा, बिना टिकट आने की अनुमति नहीं है। मेरी जानकारी में यह पहली बार आया है। वैसे किन्हीं एक साहब ने कुछ दिन पहले ऐसी शिकायत की थी। फुलवारी में यह सब होता था। वह बंद हो गया। ठगों की पकड़-धकड़ हमारा नहीं पुलिस का काम है। हमने पुलिस में भी शिकायत की है कि कुछ लोग यहाँ ठगी करते हैं।

मैंने उन्हें टोका, बिना टिकट व्यक्ति को तो आपके सिक्यूरिटीवालों को रोकना चाहिए। या यह भी पुलिस का काम है?

बिना टिकट कोई कैसे आ सकता है! मैं जाँच करवाता हूँ।

मैं खुद कल गया हूँ। आज भी, इस समय भी वहाँ पंद्रह जोड़े बैठे होंगे। दस-बारह लोग इस कंपनी के भी होंगे। आप जाकर देख सकते हैं। उनमें से किसी के पास टिकट नहीं होगा। समझने की कोशिश कीजिए। प्रगति मैदान, यूपी पवेलियन, बिना टिकट आनेवाले गेट से आने की सलाह, यही सब तो है जो एक आम आदमी में इस कंपनी के प्रति भरोसा पैदा कर देता है।

चीफ बोले, हो सकता है कोई लिखत-पढ़त हुई हो। आप हमारे जनरल मैनेजर से पता कर लें, उनका नंबर…

मैंने कहा, उनका नंबर मुझे डायरेक्टर से मिल चुका है।

वह तुरंत बोले, आप यकीन रखिए, मैं अभी पता लगवाता हूँ।

मैंने जनरल मैनेजर को फोन लगाया, यही सब बयान किया।

वह बोले, ऐसा फोन तो आज सुबह मेरे घर भी आया था। पर इससे पहले कि कहाँ पहुँचना है, यह बताते, मैंने फोन काट दिया था।

मैंने बताया, मुझे बुलाया था। मेरे जैसे दर्जनों को रोज सुबह पौने ग्यारह और दोपहर पौने एक बजे बुलाया जा रहा है। लोग आ रहे हैं। बिना टिकट आ रहे हैं। प्रगति मैदान में बुलाते हैं, सो भरोसे के साथ आ रहे हैं।

जनरल मैनेजर ने आश्वस्त किया, मैं अभी पता लगवाता हूँ। वैसे आप हमारे सीनियर मैनेजर पीआर से पता कर लें, कहीं उन्होंने तो पास जारी नहीं किए!

पीआर के फोन पर बताया गया कि वे अभी मीटिंग में व्यस्त हैं। आप मैनेजर से बात कर लें। वैसे भी आप प्रेस से हैं, इसलिए मैनेजर से ही बात करें। प्रेस वही डील करते हैं!

मैनेजर ने कहा, हमने कोई पास जारी नहीं किए। बिना टिकट आने का तो सवाल ही नहीं उठता।

प्रगति मैदान में मौजूद जिम्मेदार अधिकारियों से यह तमाम बातचीत दिन के ग्यारह से बारह बजे के बीच हुई।

डेढ़ बजे हम अपने फोटोग्राफर को साथ लिए प्रगति मैदान पहुँचे। हम जानते थे कि कंपनीवालों को डेरा उठाते हुए ही देख पाएँगे, लेकिन…

चौंकिए नहीं। वहाँ कल वाला नजारा बदस्तूर कायम था। यानी किसी भी अधिकारी को अपने दफ्तर से निकलकर यूपी पवेलियन तक आने का वक्त नहीं मिला था। गेट से कंपनी द्वारा लुभाए गए कुछ और जोड़े बेरोक-टोक आ रहे थे।

सुबह का शो समाप्त हो रहा था। लौट रहे जोड़ों और उस जगह का हमारे फोटोग्राफर ने फोटो लिया।

तभी कंपनी के दो मुलाजिम कूदते हुए हमारे करीब आकर बोले, आप

'सबकी खबर' से आए हैं न! आप बिना अनुमति फोटो कैसे ले रहे हैं? यानी वे डरे हुए नहीं थे। उन्हें हटना है या हटना होगा या हटना चाहिए या हटाया जा सकता है, इस बारे में उन्हें कोई खबर नहीं थी। 'सबकी खबर' वाले आ सकते हैं, 'सबकी खबर' ने शिकायत की है, यह खबर थी।

शो से लौट रहे एक दंपती से बातचीत का मौका मिला।

टेलीफोन निगम में कार्यरत श्रीमती दिव्या माथुर ने सुनाया हमें यहाँ आने का निमंत्रण मिलने से लेकर दो घंटे के कार्यक्रम में शामिल होने तक का हाल-हवाल।

बकौल दिव्या जी—हमें फोन पर इनाम मिलने की बधाई दी गई। बताया गया कि फोन नंबर से ड्रॉ निकाला है। हम खुशकिस्मत इनसान हैं, इसलिए हमारा पहला इनाम आया। तीन इनाम मिलेंगे। चेकबुक साथ लाने को कहा गया। सूचना देनेवाली लड़की ने अपना नाम मिनी बताया।

कुछ और जोड़ों से मिलने पर पता लगा, किसी को मोनिका, किसी को गीतिका, किसी को रुचि, किसी को अल्पना, किसी को शालिनी नाम की लड़की ने यह खबर दी थी।

सभी जोड़ों से कई सवाल पूछने के बाद भीतर भेजा गया। वहाँ दो अलग-अलग कैबिनों में बैठाया गया।

बहरहाल, फिर श्रीमती माथुर से मुखातिब होते हैं—जब हम भीतर पहुँचे तो तेज संगीत बज रहा था। कई मेजों पर कई जोड़े बैठे थे। हमें भी बैठाया गया। एक युवक हमारे पास आ बैठा। वह हमसे बतियाने लगा। पाँचेक मिनट बाद वह उठा और पानी लेकर आया। हमने पूछा, यहाँ के चार्जेज क्या हैं? उसने कहा, दो घंटे तो बिताओ। चार्जेज मैनेजर बता देगा।

उस लड़के ने हमसे जानना चाहा, हमारी रुचियाँ क्या हैं?

हम कहीं घूमने जाते हैं? कहाँ-कहाँ?

हमने कुछ जगहों के नाम बताए।

उसने कुछ जोड़-घटा किया। फिर बोला, आप सामान्य भ्रमण पर अंदाजन दस हजार खर्च करते हैं। हम इतना भ्रमण पाँच हजार में करवा सकते हैं। आप ऐसा कीजिए, अपनी पसंद की जगह बताइए और पाँच हजार का चेक दे दीजिए, हम सब इंतजाम कर देंगे।

हमने कहा, सोचेंगे।

उसने पूछा, हम विदेश में घूमने जाना चाहेंगे? सब इंतजाम वे करेंगे। सस्ते में। फाइव स्टार होटलों में ठहराएँगे या रिसॉर्ट में।

हमने कहा, सोचेंगे।

फिर उसने कहा, क्यों न आप एक रिसॉर्ट में अपना वन रूम सेट बुक करवा लें। ताजिंदगी जब चाहें उसमें आकर रहें। फिर आपके बच्चे, फिर उनके बच्चे। एक सेट एक लाख चौवन हजार का पड़ेगा। आप हमें दस हजार का चेक अभी दे दें। शेष बारह किस्तों में।

हमने कहा, हमारे बैंक में इतना बैलेंस नहीं है।

वह बोला, कोई बात नहीं। आप चेक दे दें। जब आप कहेंगे, हम तभी चेक बैंक में डालेंगे।

बातचीत पूरी होते ही उन्होंने एक वीडियो फिल्म दिखाई। उसमें दिखाया गया कि उनके होटल, रिसॉर्ट कहाँ-कहाँ हैं।

फिल्म पूरी होने पर उसने कहा, आप दस मिनट में सोचकर हमें जवाब दीजिए, हाँ या न। हम चुपचाप बैठे रहे।

दस मिनट बाद मेरे पति ने कहा, अभी कुछ तय नहीं कर पा रहे हैं। बाद में आपको बता देंगे।

तभी उस लड़के ने एक और लड़के को कुछ इशारा किया। अचानक घोषणा हुई कि इन दो जोड़ों ने हमारे साथ एग्रीमेंट कर लिया है। तालियाँ बजीं, फिर कागज, चेक लिए-दिए गए।

उनके नाम ऐलान किए गए। फिर तालियाँ।

श्रीमती माथुर ने रहस्यमय अंदाज में कहा, हमें तो लगता है वे उन्हीं के बंदे रहे होंगे!

खैर, हमें फिर सोचने को कहा गया। हमने फिर मना किया। तब वह लड़का रुआँसा होकर बोला, देखिए सर, देखिए मैडम, मान जाइए। मेरी नौकरी का सवाल है। मैं रोजाना सात में से यदि दो जोड़ों को राजी नहीं कर पाया तो मुझे ये नौकरी से निकाल देंगे।

पर हम फिर भी नहीं पसीजे। हम उठे। वह हमारे साथ सीढ़ियों तक आया। आपके फोटोग्राफर से बात करने पर हमें मना करने लगा।

आप तो इनके बारे में जरूर छापिएगा। हम तो बच गए, और लोग तो वक्त जाया करने से बचेंगे। इनकी चिकनी-चुपड़ी बातों या रोने-कलपने में आकर जाने कौन क्या दे बैठे! फिर टापता रह जाए!

और खाना? मैंने पूछा।

पानी तक को दुबारा नहीं पूछा। श्रीमती माथुर ने रोष जताया।

और एक लाख का बीमा?

वह तो उनके ग्राहक बनने पर करते।

बीमे से जुड़ी बची-खुची सच्चाई उजागर की श्री माथुर ने—बीमा भी एक साल का दुर्घटना बीमा और वह भी ग्रुप बीमा, न कि अकेले हम दोनों का। ऐसे बीमे का प्रीमियम बमुश्किल दस रुपए प्रति बीमाधारक आता है।

और गिफ्ट ?

एक कूपन दिया तो है ढाई सौ रुपए का। साउथएक्स की किसी दुकान का। उस पर लिखा है एक हजार की चीज खरीदने पर ढाई सौ की छूट मिलेगी। कूपन पर फोन नंबर तक नहीं लिखा कि फोन करके पता करते कि ऐसा सचमुच होगा या नहीं! अब मान लो किसी तरह दुकान खोज-खाजकर हम तो वहाँ पहुँच जाएँ और वहाँ यह सुनने को मिले कि कूपन तो नकली है, झूठा है या उसकी मियाद तो कब की खत्म हो चुकी है!

जिस महिला ने इस पत्रकार यानी मेरे घर फोन किया था, आईडी कॉलर में उसका नंबर देखकर उससे संपर्क कर जब मैंने बताया कि आप लोगों ने धोखाधड़ी की है, झूठ बोला, हमें जलील किया, तो वह लगभग रोने लगी।

वह बोली, मुझे कुछ मालूम नहीं। मैं तो यहाँ जनकपुरी में बैठती हूँ। यहाँ हमारे दो दफ्तर हैं। हमें कुछ नंबर दिए जाते हैं। उन नंबरों पर फोन करके हम लोगों को वहाँ आने के लिए सहमत करते हैं। हमारे दो मैनेजर वहीं प्रगति मैदान में बैठते हैं। आप उन्हीं से पता लगाइए कि आपको बुलाने के बाद भी एंटरटेन क्यों नहीं किया गया! आप चाहें तो उनका प्रगति मैदानवाला पीपी नंबर ले लीजिए।

मैंने तुरंत प्रगति मैदान के अधिकारियों से जानना चाहा कि आप लोग इस प्रसंग से नावाकिफ होने की बात करते हैं, जबकि आपका फोन तक ये ठग इस्तेमाल कर रहे हैं।

अधिकारियों ने वह नंबर लिखकर आश्वासन दिया कि हम मालूम करते हैं यह नंबर कहाँ का है।

जो तथ्य हाथोहाथ फोन मिलाकर पता लगाया जा सकता है, उसे वे कब तक पता लगा पाएँगे, कुछ कहा नहीं जा सकता। शायद तब, जब उन्हें आम जनता के नजरिए से इस नेक और अपनी साख बचाने के लिए जरूरी काम को अंजाम देने के लिए फोन में उंगलियाँ फँसाने की फुरसत मिलेगी। ऐसे में यह तो अंदाजा लगाना और भी कठिन है कि इस ठगी को खुद अपनी आँखों देखने के लिए वे कब अपनी कुरसी से हिलेंगे।

वह कहावत तो आप पाठकों ने भी जरूर सुनी होगी, फिर भी मेरा मन कह रहा है कि एक बार और सुना दी जाए—कि सोते हुए को जगाना तो मुमकिन है,

जागा हुआ होने पर भी सोए हुए होने का अभिनय करनेवाले को जगाना नामुमकिन है।

दो दिन लगातार छपी इस रपट में और भी अनंत अशुद्धियाँ थीं, जिन पर अविनाश कुपित हुआ। यहाँ पाठ की निरंतरता बनाए रखने के लिए उसकी प्रतिक्रिया को हर बार रेखांकित नहीं किया गया।

□

'सांध्य प्रहरी' में छपी ऐसी ही खबर को शीर्षक दिया गया था—'राजधानी में इनाम का झाँसा देकर लूटने का नायाब धंधा जोरों पर।'

इसके शीर्षक ने भी अविनाश को नाक-भौं सिकोड़ने पर मजबूर कर दिया। बहत्तर प्वाइंट साइज में छपे इस शीर्षक में नायाब को 'नायाबा' छापा गया था।

बहरहाल, अविनाश ने यह मानकर खुद को पूरी खबर पढ़ने के लिए राजी किया कि खबरों में, यहाँ तक कि शीर्षकों या इंट्रो में भी कोई-न-कोई अशुद्धि छोड़ देना हो सकता है राजधानी के सभी अखबारों का टोटका हो!

सावधान! कहीं आपके पास भी एक लाख रुपए का इनाम और आकर्षक उपहार देने के लिए फोन तो नहीं आया! आया है तो सचेत हो जाएँ!

इन दिनों एक लिमिटेड कंपनी द्वारा फोन पर आकर्षक उपहार और एक लाख रुपए नकद इनाम देने के नाम पर आमंत्रण देकर किसी नामी रेस्टोरेंट में पति-पत्नी को बुलाकर दस से तीस हजार ठग लेने का धंधा जोरों पर है।

रेस्त्राँ में एक खास कोड का इस्तेमाल करने पर ही प्रवेश दिया जाता है। एक पीड़ित दंपती ने तिलक मार्ग थाने में शिकायत दर्ज कराई है।

इस दंपती को फोन करनेवाली लड़की ने अपना नाम रीना बताया था। कहा था कि वह गोल्डक्रस्ट होलीडे रिसॉर्ट प्राइवेट लिमिटेड से बोल रही है। आपका एक लाख रुपए का इनाम निकला है और इसके साथ मुफ्त में विदेश यात्रा की चार हवाई टिकटें भी मिलेंगी।

दंपती को हैरानी हुई कि यह सब कैसे हुआ। उन्होंने तो कभी किसी लॉटरी का टिकट खरीदा नहीं।

तब लड़की ने बताया कि ये इनाम हमारी कंपनी ने टेलीफोन नंबरों के लकी ड्रॉ के जरिए निकाले हैं। आप कल बारह बजे प्रगति मैदान के रेस्टोरेंट में जोड़े से आ जाएँ। वहीं इनाम दिया जाएगा।

जब वे रेस्टोरेंट में पहुँचे तो वहाँ पहले से ही कई जोड़े पहुँचे हुए थे। एक लड़की शालिनी उन्हें भीतर ले गई, जहाँ बहुत तेज आवाज में संगीत बज रहा था।

सामने वीडियो स्क्रीन पर कोई अश्लील फिल्म चल रही थी।

दक्षिण भारत और विदेश यात्रा पर ले जाने के नाम पर उनसे कुछ कागजों पर दस्तखत करवा लिए गए। दो स्टांप पेपर पर भी दस्तखत करवाए गए। फिर वही शालिनी बोली कि अब तीस हजार रुपए जमा करवा दीजिए।

जब हमने बताया कि हमारे पास इतनी रकम नहीं है तो कहा गया कि कोई क्रेडिट कार्ड तो होगा। हमने बताया कि हाँ है तो, हमें लाने को कहा गया था। हमारे पास तो था नहीं, सो हम अपने भतीजे से माँग कर लाए हैं।

शालिनी ने कहा कि कुछ देर के लिए यह कार्ड मुझे दे दो। मैं भीतर दिखा आती हूँ, ताकि हमारे डायरेक्टर साहब को यकीन हो जाए कि आप ही वे लोग हैं, जिनका बड़ावाला इनाम निकला है।

फिर कुछ देर बाद कुछ कागजात और एक पैकेट थमाते हुए कहा कि अब आप घर जाओ। डायरेक्टर साहब को अचानक कहीं जाना पड़ा है, सो इनाम आपके घर पहुँच जाएगा। अभी यह सुंदर-सा गिफ्ट ले जाइए।

हम खुशी-खुशी घर लौट आए।

शाम को हमारा भतीजा घर आया। हमने सोचा, अपना कार्ड लेने आया होगा, पर नहीं जी, वह तो यह उलाहना देने आया था कि हमने बिना बताए उसके कार्ड से तीस हजार रुपए निकाल लिए।

गनीमत हुई कि उसे बैंकवालों ने खबर कर दी, वरना उसे तो पता भी न चलता और उधर ब्याज पर ब्याज बढ़ता रहता।

हम हैरान! हमने उसे सारा किस्सा सुना दिया। वे कागज भी दिखाए, जो हमें वहाँ से चलते समय थमाए गए थे।

उसने उन्हें पढ़कर हमें बताया कि इन कागजों में तो लिखा है कि आप उस कंपनी के एक लाख चालीस हजार रुपए के कर्जदार हो। इन पर आप दोनों के दस्तखत भी हैं।

□

दोनों खबरें पढ़ते ही अविनाश के होश फाख्ता हो गए। फोन करनेवाली लड़कियाँ, तीन इनाम, इनाम देने की अलग-अलग वजह, प्रगति मैदान, उन्हीं गेटों से भीतर आने का न्योता, जिन पर टिकट नहीं दिखाना पड़ता। वही जोड़े से आने की शर्त।

रेस्टोरेंट के भीतर का माहौल और रेस्टोरेंट भले ही और ही हों, बहुत कुछ गतिविधियाँ भी वैसी ही।

कंपनी का नाम भी भले ही अलग हो, उसकी योजनाएँ भी बहुत कुछ वैसी ही जैसी उसे बताई गई थीं। वह एक में खुशी-खुशी और दो में बेमन से शामिल भी हो चुका था।

यह तुम क्या कर गुजरे अविनाश!

इन समानताओं पर गौर करने के बाद बुरी तरह हिल चुके अविनाश ने अपने-आपसे सवाल किया।

तुम्हारे पास न तो योजनाओं का अभाव है, न समझ का। न ऊर्जा का अभाव है, न संबंधों का।

ले-देकर जो एकमात्र अभाव है, वह है पूँजी का।

और पहले से ही नाकाफी वही पूँजी तुमने स्वाहा कर दी!

तुम बहुत अच्छी तरह जानते हो कि हिंदी प्रकाशन उद्योग की इन दिनों हालत यह है कि यहाँ बिना पूँजी के केवल उधारी पर किताबें छापी तो जा सकती हैं, बशर्ते आपके लेखकों, प्रेसवालों, बाइंडरों से घनिष्ठ संबंध हों, वे आप पर भरोसा करते हों, या आप नित-नए संबंध बनाने को तैयार हों, तकाजा करनेवालों को टरकाने में पारंगत हों, लेकिन अंटी में घूस देने को रकम न हो, तो थोक में बेची नहीं जा सकतीं।

जहाँ किताब बेचने पर भुगतान भी जरूर मिल जाएगा, वे तमाम खोहें-कंदराएँ तो सरकारी हैं। और सरकारी खरीदों में बिना घूस दिए किताब खरीद के लिए मंजूर करवाना टेढ़ी खीर है। यह तभी संभव है जब आपके पास ऐसी किताबें हों, जिनका खरीदा जाना लाजिमी हो। ऐसे लोगों से कारोबारी संबंध हों, जो खरीद को प्रभावित करके आपकी किताबें शामिल करवा दें। अगर इन दोनों मुहिम पर खरे नहीं उतरते हों तो खरीद घूसखोरी पर ही निर्भर है।

घूस भी एकमुश्त या एक ही ठिए पर नहीं, कदम-दर-कदम, ठीक वैसे, जैसे किसी मंदिर में हर मूर्ति के आगे चढ़ावा चढ़ाना होता है। यानी आदेश पाने से लेकर भुगतान पाने तक।

और घूस नगद देनी होती है। चाहे खुद संपर्क करके सौदा करो और दो या उतनी दौड़-भाग करने की गुंजाइश न हो तो किसी दलाल से जुड़ो। भले ही यह आशंका बनी रहे कि जाने उधर से माँग कितनी थी, दलाल ने आगे कितना पहुँचाया, कितना डकार गया!

इसीलिए प्रकाशक को हमेशा कुछ रकम अपने पास बनाए रखनी होती है। जाने कब, कहाँ से, किताबें खरीदने की योजना घोषित हो जाए।

अब कोई योजना इसलिए तो आगे टलती नहीं रहेगी, कि आपकी रकम जो है वह अभी कहीं और फँसी हुई है। यदि घूस देने की रकम हाथ में नहीं है तो परे हटिए। देनेवाले और भी इंतजार में हैं। न हो उनके पास काम की किताबें, न हो उनके लेखकों की कोई पहचान, न हो उनकी किताबों में शुद्धता, उनकी अंटी में हमारा मुँह बंद करने लायक कलदार तो हैं। हमारे लिए इतना ही बहुत है। बेकार किताब के साथ अपना ही माथा फोड़ने को विवश होनेवाले हम नहीं कोई और होंगे। वे होंगे, जो इस दर्शक युग में भी पाठक बने रहने में गौरव महसूस करते हैं।

और अविनाश दास, यह सब जानते हुए भी तुम···

एक बात सच-सच बताओगे दास जी!

क्या वाकई तुम उन योजनाओं में या प्रलोभनों में इसलिए शामिल हुए, क्योंकि वे लाभकारी लगीं?

या काम्या की मौजूदगी, काम्या की इच्छा, काम्या की चाहत और इसलिए शामिल हुए कि वे ठौर तुम्हें काम्या के साथ निरंतर प्रिय-प्रवास के पल गुजारने के लिए उपयुक्त लगे?

उन योजनाओं में अपनी साझीदारी के लिए मंजूरी देते समय तुम्हारी काया भले ही वहीं थी, मन तो उन ठिकानों में पहुँच भी चुका था और कल्पना में काम्या के साथ रमणरत भी हो चुका था।

यह सब क्या बकवास कर रहे हो तुम?

अविनाश ने अपने-आप को डपट लगाई।

मैंने तुम्हें धोखाधड़ी की जरा-सी आशंका का अहसास क्या कराया, तुम तो मुझे मेरी ही नजरों में नंगा करने पर उतर आए!

तुम भूल रहे हो कि मैंने दार्जिलिंग में ही तय कर लिया था कि दिल्ली पहुँचते ही आईहोवालों की जमकर खबर लूँगा। आज भी मैं उस फैसले पर अटल हूँ।

हो सकता है आईहो इन कंपनियों जैसी न हो, फिर भी यह सब पढ़ने के बाद और यात्रा पर जाने से पहले या दार्जिलिंग में जो भी कुछ हुआ, उससे तो लगता है कि मेरी शंका निर्मूल भी नहीं है।

अब तुम देखना, मैं कैसे इस कंपनी की ईंट से ईंट बजाता हूँ! किस चतुराई से अपनी रकम ब्याज सहित वापस लाता हूँ और उन्हें ऐसा सबक सिखाता हूँ, जो वे जिंदगी भर भुलाए न भुला पाएँगे।

□

: बीस :

वाया उत्तर–पूर्वी भारत, दार्जिलिंग से जले–भुने लौटे और लौटते ही अखबारों में आईहो जैसी धोखेबाज कंपनियों के बारे में पढ़ चुके अविनाश को अब एक पल के लिए भी घर में रुकना गवारा नहीं था।

डर था कि पत्नी को यह भनक न लग जाए कि वह बेचैन है।

वह अभी–अभी पूरी उमंग से पत्नी को बता चुका है कि उसकी यात्रा कितनी सुखद और सफल रही!

तब से अब तक कहीं से कोई दु:खद समाचार भी नहीं आया।

खुद पत्नी ने भी कोई बेजा खर्चवाली माँग नहीं रखी।

तब से पतिदेव ने कुल जमा यही किया है कि दो अखबारों में एक ही किस्म की खबरें पढ़ी हैं। और पत्नी के लेखे इन खबरों में ऐसा तो कुछ नहीं था जो अविनाश को बेचैन करे।

वह सब जो हुआ, वह तो औरों के साथ हुआ।

चूँकि अविनाश ठगा जाने से बच गया था, इसलिए वह और बिटिया तो इन खबरों में औरों के प्रति अफसोस के अलावा अपने लिए खुशी भी तलाश चुकी थीं।

कहीं मेरी बेचैनी देखकर पत्नी सवालों की झड़ी न लगा दे!

तो क्या तुम भी इनके झाँसे में आए थे?

किसी को अपना जोड़ीदार बनाकर इनसे मिलने गए थे?

मणिपुर नहीं, इनकी तरफ से दार्जिलिंग गए थे?

तो फिर कुल कितने की चपत लगी?

वह कौन थी जो मैं बनी थी?

अविनाश को घर से निकलना ही श्रेयस्कर जान पड़ा।

पत्नी जानती है कि कई दिन बाद लौटा हूँ, चिट्ठियाँ, ऑर्डर इंतजार में होंगे ही, सो न तो रुकने को कहेगी, न कुछ और देर ठहरकर जाने को।

दफ्तर पहुँचकर अविनाश ने पहला काम किया कल्पना को फोन करने का, जिसने यह खबर दी थी और अपना नंबर भी लिखवाया था। यों भी आईहो से संपर्क का यही इकलौता सूत्र या स्रोत था।

दूसरी स्रोत काम्या हो सकती थी, जिसका नंबर भले ही नहीं था, पर उसके घर पहुँचकर कामना का नंबर लिया जा सकता था।

अविनाश अभी ऐसी मन:स्थिति में नहीं था कि इस उलझन के बीच एक और उलझन शामिल कर गुजरे। अलबत्ता इससे निकलने के बाद भी काम्या से संपर्क न करने के अपने पुराने इरादे पर कायम रहना है या नहीं, इस पर एक बार फिर विचार करने का मन यकीनन बना चुका था।

□

कल्पना पहले की तरह सहजता से पेश आई।

उसने बताया, आईहो का ऑफिस दिल्ली नहीं नोएडा में है।

पता लिखवाने के बाद आगाह किया कि आज वहाँ साप्ताहिक अवकाश होगा, सो आज न जाएँ।

"फिर आप इस फोन पर कैसे सुलभ हैं? जहाँ तक मुझे जानकारी है, जो आपने ही दी थी, यह भी उन्हीं का दफ्तर है न?"

"नहीं, यह आईहो का दफ्तर नहीं है और यह दिल्ली में है।"

"फिर किसका है?"

"यह कॉल सेंटर है। अमूमन हम बैंकों और मल्टी नेशनल कंपनियों के ग्राहकों या संभावित ग्राहकों से फोन पर संपर्क करने का काम करते हैं। हमें जो टेलीफोन नंबर दिए जाते हैं उन पर कभी किसी योजना के बारे में बताना होता है, कभी कोई निमंत्रण देना होता है, कभी किसी चीज का प्रचार करना होता है। कभी लोगों से उनकी रुचियों, उनकी आर्थिक स्थितियों के बारे में जानकारी लेनी होती है। हम यही सब करते हैं। ग्राहकों या भावी ग्राहकों से जो बातचीत होती है, वह कंपनी तक पहुँचा देते हैं। ग्राहक ने कोई सुझाव दिया हो तो वह भी। यहीं हमारी जिम्मेदारी पूरी हो जाती है।"

कल्पना ने अविनाश का ज्ञानवर्धन किया और मौन हो गई।

"इसका मतलब जिन कंपनियों के बारे में लोगों को बताती हैं, उनके बारे में काफी कुछ जानती भी होंगी?"

"जी नहीं, कई बार तो कंपनी का नाम तक पहले कभी नहीं सुना होता। कंपनी का जो नाम या जो काम हमें बताया जाता है उसके अलावा वह और क्या

करती है या उसके मालिक कौन हैं, यह सब न हमें बताया जाता है और न हम जानना चाहते हैं।''

''कोई ग्राहक कुछ विस्तार से जानना चाहे तब?''

''अव्वल तो ऐसे लोग बहुत कम टकरते हैं। जब टकरते हैं, तब हम उन्हें कह देते हैं कि बहुत जल्द हमारे सहयोगी आपसे संपर्क करके विस्तार से बताएँगे। फिलहाल इतना जानना ही काफी है। वैसे हमें कोई एक ही बात, एक ही तरीके से बोलने के लिए नहीं रटाई जाती। मसलन पिछले दिनों हम जिस सूचना को लोगों तक पहुँचा रहे थे और आप तक भी पहुँचाई थी, उनके साथ हमें कुछ विकल्प भी दिए जाते हैं। हम एक के बाद एक विकल्प बयान करते जाते हैं। उनमें से सामनेवाले का जिस पर भरोसा जमता है, वह उसी को सच मान लेता है। यहीं हमारा काम पूरा हो जाता है। इसके बाद कंपनी ने उसके साथ संपर्क आगे बढ़ाया या नहीं, उसका फिर क्या होता है, यह वही जानता होगा या कंपनीवाले। हमें कुछ पता नहीं होता।''

''तो क्या आप आईहोवालों को यह सूचना भी पहुँचाएँगी कि मैंने आपसे उनका पता पूछा है?''

''जी नहीं, यह मेरा काम नहीं है। मेरे लिए अब आप आईहो के ग्राहक नहीं हैं। वह तो आपसे पहली बार बात करना बहुत अच्छा लगा था, बहुत कम लोग होते हैं जो फोन पर हमसे इतनी सहजता से पेश आते हैं, बात करते हैं, इसलिए मैंने आपका फोन सुना और आपको इतनी सारी बातें बताईं। यदि मैं आपको आईहो का ग्राहक मानती तो यकीनन मेरा एक ही जबाव होता कि नंबर गलत मिला लिया है। यह न तो आईहो का नंबर है, न दफ्तर।''

''तो मैं आपको याद रहा।''

''रहे और रहेंगे भी, पर लगता है आप कुछ भूल चुके हैं?''

''क्या भला? और क्या वह आपसे संबंधित है?''

''जी हाँ, मुझे वही तो पता होगा जो मुझसे रिलेटिड हो! आप किसी और से कब और क्या वायदा करते हैं, मैं कैसे जान सकती हूँ!''

कल्पना के स्वर में उलाहना भी थी, इसलिए अविनाश को कहना पड़ा, ''कल्पना जी, मैं पहले ही तहेदिल से माफी माँग लेता हूँ। बराय मेहरबानी अब तो बताइए कि मुझसे क्या-कुछ भूलने की गुस्ताखी हो गई है?''

''आपने कॉफी पिलाने का न्योता दिया था, जो भूल चुके हैं।''

''ओ हाँ! मैं झूठ नहीं बोलूँगा। इधर ऐसी उलझन में फँस गया हूँ, जिसने

मेरा दिल-दिमाग सब अपने कब्जे में कर लिया है।''

''कहीं आपकी उलझन उन इनामों से तो ताल्लुक नहीं रखती, जिनके बारे में सबसे पहले मैंने आपको खबर दी थी?''

''हाँ, कुछ-कुछ रखती तो है। आपको ऐसा क्यों लगा?''

''पिछले दिनों अखबारों में ऐसी कई खबरें छपी हैं न कि कुछ कंपनियाँ लोगों को ठगने के लिए फोन पर इनाम का लालच देकर ललचा रही हैं। हो सकता है आईहो भी उनमें शामिल हो! इसलिए हमारे मालिक ने तो उनका काम बंद करवा दिया है। हालाँकि यह वैसी कंपनी है या नहीं, कह नहीं सकती। फिर भी आपके साथ अपनापन महसूस करती हूँ, इसलिए मेरी सलाह है कि आप उनसे अब कोई भी संपर्क न ही रखें तो बेहतर है।''

''कहीं ऐसा तो नहीं है कि आप जिस कंपनी के लिए काम करती रही हैं या अब भी जिसमें काम कर रही हैं, उसकी पोल खुल चुकी है, इसलिए मुझे झूठी सूचना देकर एक बार फिर गुमराह कर रही हों! यह यकीन दिलाने की कोशिश कर रही हों कि आपका उस कंपनी से कोई ताल्लुक नहीं। यानी आप आईहो से जुड़ी नहीं हैं और अगर मुझे या किसी और को भी उनसे कोई शिकायत है तो हम आपको तो बख्श ही दें।''

''आप ऐसा क्यों सोच रहे हैं?''

''कहते हैं न दूध का जला छाछ भी फूँक-फूँककर पीता है!''

''तो आपके साथ भी कोई ठगी हो चुकी है क्या?''

''नहीं, यह तो मुहावरा है। बहरहाल, आप मेरे बारे में इतना सोचती हैं, मेरे लिए फिक्रमंद हैं, यह जानकर मुझे सचमुच बेहद खुशी हो रही है। पर आप बेफिक्र रहें। मैं तो आपको बता चुका था कि मेरी उस इनाम में कोई रुचि नहीं है, सो आज तक नहीं है। अब रहा आपको कॉफी पर न्योतने का सवाल, सो यकीन जानिए, वह दिन जरूर आएगा और बहुत जल्द आएगा। आपके साथ कॉफी पीने का आनंद मैं अकेला ही नहीं, बल्कि मेरे कुछ अभिन्न मित्र भी उठाना चाहेंगे। मैं शर्मिंदा हूँ कि आपकी इच्छा जान लेने के बाद भी तुरंत निमंत्रित नहीं कर पा रहा हूँ। उम्मीद है, इसी से आपको मेरी परेशानी का अंदाजा हो गया होगा।''

''अरे आप तो भावुक हो गए। मैं समझ रही हूँ और मुझे भी ऐसी कोई जल्दी नहीं है। पर हाँ, मैं आपकी और आपके मित्रों की संगत में कुछ पल बिताने का मौका गँवाना नहीं चाहती। जब आप अपनी इस उलझन से उबर लें, तब सही।''

''आपसे बातचीत करके फिर मुझे बेहद खुशी हुई, कल्पना जी। इससे भी

ज्यादा इस बात की खुशी हुई कि आपने मेरी भावनाओं को समझा और उन्हें मान दिया।''

''मुझे भी खुशी हुई अविनाश जी, अब मैं इजाजत चाहूँगी।''

कल्पना ने कहा और फोन रख दिया।

यदि न रखा होता तो दूध का जला छाछ को भी फूँक-फूँककर पीने की मिसाल दे चुका यह अविनाश गरमागरम घी भी मुँह से लगाने से खुद को रोक पाता, कोई और तो क्या, अविनाश भी अपने-आप से यकीन के साथ यह दावा कर पाता, कहा नहीं जा सकता।

□

: इक्कीस :

अगली सुबह अविनाश ने आईहोइएमो के मुख्यालय का रुख किया और एमडी के केबिन में पहुँचकर ही दम लिया।

किसी से फोनवार्त्ता में व्यस्त एमडी ने केबिन में घुसे चले आ रहे अविनाश को हैरानी से देखा। फिर उसकी हड़बड़ाहट को देखते हुए हाथ के संकेत से आग्रह किया कि वह सामने की कुरसी पर विराजमान हो जाए।

जब अविनाश उसके निर्देश का पालन कर चुका, तब एमडी ने उसी हाथ से अगला संकेत दिया, जिसका आशय था, बेचैनी को काबू में कीजिए। फोनवार्त्ता पूरी होते ही आपसे मुखातिब होने को मैं हाजिर हूँ न!

"हाँ-हाँ। मैंने तुम्हारी बात सुन ली है। देखो, इसमें डरने, सकुचाने या लज्जित होनेवाली कोई बात ही नहीं है। अरे भई, क्या तुम्हारे परिवार में तरह-तरह के लोग नहीं हैं?

"तुम्हारे तमाम परिचित क्या एक जैसा व्यवहार करते हैं? एक जैसी बातें करते हैं? एक जैसी राय रखते हैं? नहीं न! फिर भी तुम सबसे बोलती-बतियाती हो कि नहीं? जिससे भी कोई काम पड़ता है उसी से सलटवाती हो कि नहीं? बस, इसी तरह जो तुम्हारे परिचित नहीं हैं, उनमें भी कई किस्म के लोग हो सकते हैं। जब अपने परिचित लोगों से कुछ भी कहने में संकोच नहीं होता, तो जिनसे परिचय भी नहीं है, जिनसे कभी आमना-सामना भी नहीं होना, उनसे कैसी शर्म, कैसा संकोच! फिर फोन पर तुम जिनसे बतिया रही होती हो, वे तो तुम्हारे सामने भी नहीं होते। न कभी जीवन में सामने आनेवाले हैं। उन्हें तो तुम्हारा नाम तक पता नहीं। जिस नाम से तुम उनसे बात कर रही होती हो वह तो तुम्हारा नाम है नहीं। फिर कैसा संकोच? कैसी शर्म? कैसी झिझक? कैसा भय?

"देखो संध्या, यह तो तुम्हारा असल नाम ही है न! मैंने राकेश जी के कहने पर तुम्हें काम पर रखा था। इसका यह मतलब नहीं है कि मैंने तुम पर कोई एहसान

किया था। तुम्हारी आवाज मीठी है। तुम हाजिरजवाब हो। इसीलिए मैंने तुम्हें रखा था और यह काम सौंपा था। मुझे तुम्हारे काम से कोई शिकायत भी नहीं है। तुम्हें यह काम पसंद नहीं आ रहा, यह भी मैं पहली बार तुम्हारे मुँह से सुन रहा हूँ। मेरे पास तो आज तक कोई यह शिकायत लेकर नहीं आया कि तुम मन लगाकर काम नहीं कर रही हो या तुम्हें यह काम पसंद नहीं आ रहा।

''सो मेरी तो यही सलाह है कि तुम इस बारे में एक बार फिर सोच लो। फिर भी तुम्हारा यही फैसला होगा तो मैं तुम्हारा काम बदल दूँगा। और हाँ, तुम्हें अड़चन क्या है, यह भी तो बताओ। हो सकता है मैं तुम्हारी अड़चन ही दूर कर दूँ।''

एमडी मौन होकर दूसरे छोर से कही जा रही बात सुनने लगे। इस बीच उन्होंने शायद चपरासी को बुलाने के लिए घंटी दबा दी होगी, सो वह आ हाजिर हुआ।

उसके आते ही एमडी ने संकेत से उसे आदेश दिया कि मेरे सामने विराजमान इन साहब के लिए पानी लाओ।

''जो लोग फोन पर तुम्हारी आवाज सुनते ही लार टपकाने लगते हैं, उनसे तो तुम्हें कोई शिकायत नहीं है न···अरे भई, अभी-अभी तो मैंने तुम्हें तुम्हारे अपने लोगों की मिसाल देकर यह समझाया है कि किसिम-किसिम के लोग होते ही हैं। मैं भी जानता हूँ और तुम भी कि सब लोग एक से नहीं होते। अगर हमारा काम केवल तुम्हारी आवाज पर लार टपकानेवालों से चलता होता तो मैं तुम्हें यही कहता कि जो लोग रूखेपन से पेश आते हैं या जो बदतमीजी से जवाब देते हैं, उनसे बात आगे बढ़ाओ ही नहीं। मगर एक सच्चाई यह भी तो है कि जो लार टपकानेवाले लोग होते हैं उनमें से कइयों के पास बस लार ही लार होती है। उनमें से ज्यादातर मुफ्तखोर भी होते हैं। अगर उनसे यह कह दिया जाए कि लार टपकाने का हर्जा-खर्चा देना होगा तो वे तुरंत उसे गटक जाएँगे, एक बूँद भी बाहर नहीं आने देंगे।

''अब रहा सवाल उन लोगों का जो रूखेपन से पेश आते हैं और तुम्हारी मीठी बोली सुनकर भी जवाब में कड़वाहट पहुँचाते हैं। दरअसल, उन्हें साधना ही तो तुम्हारी परीक्षा है, कामयाबी है। उन्हीं के मामले में तो तुम्हारी काबिलियत का इम्तहान है। अगर तुम उनके बारे में गलत धारणा बनाकर उनसे किनारा करती रही हो तो इस आदत को तुरंत बदलो। उनके साथ रूखेपन से पेश आने की कसम अभी, इसी वक्त तोड़ दो। तुमने अखरोट देखा होगा। वह ऊपर से कितना गठीला, कठोर होता है। होता है न! लेकिन जब हम उसे पूरी सावधानी से, मन से, थोड़े परिश्रम से तोड़ने में कामयाब हो जाते हैं तो कितना मीठा फल खाने को मिलता है। मिलता है न! कुछ मर्द भी अखरोट की तरह होते हैं। उन्हें सख्त, कठोर, गठीला समझकर फेंकने का मतलब है, हाथ में आए मीठे फल को भी फेंकना।''

एमडी फिर मौन हो गए।

फोनवार्त्ता के दौरान वे कभी आसमान की ओर निहारते थे, कभी अविनाश की ओर। कभी सामने मेज पर रखी किसी चीज को सहलाते थे, कभी टेलीफोन के तार को बँटने लगते थे।

जब मौन हुए तो अविनाश के पार किसी को निहारने में और फोन के दूसरे छोर पर मौजूद अपनी कर्मचारी की हैरानियों, परेशानियों का नया अध्याय सुनने में मशगूल हो गए।

फिर जो शख्स अविनाश के पास मौजूद था, उसे हाथ के संकेत से यह सलाह दी कि पानी का गिलास मेहमान के सामने रखे और यहाँ से रुखसत हो।

''नहीं-नहीं। तुम्हें तो केवल फोन पर बातचीत करनी है। इसके अलावा अभी हम तुमसे कोई काम लेने नहीं जा रहे, बल्कि जब तक तुम खुद नहीं कहोगी, तब तक हम तुमसे कोई और काम नहीं लेंगे। तुम तो केवल फोन पर बातचीत करती रहो। अपनी बातचीत से लोगों को हम तक आने के लिए राजी करना ही तुम्हारी जिम्मेदारी है। जो लोग तैयार होते हैं उनके बारे में श्वेता, यशस्वनी, राधिका को बताती रहो।''

दूसरे छोर को सुनने के लिए वाणी को फिर विराम दे चुके एमडी ने हाथ के इशारे से ही अविनाश से आग्रह किया, जल ग्रहण करें।

''हाँ, वही तीनों। वे नाम हमारे-तुम्हारे लिए नहीं हैं। वे तो हमारे आदरणीय वित्त पोषकों के लिए हैं। अगली जिम्मेदारी उनकी है। तुम्हारी जिम्मेदारी यहीं पूरी हो जाती है।

''मैं जानता हूँ और दावे के साथ कह सकता हूँ कि आज भले ही तुम इतनी-सी जिम्मेदारी से पल्ला झाड़कर भागने की सोच रही हो, एक दिन आएगा जब तुम्हें इसमें इतना मजा आने लगेगा कि तुम्ही कहोगी कि अब ज्यादा जिम्मेदारीवाला काम करना चाहती हो। पहले लेबल का नहीं, बल्कि टॉप लेबल का, अनिता और सवितावाला काम। जब उनके जितना ही समय, उनके जितनी ही एनर्जी, बुद्धि खपानी है तो फिर उनके जितनी ही कमाई भी क्यों न हो! है कि नहीं!

''मुझे लगता है तुमने फोन करने का जो तरीका अपनाया हुआ है, वही तुम्हें मनहूसों से भिड़ा रहा है। अब मैं तुम्हें जो तरीका बताने जा रहा हूँ, उस पर अमल करोगी तो यकीनन निराश होने से बची रहोगी।

''तो सुनो, टेलीफोन डायरेक्टरी में से रोजाना कम-से-कम सौ नंबर छाँटकर उन्हें इनाम पाने की सूचना जरूर दो। उनमें से ज्यादा नहीं तो दस तो तुमसे मिली खबर सुनकर जरूर खुश होंगे और हमसे मिलना चाहेंगे।

''नंबरों की छँटाई में यह ध्यान रखो कि नंबर एक ही इलाके के न हों। डायरेक्टरी में नंबर भले ही अक्षर क्रम से होते हैं, लेकिन नंबरों की शुरुआती संख्याओं से पता लग जाता है कि कौन-सा नंबर किस इलाके का है। जिन इलाकों में अपर-मिडिल क्लास के लोग रहते हैं, उन्हीं के नंबर नोट करो।

''नंबरों की जो सूची बनाओ, उसमें फोन नंबर के आगे उस नंबर का पता भी लिख लो। सूची बनाते समय इस बात का भी ध्यान रखो कि किन्हीं दो पड़ोसियों को एक ही दिन फोन या एक ही हफ्ते में फोन न किया जाए। हो सकता है, वे आपस में चर्चा कर गुजरें और केवल इसलिए हमारे पास तक न आएँ कि कहीं मुझे इससे कमतर इनाम मिला तो यह तो घर लौटते ही इसका ढिंढोरा पीट देगा।

''जो बंदा हमारे पास आ चुका हो, इससे पहले कि वह हमसे खफा हो, उसके किसी पड़ोसी को फोन जरूर करो। इस बीच यह बंदा अपनी कामयाबी का ढिंढोरा पीट चुका होगा, इसलिए इसके पड़ोसी न सिर्फ इससे ईर्ष्या कर रहे होंगे बल्कि वे खुद भी ऐसा मौका पाने को लालायित होंगे। वे तुम्हारी सूचना पर फूलकर कुप्पा तो होंगे ही, अगले ही दिन हमसे मिलने चले आएँगे। आखिर पड़ोसी की बराबरी पर आने का, उसके जितना ही भाग्यशाली होने का मामला जो ठहरा।''

यकायक एमडी ने फिर मौन धारण कर लिया।

दूसरे छोर पर उनके प्रवचन का माकूल असर पड़ा है, इसकी चुगली एमडी का चेहरा करने लगा था।

उस छोर को सुनते हुए खुशी से झूम-झूम जा रहे एमडी ने मौन संकेत के जरिए ही अविनाश से पूछा—चाय पीना चाहेंगे?

''तो ठीक है, अब और मन लगाकर काम करना। आगे भी कोई परेशानी हो या कोई उलझन हो तो बेझिझक मुझसे कहना। इस तरफ से बिलकुल बेफिक्र रहना कि कोई तुम तक पहुँच सकता है या तुम्हारा पता लगा सकता है। हमारे इंतजाम लीक प्रूफ हैं। फिर भी कुछ झमेला खड़ा हो गया तो उससे पार पाने के उपाय भी मौजूद हैं। अब तुमने बात छेड़ ही दी है तो राज की एक और बात बताता हूँ। तुम जब पहली बार मेरे सामने आई थीं, मैंने तभी यह जान लिया था कि यह लड़की दूर तक जाएगी। बहुत काम आएगी। मैंने तो तभी से तुम्हारे लिए दो नाम भी सोच लिए थे—सुगंधा और लावण्या। अभी तुम्हें सपना नाम दिया हुआ है न। तो हे सपना देवी! तन और मन लगाकर काम अंजाम दो और धन लेती रहो। जब तुम्हारा मन कुछ और करने को हो जाए, तब मुझे बताना और तभी यह भी बताना कि इन दोनों में से तुम्हें कौन-सा नाम पसंद है। मेरी तरफ से यह वादा रहा कि मैं इनमें से कोई एक नाम किसी और को तभी दूँगा, जब एक तुम अपने लिए पसंद कर

चुकोगी। हाँ, कभी-कभार कोई बेहद अड़ियल या शकीला आदमी टकर ही जाए तो यह कह सकती हो कि मैं किसी कंपनी से नहीं, कॉल-सेंटर से बोल रही हूँ। मुझे जितना पता था, बता चुकी हूँ। इससे ज्यादा जानना हो तो कंपनी में फोन कर लीजिए। ऐसे आदमी को बेशक हमारा नंबर दे सकती हो, वरना तुम जानती हो, हम खुद ही लोगों से संपर्क करते हैं, उन्हें यह जहमत नहीं उठाने देते। बहरहाल, लगता है कोई और भी मुझसे बात करना चाहता है। बार-बार फोन मिला रहा है। इसलिए मैं फोन काट रहा हूँ।''

□

एमडी के फोन रखते ही अविनाश ने खखारकर खुद को सबकुछ कहने को तैयार किया ही था कि फोन की घंटी घनघनाने लगी।

एमडी ने अविनाश की तरफ एक मधुर मुसकान फेंकी, एक हाथ से अपने ही माथे को थपकी दी और दूसरे हाथ से फोन का चोगा कान से लगाकर दूसरे छोर को सुनते हुए इशारे से यह संकेत और हिदायत दी कि यह ससुरा फोन फिर बजने लगा, इसलिए यदि आपकी खखार का मकसद बलगम साफ करना नहीं, अलापने से पहले रियाज करना रहा हो तो कृपया अभी शुरू न हों। मुझे हम दोनों के बीच टपक पड़े व्यवधान से फारिग होने की मोहलत दें।

''अरे नहीं भई, अभी नहीं। एक सज्जन बड़ी देर से मेरे सामने बैठे हैं। उस सपना के फोन के चलते मैं अभी तो इनसे इनका नाम तक नहीं पूछ पाया। तुम्हें जो कहना है, फोन पर ही कहो और मेरा पीछा छोड़ो।''

दूसरे छोर को सुनने के क्षणों का सदुपयोग करने के इरादे से एमडी ने फिर अविनाश की ओर संकेत किया—कुछ ठंडा?

''तो फिर ठहरो। मैं इनसे पूछकर बताता हूँ।''

फिर अविनाश से मुखातिब हुए, ''बुरा न मानें तो दो मिनट एक बेसब्रे से मिल लूँ? फिर पूरी फुरसत से आपसे बातें करूँगा?''

मरता क्या न करता, यानी अविनाश के पास चारा ही क्या था!

''ठीक है, उन्हें झटपट लाओ, ताकि वे झटपट दफा भी हों।''

एमडी ने फोन रखकर अविनाश से अनुनय की, ''कमाल है, आप न चाय ले रहे हैं न ठंडा लेने के लिए हाँ भर रहे हैं। ऐसा कैसे चलेगा! आपको कुछ तो ग्रहण करना होगा। अतिथि सत्कार का एक मौका तो देना ही होगा। कहिए क्या मँगवा दूँ?''

अविनाश ने उनके आग्रह को फिर नकारा, ''रहने भी दीजिए। मुझे कुछ भी पीने की जरूरत महसूस नहीं हो रही।''

तभी एक बुजुर्गवार और एक युवक केबिन में आ पहुँचे।

तीन कुरसियों में से अविनाश बीच की कुरसी पर विराजमान था, इसलिए दोनों उसी के अगल-बगल बैठ गए। बैठने से पहले युवक एमडी के सामने एक खुली हुई फाइल रख चुका था।

एमडी ने उसे सरसरी तौर पर देखा, फिर बुजुर्ग से मुखातिब हुए, ''तो आप ही बताइए, अब आप हमसे क्या चाहते हैं?''

''देखिए, मैं एक रिटायर टीचर हूँ। जिसे कहते हैं बेचारा मिडिल क्लास, उसमें रखा जाता हूँ। आप लोगों ने मुझे यह सब्जबाग दिखाया था कि आपकी ऐशगाह, जिसे आप रिसॉर्ट कहते हैं, उसमें हिस्सेदारी लेने से मुझे हर महीने घर बैठे खासी आमदनी हुआ करेगी और मेरा बुढ़ापा चैन से कटेगा। आपकी बात पर यकीन करके ही मैंने रिटायरमेंट पर मिली सारी रकम आपके हवाले कर दी थी। वह रिसॉर्ट तो जाने कब बनेगा, कब आय होनी शुरू होगी, आज की तारीख में तो हकीकत यह है कि आए दिन मेरे घर कोई-न-कोई सम्मन चला आता है। कभी जमीन घोटाले का, कभी सामान में मिलावट का, कभी मजदूरों की मजदूरी हड़पने का। अब आप ही सोचिए, जो कभी उस दिशा से गुजरा भी न हो, जिसमें कोर्ट-कचहरी हो, उसे आए दिन वहाँ उसी तरह हाजिरी बजाने जाना पड़े, जैसे कभी विद्यालय में जाता था, तो उसकी क्या दशा होगी? और ताज्जुब की बात यह है कि वहाँ भी मुझे कोई जिम्मेदार आदमी नहीं टकरता। मेरे हाथ में सम्मन देखते ही कोई इधर टरका देता है, कोई उधर।''

बुजुर्ग मास्टर जी सबकुछ कह चुकने के बाद मौन हुए या कचहरी का दृश्य याद आते ही हुए, कहना कठिन है।

''तो इसमें हम क्या कर सकते हैं? आप रिसॉर्ट के मालिकों में से एक हैं। हम तो बनानेवाले ठहरे। हाँ, हम यह यकीन जरूर दिला सकते हैं कि सभी आरोप झूठे हैं। मनगढ़ंत हैं। हमारी तरक्की से जलनेवाले लगा रहे हैं। जो नहीं चाहते कि रिसॉर्ट बने और आप जैसे सैकड़ों के दूध-मक्खन का जरिया खुले। वे मामले एक न एक दिन कोर्ट में खारिज होंगे। अब आप ठहरे उसके मालिक, सो आपके नाम सम्मन भेजकर कोर्ट तो जवाब-तलब करेगा ही। पर इसमें डरने या घबराने की बात ही कहाँ है! आप चक्कर क्यों लगाते हैं? जब भी नोटिस आए, हमारे पास भेज दें। आपकी तरफ से हम उसे रफा-दफा करवा दिया करेंगे।

''जहाँ तक रिसॉर्ट से आमदनी का सवाल है, सो मैं आपको फिर यकीन दिलाता हूँ कि उसे एक बार बन तो जाने दीजिए, आमदनी तो इतनी होगी कि आपसे गिनते न बनेगी। दरअसल, उसी आमदनी की वजह से तो कुछ लोगों के सीने पर

साँप लोटने लगे हैं। इसीलिए उसे रुकवाने पर तुले हैं।''

इसी के साथ एमडी अपना हाथ लहराते हुए अपने ही पेट से सीने तक कुछ इस तरह ले गए जैसे हाथ नहीं, साँप लोट रहा हो!

''वह आमदनी जब होगी तब होगी, मगर मैंने तो उस आमदनी का मोह अब पूरी तरह छोड़ दिया है। आप मेरी जगह किसी और को मालिकाना हक देकर मेरी रकम वापस दे दीजिए, ताकि नोटिस आने तो बंद हों। मुझे कचहरी के फेरे लगाने का शौक चर्राया हो, सो बात नहीं है। पहले मैं ऐसे नोटिस आपके लोगों को दे जाता था, मगर जब यह बताया गया कि उस भाग-दौड़ में जो खर्चा होता है, वह मेरी जमा रकम में से कम होता रहेगा, तब मैंने खुद जाना शुरू किया था। जिस गति से मुझे सम्मन मिल रहे हैं, वही बनी रही और इन्हें रफा-दफा करने का जिम्मा मैं आप लोगों को सौंपता रहा, तो वह दिन भी जल्दी आ जाएगा जब जमा के खाते में मेरी फूटी कौड़ी भी नहीं बचेगी। फिर आपकी भाग-दौड़ का भुगतान कैसे करूँगा।''

मास्टर जी की बेचारगी, लाचारी ने एमडी पर जरा भी असर नहीं डाला। वह उतने ही लापरवाह अंदाज में बोले, ''मैं फिर भी आपको यही सलाह दूँगा कि इन छोटी-मोटी अड़चनों के चलते हाथ पीछे न खींचें। अपने भविष्य का खयाल करें। और हाँ, इस सलाह का अर्थ यह न निकालें कि हम किसी मजबूरी के चलते आपको यह सलाह दे रहे हैं। हमारी पहुँच में ऐसे कई लोग हैं जो आपसे भी ज्यादा रकम देकर उस योजना में शामिल होना चाहते हैं। इस बीच उस रिसॉर्ट की जरूरत और भी बढ़ चुकी है। इसके बावजूद अगर इससे बाहर आना ही आपका आखिरी फैसला है तो आप इनके साथ ही जाइए। अगले आधे घंटे में आपको आपकी बची हुई रकम का चेक इन्हीं से मिल जाएगा।''

मास्टर जी का चेहरा यकायक खिलने को हो आया।

एमडी ने उनकी खुशी और बढ़ाई, ''कायदे से तो हमें चार साल तक आपकी रकम का हिसाब रखने के एवज में कुछ कटौती करनी चाहिए, पर हम आपकी उम्र का लिहाज करके कटौती नहीं करेंगे। उम्मीद है, आप इस उदारता का आभार मानेंगे। वैसे आपने कुल कितनी रकम दी थी?''

''वह तो इस फाइल में दर्ज होगी ही।''

''इसमें रकम का एक आँकड़ा लिखा तो है, लेकिन जरूरी तो नहीं कि आपने उतनी ही रकम दी हो। दरअसल हमें रकम मुहैया करानेवाले अधिकांश लोग दो तरह की रकम देते हैं। कुछ वैसी जो कागजों में दर्ज की जा सके और उससे कहीं ज्यादा वैसी, जिसका आँकड़ा किताब में दर्ज नहीं होता, केवल याद रखना

होता है। जिसे कहते हैं न काला धन, यह वही होता है। उस रकम की कोई सीमा नहीं होती, वह कागजी रकम से दोगुनी, चार गुनी, दस गुनी भी हो सकती है।''

''जी नहीं, मेरे पास कभी कोई काला धन नहीं रहा। मैंने जो रकम आपको सौंपी थी, वह सब-की-सब सफेद थी। मेरी मेहनत की कमाई थी। जिंदगी भर की जमा पूँजी थी।''

''खैर, होगी! आपको कहीं सैर-सपाटे के लिए भेजा गया था?''

''यह किसलिए जानना चाहते हैं?''

''दरअसल, हम जो सैर-सपाटा कराते हैं, वह कहा तो जाता है मुफ्त का, लेकिन उसी सूरत में जब कोई हमारे साथ बना रहे। जो हमसे नाता तोड़ रहा हो, उसे सैर-सपाटा मुफ्त में क्यों पड़े? तब सैर-सपाटे का खर्च उसकी जमा पूँजी में से कम करना लाजिमी हो जाता है। हम यहाँ लंगर तो चला नहीं रहे हैं। यहाँ तो जो कुछ है भागीदारों का, भागीदारों से, भागीदारों के लिए है। भगोड़ों का या भगोड़ों के लिए नहीं।''

''तो सुनिए, मैं कहीं सैर-सपाटे को नहीं गया था। हालाँकि सैर-सपाटे का प्रस्ताव मेरे सामने भी रखा गया था। आपके पहले से बने रिसॉर्ट में कैसी खातिर होती है, कैसी-कैसी सेवा-टहल की जाती है, उस सबकी झलकियाँ दिखाई गई थीं। बताया गया था कि मैं जब चाहूँ, इनमें से किसी में भी आराम फरमाने, तरोताजा होने जा सकता हूँ। उसके लिए मुझसे नाममात्र का भुगतान लिया जाएगा। अब सोचता हूँ, गनीमत रही जो मैंने वहाँ की सैर नहीं की।''

''तो ठीक है। आपका मामला तो सीधा-सादा है। हालाँकि हमारी अब भी यही तमन्ना है कि आप हमारे साथ बने रहें। अफसोस, अपनी लागत पर लाभ कमाने के दिन आते ही आप हाथ खींच रहे हैं। हम तो अभी भी यही गुजारिश करते हैं कि आप इस बारे में फिर ठंडे दिमाग से सोचें। आती हुई लक्ष्मी को ठुकराना ठीक नहीं है। आगे आपकी मरजी है।

''और हाँ, एक बात और साफ-साफ बता दूँ। आज आप अपनी मरजी से हमें छोड़कर जा रहे हैं। कल को फिर जुड़ना चाहेंगे तो इसी रकम से संभव नहीं होगा। अब हमें इतनी छोटी रकम के हिस्सेदार नहीं चाहिए। अब निर्माण लागत बढ़ चुकी है। हाँ, साथ बने रहे तो आपसे और रकम की डिमांड नहीं की जाएगी। यही पर्याप्त है।''

एमडी के वक्तव्य के बाद बुजुर्गवार ने एक शब्द भी बोलना गवारा नहीं किया। उनके मौन का आशय समझ चुके युवक ने फुरती से कुरसी पीछे सरकाई, एमडी के सामने से फाइल उठाकर अपनी बगल में चाँपी और बुजुर्गवार से 'तो

फिर आइए' कहता हुआ कमरे से बाहर जाने लगा।

उसके मुड़ते ही बुजुर्ग ने भी कुरसी का मोह त्याग दिया।

एमडी भी अपने आसन से हिले और केबिन से बाहर जाते बुजुर्ग को दरवाजे तक विदा करने चले गए।

□

वे तो अविनाश को अकेला छोड़ गए, पर उनके जाते ही केबिन का सूनापन अविनाश के भीतर भी पाँव पसारने लगा। उसे लगा, यहाँ तक आना निरर्थक होने को है।

एमडी की अविनाश से भले ही अभी कोई बातचीत नहीं हुई थी, मगर इस बीच उनकी जो भी बातचीत, जिस किसी से भी हुई, उसमें उन लोगों की शंका, उलझन, दुविधा का समाधान भले ही न रहा हो, अविनाश की शंकाओं, उलझनों, दुविधाओं और अपेक्षाओं का एक संभावित उत्तर तो समाहित था ही।

अपनी ही उधेड़बुन में उलझे अविनाश को खबर ही नहीं हुई कि इस बीच एमडी कब वापस केबिन में आकर अपने आसन पर विराजमान हो चुके हैं। वे आए भी अकेले नहीं हैं, एक युवक को भी साथ लेते आए हैं।

''हाँ तो भारत कुमार, लगता है जबसे नौकरी मिली है, तुमने टीवी देखना और अखबार पढ़ना बंद कर दिया है।''

युवक सकपकाया, ''जी, नहीं तो।''

''जी नहीं तो क्या! फिर बताओ कल रात टीवी पर और आज के अखबारों में सबसे अहम और हमारे काम की खबर क्या थी?''

युवक की वही दशा, ''जी, कल शाम को एक फैमिली फंकशन में जाना पड़ा, सो टीवी नहीं देखा। घर लौटना देर रात हुआ, सो सुबह अखबार भी…''

''झूठ, सरासर झूठ। सच यह है कि कल दफ्तर से घर पहुँचने के बाद आप घर में टिके ही नहीं। पहले खरीदारी, फिर मटरगश्ती करने निकले। बीवी के साथ आखिरी शो देखने गए। और अखबार मँगाते ही नहीं हैं। है न!''

''जी! जब से घर बदला है, अखबारवाले को खोजने का वक्त ही नहीं मिला। अब इसी संडे को अखबार दे जाने के लिए जरूर कह दूँगा।''

''यह काम तो इतवार से पहले भी किया जा सकता है। अखबार मँगाने के लिए वक्त नहीं नीयत चाहिए। मगर जब बिना अखबार पढ़े, बिना टीवी पर समाचार सुने नौकरी चल रही है, मोटी तनखा मिल रही है, तब इन पर फिजूलखर्ची क्यों की जाए, है न! यही रवैया रहा तो बहुत दिन यह नौकरी नहीं चल पाएगी। इसलिए कुछ वक्त और रुपया इन जरूरतों पर भी खर्च करना सीख लो। जब सब

तरफ मुझे ही ध्यान रखना होगा, मुझे ही याद दिलाना होगा, तो मैं भी तुम्हारे हिस्से का खर्च बचा सकता हूँ।''

''मैं माफी चाहता हूँ सर, आगे से ऐसा नहीं होगा।''

''चलो इस बार माफ किया। अब सुनो। छत्तीसगढ़ के कई इलाकों में पेड़ लगाने के लिए हमें हजारों लोगों ने रुपया दिया हुआ है। हमने उनसे वायदा किया है कि अगले तीन साल में वे पेड़ उनकी आमदनी का जरिया बन जाएँगे। कल टीवी पर यह खबर थी और आज अखबारों में भी है कि छत्तीसगढ़ में भयंकर बाढ़ आ गई है। पता लगाओ कि किन इलाकों में बाढ़ आई है। फिर यह देखो कि क्या हमने उन इलाकों में पेड़ लगाने के लिए लोगों से रकम ली हुई है। यदि ली हुई हो तो उन्हें तुरंत सूचना दो कि हमने फलाँ इलाके में आपके पैसों से आपके हिस्से के पेड़ों की पौध रोप दी थी, उनकी हिफाजत का काम भी बखूबी कर रहे थे; कल को जब वे कटकर बिकने लायक हो जाते, तब उन्हें बेचकर जो रकम मिलती, उसमें से अपना मेहनताना निकालकर शेष रकम भी आप तक भेजते।

''लेकिन हमें अफसोस के साथ सूचित करना पड़ रहा है कि अब वह सब नहीं हो सकेगा। छत्तीसगढ़ में आई बाढ़ आपके नौनिहालों को लील गई। प्राकृतिक आपदाओं पर हमारा या किसी का कोई जोर नहीं चलता, इसलिए हम उनकी रक्षा नहीं कर पाए। लिहाजा उन पेड़ों के प्रति हमारी कोई जवाबदेही नहीं रही। इस सूचना के साथ ही हमारे बीच हुआ करार निरस्त हुआ समझा जाए। प्रकृति के प्रकोप से आपको जो आर्थिक क्षति हुई है उसके लिए हमें भी खेद है।''

एमडी मौन हो गए, गोया सचमुच उनके भीतर कहीं खेदभाव उपजा हो और वे उसमें गोता लगाने निकल पड़े हों!

एमडी को मौन और गमगीन हुआ पाया कि मुलाजिम की आँखों में भी तरलता आ गई। उसने जेब से रुमाल निकाला और अपनी आँखों पर फिराने लगा।

''अब मेरा मुँह क्या देखते हो! जाओ और इससे पहले कि कोई यह दावा करने लगे कि हमने कहीं कोई पौध लगाई ही नहीं, यह खत सबको भिजवा दो। याद रहे, बाढ़ का प्रकोप कम होने से पहले-पहले यह खत सब तक पहुँच जाना चाहिए।''

□

: बाईस :

उस युवा के चले जाने पर एमडी के एकांत का लाभ उठाते हुए अविनाश ने कहा,''जी मुझे अविनाश दास कहते हैं। कल मैं आपके प्रगति मैदानवाले ठिकाने पर गया था…''

''और वहाँ कोई भी नहीं मिला होगा, है न!''

एमडी ने उसके मुँह से बोल छीने, ''पर आप वहाँ गए ही क्यों? क्या आपको टेलीफोन करनेवाली ने फिर से फोन करके यह नहीं बताया था कि अब वहाँ न जाएँ, बल्कि होटल हयात में आएँ? मैं अभी उसकी खबर लेता हूँ। मेहरबानी करके मुझे उसका नाम तो बताइए। मेहमान को हैरान करना कहाँ की शराफत हुई!''

अविनाश भौचक! उसने एमडी को यह बताना चाहा कि वह किसी के फोन करने पर नहीं गया था, मगर एमडी ने इतना अवकाश ही नहीं दिया।

''वैसे जब तक आप उसका नाम याद करें, मैं आपको वह वजह बताना चाहता हूँ जिसके चलते आपको हमारा एक भी आदमी प्रगति मैदान में नहीं मिला। आप यह सच्चाई तो जान ही चुके हैं कि हम तो एवेंई किसी भी नंबर पर फोन करके यह खबर देते रहते हैं कि आपके तीन इनाम निकले हैं। पर हमारी नीयत में कोई खोट नहीं है जी। जो लोग हमारे फोन पर मिले निमंत्रण को सही मानकर हमारे पास आते हैं, उन्हें हम वाकई तीन इनाम देते भी हैं। सो इसी रुटीन में हमारी किसी लड़की ने एक पत्रकार को भी फोन पर यह सूचना दे दी।

''अब टेलीफोन डायरेक्टरी में तो जी यह लिखा नहीं होता कि कौन क्या है? पत्रकार ने या उसके घरवालों ने बता दिया होता कि जिसे खुशखबरी दी जा रही है वह पत्रकार है तो शायद उसे निमंत्रण नहीं देते। अब यह कौन नहीं जानता जी कि पत्रकार जो होते हैं वे खुड़पेंचिए होते हैं। खामखाह बाल की खाल निकालते हैं। इन्हें सबकुछ चाहिए भी होता है, अमूमन मुफ्त में ही चाहिए होता है, फिर भी

सवाल ऐसे करते हैं जैसे बिना परखे तो साँस भी न लेते हों। हर मामले में शक करना तो इनकी फितरत ठहरी। कहीं घर में खाना खाने से पहले पत्नी की नीयत पर भी शक न करते हों। हो सकता है और मामलों में भी यही करते हों।''

एमडी मौन हुए। अविनाश को इस भंगिमा से निहारा कि पत्रकारों पर क्या बढ़िया जुमला कसा है। जब यह पाया कि वह दाद देने के मूड में ही नहीं है, तब किस्सा आगे बढ़ाने का उपक्रम किया।

''सो जी, उसने पहले तो हमारी लड़की पर सवालों की झड़ी लगा दी। वह ठहरी अव्वल दर्जे की चतुर। उसने पत्रकार को ऐसा शीशे में उतारा कि पूछिए मत। खैर जी, उसने हमारा निमंत्रण कुबूल कर लिया। फिर हुआ यह कि जब हमारी लड़की ने इसके लिए दोबारा फोन किया कि आपको याद है न आज हमारे साथ लंच लेना है, तब उसकी पत्नी के मुँह से निकल गया कि वे तो घर से जा चुके हैं। उन्हें किसी मंत्री का इंटरव्यू लेना था। बस जी, लड़की ने उधर फोन रखा और इधर मुझे बताया कि फलाँ मेहमान तो पत्रकार है। मैंने तुरंत हिदायत दी कि वह किसी भी सूरत में रेस्टोरेंट में घुसने न पाए। अब जी, यहाँ का एमडी तो मैं ही हूँ न, सो वही होना था। जब वह पत्रकार वहाँ पहुँचा, और अकेला नहीं, अपनी जनाना दोस्त के साथ पहुँचा तो उसे बता दिया गया कि आज के मेहमानों में आपका नाम नहीं है। उसे बुरा लगा, खूब लगा। एक तो पत्रकार, तिस पर जवान जनाना दोस्त के साथ! उसने जी वहाँ बड़ा तूफान मचाने की कोशिश की, मगर उसकी दाल नहीं गली। वह इस जिद पर अड़ गया कि रेस्टोरेंट में जाने से तो उसे कोई माई का लाल नहीं रोक सकता। तब जी, हमारे आदमी तो पीछे हट गए और मोरचा रेस्टोरेंटवालों ने सँभाल लिया। उन्होंने कहा कि रेस्टोरेंट एक पार्टी ने बुक कर लिया है, सो आप अंदर नहीं जा सकते।

''तब पत्रकार ने मेले के अफसरान को जा घेरा। उन्होंने पत्रकार को नेक सलाह दी कि बखेड़ा खड़ा करने से बाज आइए और चुपचाप यहाँ से चले जाइए। यह ठीक है कि आप पत्रकार हैं और आपके पास एंट्री पास होगा, लेकिन आपकी इन महबूबा को पुलिस के हवाले किया जा सकता है, क्योंकि ये बिना टिकट प्रगति मैदान में घुसी हैं। वहाँ से तो वह डर के मारे खिसक लिया, पर अगले ही दिन अपने अखबार में हमारे खिलाफ मार आँय-बाँय लिख मारा। अब हमारा तो जी सारा काम लिखत-पढ़तवाला, ईमानदारीवाला ठहरा। हमें तो कोई फर्क पड़ना नहीं था, हालाँकि उसने दावा किया कि हम ठगी कर रहे हैं, लोगों को झूठे सपने दिखा रहे हैं। अब आप ही बताओ, सपने हम दिखा रहे हैं या ये टीवी सीरियल

दिखा रहे हैं? फिल्में दिखा रही हैं? खुद सारे के सारे न्यूज चैनल दिखा रहे हैं?

''हम तो जी, उन सपनों को पूरा करने का सपना दिखा रहे हैं। अपने दिखाए सपनों को हकीकत में भी बदल रहे हैं। इसलिए हम सुखफ़रोश तो कहे जा सकते हैं, मगर ठग नहीं ठहराए जा सकते। फिर भी जी, मेलेवालों ने हमें सलाह दी कि ये अखबारवाले अब आपकी आड़ में रोजाना हमें भी बदनाम करेंगे, सो आप लोग यहाँ से अपना ठीया उठा ही लो। बस जी, हमने उसी दिन वहाँ का ठिकाना छोड़ दिया और अपने सभी मेहमानों को खबर दे दी कि अब वे वहाँ नहीं, होटल हयात में आएँ।

''पता नहीं वह लड़की आपको यह खबर देना कैसे भूल गई? मैं उसकी तरफ से आपसे माफी चाहता हूँ। आप मुझे उसका नाम भर बता दीजिए, फिर देखिए मैं अभी उसकी कैसी खबर लेता हूँ।''

''जी, मेरा नाम अविनाश दास है। मैं...''

''अजी होगा, मुझे आपके नाम का अचार नहीं डालना है। आप तो मुझे उस लड़की का नाम बताइए, जिससे ऐसी भारी चूक हुई है। मैं अभी उसकी खबर लेता हूँ।'' एमडी ने अपना आग्रह दोहराया।

एमडी को एक ही रट लगाते देख अविनाश की सहनशक्ति जवाब देने लगी। उसके मुँह से बेसाख्ता निकल ही तो गया, ''लड़की को मारिए गोली और मैं जो कहना चाहता हूँ, उसे सुनिए।''

एमडी ने कुछ पल तक अविनाश को हड़बड़ाहट फिर हैरानी के भाव से निहारा और फिर से वाचाल हो चले, ''अजी उसे कैसे गोली मार दूँ? ये लड़कियाँ ही तो मेरा मूल धन हैं। दिन भर गला फाड़ मेहनत करके मेहमान जुटाती हैं मेरे लिए। मैं आपके कहने भर से इन्हें भला क्यों गोली मार दूँ! आपको एक बार प्रगति मैदान तक जाना पड़ गया तो क्या हुआ? आपके गोढ़ दुख गए क्या? दुख गए हों तो लाइए मैं दबा देता हूँ। यह कोई इतना बड़ा कुसूर तो है नहीं। प्रगति मैदान जंगल में भी नहीं है, जो वहाँ पहुँचकर आपकी जान पर बन आई हो! आप भी खूब हैं, कहते हैं उसे गोली मारो! आप जैसे दो-चार और टकर जाएँ और मैं उनका कहना मानता गया तो मेरा तो धंधा ही चौपट हो जाए। कितने जनम तक जेल में सड़ना होगा सो अलग! मुझे नहीं पता कि आप क्या कहने जा रहे हैं। और जो भी कहने क्यों न जा रहे हों, एक बात मैं पहले से साफ-साफ बता दूँ, देखिए, मैं जालिम इनसान नहीं हूँ। वैसा होने की उम्मीद न रखें। मैं सीधा, सरल, नेक आदमी हूँ।

''मेरे पास ढेरों-ढेर योजनाएँ हैं। एक से एक आला दर्जे की योजना! यह

अलग बात है कि उन्हें साकार करने के लिए पूँजी नहीं है, सो मैं इसकी टोपी उसके सिर रखने का खेल करता रहता हूँ। फिर भी न तो जालिम कहा जा सकता हूँ, न बेईमान और न वादा–फरामोश। अलबत्ता आप मुझे सुखफ़रोश कह सकते हैं। मैं किसी के सीने पर चाकू रखकर रकम नहीं निकलवाता। वे लोग जो सपने देखते हैं, जो सपने पूरे करना चाहते हैं, उन्हें उनके सपनों और उनकी औकात के मुताबिक योजना सुझाता हूँ। जो उसमें खुशी से शामिल होना चाहते हैं, उन्हें शामिल करता हूँ। जो बेसब्रे बीच में ही हमारा साथ छोड़ जाना चाहते हैं, उनका हाथ पकड़कर रोकने नहीं जाता। जो सब्र करते हैं, मुझ पर यकीन करते हैं, उनके सपने एक न एक दिन मैं यकीनन पूरे करवाता हूँ। अलबत्ता हर किसी को अपने मापदंडों पर परखता जरूर हूँ। आखिर हमें भी तो यह पता होना चाहिए कि जिनके लिए हम दिन–रात उधेड़बुन में लगे रहते हैं, वे अपनी बात के कितने पक्के हैं, हम पर कितना यकीन रखते हैं!

''खैर, अब कहिए आप क्या कहना चाहते हैं, लेकिन भूलकर भी यह सलाह न दीजिएगा कि मैं किसी लड़की को गोली मार दूँ।''

''मेरा मतलब यह नहीं था कि आप सचमुच किसी को गोली मार दें। वह तो मैं कहावत में कह गया। बहरहाल, मैं कहना यह चाहता हूँ कि मुझे किसी लड़की ने गुमराह नहीं किया। कल किसी के बुलावे पर वहाँ नहीं गया था। आपके बुलावे पर कई दिन पहले ही जा चुका था। आपकी कई योजनाओं में हिस्सेदार बना था। उसके बाद हालाँकि जाना तो नेपाल था, मगर मुझे दार्जिलिंग भेजा गया था। कल वहीं से लौटा हूँ।''

''तो कैसी रही दार्जिलिंग यात्रा? खूब मजे किए होंगे! उस मास्टर की तरह आप तो यह नहीं कह सकते कि हम झूठे सपने दिखाते हैं। आपका पहला सपना तो हमने सच कर दिखाया न? मुझे नहीं मालूम आप हमारी किस योजना में शामिल हुए हैं, लेकिन जिस में भी हुए हों, आप देखिएगा, बहुत जल्द हम आपका दूसरा सपना, घर बैठे कमाई का सपना भी पूरा कर दिखाएँगे। अब आप तो हमारे साझीदार ही हुए। आपसे क्या छिपाना। कई बार ऐसा हो जाता है कि पूरी कोशिशों के बावजूद कोई योजना अधर में लटक जाती है। कोई अड़चन आ जाती है। कोई हमारी परेशानी को बहानेबाजी समझे या हम पर शक करने लगे तो उससे पल्ला झाड़ लेना ही ठीक रहता है। है कि नहीं? आप क्या सोचते हैं? अरे हाँ, आप यह तो बताइए कि फिर कल आप दोबारा प्रगति मैदान किसलिए गए थे?''

''इसलिए गया था क्योंकि मुझे आपकी आईहो की तरफ से दार्जिलिंग भेजा

गया था तीन दिन और दो रातों के लिए, लेकिन मुझे वहाँ से वापस आने में लगे पूरे आठ दिन और सात रातें!''

''लगता है, आपको दार्जिलिंग कुछ ज्यादा ही भा गया! तो अब आप हमसे क्या चाहते हैं? कहीं पूरे प्रवास का खर्चा हम पर तो नहीं डालना चाहते? न, न, हम इसके लिए तैयार नहीं हैं। हम तो वही खर्च उठाएँगे, जिसका वायदा किया था। इसके बाद तो आप अपनी मरजी से ही रुके, इसलिए उन दिनों का खर्च तो आपको उठाना पड़ेगा।''

''जी नहीं, मैं वहाँ अपनी मरजी से नहीं, आपकी वजह से रुका। आपने मेरे प्रवास के एक भी पल का खर्चा नहीं उठाया। वह सब भी मुझे उठाना पड़ा और जलील भी होना पड़ा।''

''आपके कहे पर यकीन करने का मन तो नहीं हो रहा, पर जब आप कह रहे हैं तो करना ही पड़ेगा। ऐसा क्यों हुआ, जरा खुलकर बताएँगे?''

''जी हाँ, मैं वही बताने आया हूँ।''

''एक मिनट ठहरिए। हाँ, आपने अपना नाम अविनाश दास बताया था न। मैं जरा आपकी फाइल मँगवा लूँ।''

एमडी ने फोन पर किसी को निर्देश दिया, ''श्रीमान अविनाश दास की फाइल तो लाना, जो पिछले हफ्ते दार्जिलिंग भेजे गए थे। और हाँ, खबरदार, अब उस मास्टर के पते पर कोई सम्मन मत भेजना। इसमें कोई चूक न हो। वह अपनी रकम वापस ले गया है। अब उसे डराने की कोई जरूरत नहीं है। और वह अविनाश दास की फाइल जरा जल्दी लाना।''

फिर अविनाश की ओर मुखातिब हुए, ''हाँ तो अब कहिए।''

अपनी विनाश कथा को अंतिम पंक्ति तक अविराम जारी रखने का संकल्प लेते हुए अविनाश एक बार फिर मुखर हुआ—

''आपके बुलावे पर मैं अपनी महिला मित्र के साथ प्रगति मैदान आया था। वहाँ लंच लिया था। वहीं पहली बार मैंने आपको देखा था। आपसे हाथ मिलाया था। दिल्ली-जयपुर हाइवे पर आपका जो एक और रिसॉर्ट पूरा होने को है, उसमें मुझे साझीदार बनाया गया था। उसकी साज-सज्जा के लिए मुझसे एक लाख रुपए का चेक लिया गया था। उत्तराखंड में देवदार और अशोक के पेड़ लगाने की जो योजना है उसमें मुझे भी शामिल करते हुए दो सौ पेड़ों के लिए बीस हजार रुपए मेरे क्रेडिट कार्ड के जरिए निकलवाए थे। भरतपुर के पास जिस तीर्थस्थान पर आप विश्रामघर बना रहे हैं, उसमें भी मुझे शामिल किया गया था। उसमें हिस्सेदारी

के एवज में मुझे जो एक लाख रुपए देने थे, फिलहाल उसका इंतजाम आप लोग करनेवाले थे। वह रकम मुझे बाद में किस्तों में चुकानी थी। जब तक मुझ पर उधारी रहनी थी, तब तक मेरे लाभ में से आधा हिस्सा उसे जाना था, जो मुझे रकम उधार देनेवाला था। इसके एवज में मेरी कई चीजें रेहन रखी हुई मान ली गई थीं।

''वहीं हमें यह बताया गया था कि आपकी इन तीन योजनाओं में शामिल होने के इनाम के तौर पर हमें नेपाल के होटल में तीन दिन और दो रातें बिताने के लिए भेजा जाएगा। यदि किसी वजह से हमारी यात्रा टली, उस सूरत में होटल को कोई घाटा न हो, इसलिए जमानत के तौर पर मुझसे दस हजार रुपए का एक और चेक लिया गया था। यह भरोसा दिलाया गया था कि यात्रा की मियाद पूरी होने पर जब हम होटल से रुखसत हो रहे होंगे तब वह चेक हमें वहीं वापस कर दिया जाएगा।''

यकायक अविनाश को मौन हो जाना पड़ा, चूँकि उसकी बातों को पूरे मनोयोग से सुन रहे एमडी का ध्यान केबिन के दरवाजे की ओर जा चुका था, जहाँ से वे अपनी नजरों पर बैठाकर किसी को केबिन के भीतर ला रहे थे।

एमडी की नजरों पर सवार होकर आए नवागंतुक ने एमडी के आगे फाइल रखी और उलटे पाँव लौट गया।

एमडी ने आँखों पर चश्मा चढ़ाया, फाइल को खोला और अविनाश को हिदायत दी, ''हाँ, आप जारी रहिए।''

''जैसा कि मैं बता चुका हूँ, हमें नेपाल भेजा जाना तय हुआ था। अगले दिन जब मेरी मित्र टिकट वगैरह लेने आईं तो उन्हें बताया गया कि मैंने चेक पर गलत तारीख डाल दी है। पता नहीं वह चेक कैश हो या न हो, सो हमें फिलहाल एक लाख बीस हजार का हिस्सेदार ही माना जाएगा। और उस सूरत में अभी देश के किसी हिल स्टेशन पर भेजा जाएगा। हालाँकि मुझे अभी भी यकीन नहीं है कि मैंने चेक पर गलत तारीख भरी होगी। यदि वैसा हुआ भी था तो आप लोग मुझसे तारीख बदलने को कह सकते थे। पर आप लोगों ने जाने क्यों वह सरल रास्ता तो अपनाया नहीं, मेरी मित्र को दार्जिलिंग की यात्रा के लिए राजी करके वहीं के टिकट थमा दिए। बाद में उनकी इच्छा देखकर मैंने भी कोई बदलाव नहीं करवाया।

''बहरहाल, हम दार्जिलिंग ही गए। वहाँ एक तथाकथित फाइव स्टार होटल में ठहरे भी। दूसरी रात ही मेरी मित्र को किसी जरूरी काम की वजह से दिल्ली वापस लौटना पड़ा। हमें चूँकि ओपन टिकट दिए गए थे, सो हम दोनों तभी साथ-साथ वापस आ सकते थे। हम आना भी चाहते थे, लेकिन दिल्ली की फ्लाइट में कुल एक सीट मिली, सो वे चली आईं और मुझे मन मारकर वहीं रुके रहना पड़ा।

''अगली शाम जब मैं होटल से विदा होने लगा तो होटलवालों ने मेरे सामने कई हजार का बिल रख दिया और कहा कि इसका भुगतान करने के बाद ही मैं होटल छोड़ सकता हूँ। उस बिल में खाने-पीने की मद में ही नहीं, वहाँ ठहरने के एवज में भी किराया दरशाया गया था। मैंने उन्हें समझाया कि हम तो यहाँ आईहो के मेहमान हैं। हमारे ठहरने का खर्च आईहो ने उठाया है। जमानत के तौर पर हमारा एक चेक भी आपके पास जमा है। इस पर उनका कहना था कि वे किसी आईहो को नहीं जानते। हमारे लिए वहाँ किसी ने न कोई कमरा बुक कराया है, न एडवांस में पेमेंट किया है, न जमानत के तौर पर हमारा कोई चेक ही जमा है। लिहाजा मुझे उनके सामने बेहद जलील होना पड़ा और वहाँ ठहरने और खाने-पीने का पूरा भुगतान भी देना पड़ा।''

अविनाश पल भर को मौन हुआ।

चेहरे पर चू आया पसीना पोंछा और फिर जारी हो लिया, ''होटलवालों की इस माँग ने मुझे दुविधा में डाल दिया। दरअसल, मैं जो रकम ले गया था उसमें से ज्यादातर तो मेरी मित्र की खरीदारी पर खर्च हो चुकी थी। मेरी जेब में उतनी रकम थी ही नहीं और क्रेडिट कार्ड की जो अधिकतम सीमा थी, उतनी रकम आप लोग पहले ही निकलवा चुके थे। ऐसे में मुझे दार्जिलिंग में तब तक रुकना पड़ा जब तक मेरे एक मित्र बिल से तीन गुनी रकम लेकर दार्जिलिंग नहीं पहुँच गए। इस बीच मुझे जिन शर्मनाक हालात से गुजरना पड़ा, उसके लिए आप लोग जिम्मेदार हैं। उस शर्मनाक मंजर की भरपाई तो हो नहीं सकती, आपके हजार बार क्षमा माँगने पर भी वह संभव नहीं। अलबत्ता यह हो सकता है कि अब आप मुझे अपनी तीनों योजनाओं से बाहर करके मेरी रकम लौटा दें और दार्जिलिंग प्रवास के दौरान मुझे जो आर्थिक क्षति हुई है, उसकी भरपाई कर दें।''

□

अविनाश को सुनते हुए उसी से संदर्भित फाइल को पलटते रहे एमडी ने अविनाश के मौन होते ही मुँह खोला, ''पर एक बात मेरी समझ में नहीं आई कि आपके मित्र को दार्जिलिंग पहुँचने में इतने दिन कैसे लग गए! होटल के बिल की रकम इतनी ज्यादा तो होगी नहीं कि उसके इंतजाम में कई दिन लगे हों। फिर दार्जिलिंग भी ऐसा कोई खास दूर नहीं है।''

''जी हाँ, यह मुझे भी पता है। पर शुरू के दो दिन तो मैं यही तय नहीं कर पाया कि इस मुसीबत में साथ देने के लिए कहूँ तो कहूँ किससे। आखिर यह कोई बहादुरी की बात तो थी नहीं। एक शर्मनाक हादसा था, जिसका किसी के सामने

जिक्र तक करना, शर्म से डूब मरने से कम नहीं। फिर वे हवाई जहाज से नहीं, सड़क मार्ग से मुझ तक पहुँचे थे और हम दोनों यहाँ तक वापस भी सड़क मार्ग से आए हैं।''

''तो यह बात है। तब तो वाकई आप लोगों को बहुत कष्ट उठाने पड़े होंगे। सड़क मार्ग से तो दरियागंज से नोएडा तक आना भी खिझा देता है, आपको तो दार्जिलिंग से दिल्ली तक आना पड़ा। मगर एक बात मेरी समझ में नहीं आई। आपने नाहक ही अपने मित्र को काहे को कष्ट दिया? मेरा खयाल है जिस शाम आपकी सहेली दार्जिलिंग से रवाना हुई थीं, उसी रात तक वे दिल्ली पहुँच गई होंगी। आप उन्हें फोन कर सकते थे। उन्हें तो उस होटल का पता याद रहा ही होगा। वे आपको टेलीग्राफिक मनीऑर्डर से रकम भिजवा सकती थीं।''

''मैंने आपको बताया न कि मुझे इस घटना की सूचना किसी को भी देने में शर्म आई। जो मित्र यह सोचे बैठी हो कि मुफ्त की यात्रा की, उसे जब यह पता लगता कि हम ठगे गए हैं, तब उस पर क्या बीतती?''

''तो अपनी पत्नी को खबर करते। पर उन्हें कैसे करते, उन्हें बताकर तो गए नहीं होंगे। है न!'' एमडी मजाकिया लहजे में बोले।

''वह बात नहीं थी। पत्नी को पता था कि मैं यात्रा पर जा रहा हूँ, लेकिन उनके पास इतनी रकम कहाँ से आती! आपको लाख रुपए का चेक देकर मैं अपना बैंक बैलेंस तो पहले ही निल कर चुका था।'' जवाब में अविनाश ने एमडी को मायूसी दी।

''पर जब आप तय समय से नहीं लौटे होंगे तब तो उन्हें फिक्र हुई होगी। तब आपने उन्हें क्या समझाकर ढाढ़स बँधाया?''

''कह दिया कि कारोबारी काम से वहीं से मणिपुर की तरफ निकलना पड़ रहा है सो वहाँ का काम निबटाकर ही दिल्ली लौटूँगा।

''पर आपको इस सबसे क्या मतलब। आपका सरोकार तो वहीं तक है जहाँ तक आपसे चूक हुई है और उस चूक के चलते मुझे परेशानी हुई थी।''

''तो अब आप हमसे क्या उम्मीद करते हैं?''

''बता तो चुका हूँ। मुझे आपकी किसी योजना पर भरोसा नहीं रह गया है। आपके छल-छद्म को कुछ-कुछ तो मैं दार्जिलिंग यात्रावाले इस वाकये से ही समझ गया था, जो शेष था वह जब से मैं यहाँ आकर बैठा हूँ, तब से अब तक आपने जो औरों से वार्त्तालाप किया है, उसे सुनकर समझ चुका हूँ। इसलिए मैं चाहता हूँ कि हमारे बीच अंतिम रूप से संबंध विच्छेद हो जाना चाहिए। वह भी आज और

अभी। मैंने आपको जो रकम दी है वह मुझे वापस मिल जानी चाहिए। मुझे जो आर्थिक क्षति हुई है, उसकी भरपाई होनी चाहिए। आपमें जरा भी शराफत शेष है, तो मुझसे क्षमा माँगनी चाहिए।

''हालाँकि मुझे आपसे इस आखिरी ख्वाहिश की पूर्ति की उम्मीद नहीं है और मैं यकीनी तौर पर यह दावा भी नहीं करता कि मैं आप लोगों को क्षमा कर ही दूँगा।''

अपनी बात पूरी करते ही अविनाश ने एमडी की तरफ से अपनी नजरें हटाकर गरदन झुका-सी ली, चूँकि फाइल पलटना बंद कर देने के बाद से वे जिस मुद्रा में अविनाश को निहारने लगे थे, उसमें हैरानी या शर्मिंदगी के नहीं, उपहास के लक्षण झलक रहे थे।

□

एमडी ने अविनाश की इस लुका-छिपी का कुछ पल तक आनंद उठाया, फिर आनंद का अगला पड़ाव तलाशने का उपक्रम किया।

''और श्रीमान अविनाश दास जी, ठीक यही तीनों अपेक्षाएँ हम आपसे रखें तो क्या आप उन्हें पूरा करेंगे? और हाँ, उस सूरत में मैं यकीनी तौर पर यह दावा कर सकता हूँ कि मैं तहेदिल से आपको क्षमा भी कर दूँगा।''

एमडी के प्रतिप्रश्न ने अविनाश का झुका सिर फिर उठा दिया, वह भी अबूझ हैरानगी के साथ।

''जी हाँ। आपको जो कहना था, मेरा खयाल है आप सबकुछ कह चुके हैं। इसमें अफसोस केवल इस बात का है कि आपने कुछ भी सच नहीं कहा, सबकुछ मनगढ़ंत कहा।

''आपकी फाइल मेरे सामने है। मैं इसे देख चुका हूँ। इसमें लिखा है कि आपको लिखने-लिखाने का भी शौक है। वैसे ही लोगों के बीच आपका उठना-बैठना है। आप प्रकाशक हैं, सो यों भी किताबें पढ़ना और किताबों को सराहना आपका पेशा है। इसीलिए आप इतनी बेजोड़ काल्पनिक कथा एक ही साँस में कह गए। मगर सिर्फ काल्पनिक, न कि वास्तविक। जिसे यह खबर न हो कि आप जो बयान कर रहे हैं सब कपोल-कल्पना है, वह तो इसे सुनकर आपकी हालत पर जार-जार रो ही दे। हो सकता है वह इतने आवेश में आ जाए कि हमें सचमुच गोली मारने चला आए। आपने जो अभी कुछ देर पहले मुझे कहा था न कि उस लड़की को तो गोली मारो, वैसी कहावतवाली गोली मारने नहीं, सचमुच की गोली, रिवॉल्वर से निकली गोली!

''अब मैं कुछ सच्चाइयाँ बयान करता हूँ, जो हैं तो आपसे संबंधित, इसलिए

आपके मुँह से ज्यादा शोभा देतीं। अब यह हमारी बदकिस्मती कि जब आपको मौका दिया तब आपने वे बयान नहीं कीं, इसलिए मुझे वह जहमत उठानी पड़ रही है। जरा दिल थामकर सुनिएगा।

''दरअसल, हमने नहीं आपने हमें जबरदस्त धोखा दिया। इतना घातक कि मुझपर अपहरण, बलात्कार और जिस्मफरोशी यानी एक साथ तीन जघन्य और घिनौने अपराध कायम हो सकते थे। यदि हमने समय रहते सही कदम नहीं उठाया होता तो आज मैं आपके सामने नहीं होता, बल्कि सलाखों के पीछे होता।

''ऐसे तीन शर्मनाक अपराधों के लिए, जो मैंने किए ही नहीं। सपने में भी जिन्हें करने का इरादा नहीं बनाया। जो दरअसल किए तो आपने, लेकिन हमें भी शामिल करते हुए। वह भी इस चतुराई के साथ कि हमें आपके बदनेक इरादों की भनक तक नहीं लग पाई। सच तो यह है कि आपने हमारे साथ कदम-कदम पर धोखाधड़ी की। अपनी काम-पिपासा मिटाने के लिए हमें अँधेरे में रखा। हमारे कंधे पर बंदूक रखकर अपना शिकार मारते रहे। अपनी वासना को खुलकर खेलने का मौका दिया। हम तो ईमानदारी से आपको नगद-नारायण दिलाने की फिराक में थे, मगर आपकी दिलचस्पी केवल नगन-नारायणी में थी, सो उसी के जुगाड़ में लगे रहे।

''यह सही है कि हमने एक नेक इरादे से, आप ही के लाभ के लिए, आपको प्रगति मैदान में लंच पर बुलाया था। जब आप हमारी योजना में शामिल हो गए तब आपको नेपाल की सैर पर भी भेजना चाहा था। आपका चेक कैश न होने की वजह से आपको दार्जिलिंग भेजना पड़ा।

''बहरहाल, हमने कभी आपसे यह नहीं कहा था कि आप अपनी पत्नी के साथ ही पधारें। किसी महिला मित्र को साथ लाने की भी छूट दी थी। हमारे निमंत्रण पर आनेवाले कई पुरुष अपनी महिला मित्र को, तो कई महिलाएँ अपने पुरुष मित्र को साथ लेकर आती ही रहती हैं। आप भी आ सकते थे। आए भी थे, लेकिन आपने हमें नहीं बताया कि आपके साथ जो हैं वे आपकी पत्नी नहीं, महिला मित्र हैं। हमने आपके कहे पर यकीन किया और मिस्टर और मिसेज एडी यानी श्री अविनाश दास और श्रीमती काम्या दास के नाम से दार्जिलिंग के एक होटल में कमरा बुक करवा दिया। चूँकि हमारा इरादा न तो आपको ठगने का था, न किसी उलझन में डालने का। हम व्यापारी लोग हैं, ठग या लुटेरे नहीं हैं।

''अब आप वही होते जो आपने हमें बताया था तो कोई परेशानी पेश नहीं आनी थी। आपका भेद न खुला होता तो भी किसी को कानोकान यह भनक नहीं लगती थी। हमें भी पता नहीं चलता था कि आपने क्या गुल खिलाया है और

किस–किस को, किस–किस तरीके से और किस–किस किस्म का धोखा दिया है।

"इससे पहले कि आप कामयाब हो पाते, आपका भेद खुल गया। हमें यह पता लग गया कि आप हमें गुमराह कर रहे हैं। खुद तो मजे उड़ा रहे हैं और हमारे लिए भारी मुसीबत खड़ी कर रहे हैं।

"जब आप मेरे सामने आकर विराजमान हुए थे, तब मैंने आपको पहचाना नहीं था। उस दिन रेस्त्राँ के नीम अँधेरे में मैं ठीक से आपका चेहरा नहीं देख पाया था, वरना आपका चेहरा एक बार देखने के बाद याद न रहे, यह हो नहीं सकता।

"आपका नाम सुनकर भी मुझे यह याद नहीं आया कि आप वही शख्स हैं, जो तकरीबन दस दिन पहले मुझे घोर संकट में डाल चुके हैं। मेरी सामाजिक प्रतिष्ठा को, मेरी कारोबारी साख को धूल में मिलाने की कोशिश कर चुके हैं।

"अब जब मैंने आपकी फाइल देखी तब पता लगा। तब भी मैं यह सोचकर आपको धैर्यपूर्वक सुनता रहा कि आप अब, नहीं तो अब सच उगलेंगे। वह सब जो अब मुझे कहना पड़ रहा है, नहीं कहना पड़ेगा; लेकिन अफसोस, आप मेरी इस अपेक्षा पर भी खरे नहीं उतरे।"

□

एमडी यकायक मौन हो गए। उनका चेहरा बता रहा था कि अभी उनका बयान पूरा नहीं हुआ है, वे तो अविनाश के चेहरे पर उलझन और शर्म के जो भाव आते–जाते बने हुए हैं, उनका आनंद उठाने के लिए मौन हुए हैं।

"आप दार्जिलिंग के लिए एक ऐसी औरत के साथ रवाना हुए थे, जिससे आपका परिचय जुम्मा–जुम्मा दस दिन पुराना भी नहीं था। आपकी तथाकथित महिला मित्र होने से पहले वह भी हमारे संभावित मेहमानों में से एक थी। हमने आपकी तरह उससे भी संपर्क किया था। चूँकि उसका पति देश से बाहर था और उसके पास कोई पुरुष मित्र नहीं था, इसलिए हमने उसे लंच पर नहीं आने दिया था। जाने कैसे उसने आपसे संपर्क साधा या आपने उससे। यह पड़ताल मेरे लिए बेमानी है, सो मैं यह नहीं जानना चाहता कि आप दोनों एक–दूसरे के करीब कैसे आए! हमारे लिए तो आपके दार्जिलिंग प्रवास के दो दिन और दो रातों तक वह आपकी पत्नी ही थी।

"जब आप दार्जिलिंग प्रवास की दूसरी रात को भी उसके पहलू से चिपटे हुए पिछली रात जैसे ही मजे मारने की तमन्ना लिए अपनी नींद को रात भर के लिए कहीं भगा देने की फिराक में रहे होंगे, एक भला आदमी यहाँ हिंदुस्तान में मेरी नींद उड़ा चुका था।

"आप जानते हैं वह आदमी कौन था? मेरा खयाल है आप नहीं जानते होंगे कि वह कौन था। वह था भोगराज भाटिया! आपकी तथाकथित पत्नी काम्या भाटिया का परिणयबद्ध और वैधानिक पति!

"वह पिछली शाम विदेश यात्रा से लौटा था। लौटने पर जब उसे पत्नी घर में नहीं मिली, उसके घर से बाहर जाने का कोई संदेश भी रखा नहीं मिला, तब उसे लगा कि हो न हो उसकी पत्नी या तो किसी दुर्घटना का शिकार हो गई है या फिर उसका अपहरण हो गया है।

"उसने पत्नी की खोजबीन शुरू कर दी। इस फेर में आईडी कॉलर में दर्ज टेलीफोन नंबरों पर संपर्क किया। संयोग से उसमें हमारे भी कई नंबर, कई बार दर्ज मिले, सो उसने हमें फोन लगाए। मेरी खुशकिस्मती कि हमारी जिस लड़की ने उसकी पत्नी से फोन पर बात की थी, वही भोगराज से भी फोन पर टकरा गई। उस लड़की ने उसे बता दिया कि हमने पिछले दिनों उसकी बीवी से किसलिए बात की थी। यह भी साफ कर दिया कि हमने उन्हें अपनी योजना में शामिल नहीं किया था, इसलिए कम-से-कम हमने तो कहीं नहीं भेजा।

"उस लड़की ने तुरंत मुझे सारी घटना बताई। यह भी बताया कि भोगराज की पत्नी का जो नाम है, ठीक वही नाम अविनाश दास की पत्नी का भी है, जिन्हें हमने दार्जिलिंग भेजा है। यह भी बताया कि पहले दास ने यही कहा था कि उनकी पत्नी लंच पर नहीं आ सकतीं, इसलिए उनका नाम हटा दिया जाए। फिर अगले दिन यह खबर दी थी कि पत्नी अब साथ आने को मान गई हैं। तब हमने उन्हें लंच पर आने का न्योता दे दिया था।

"बस जी, मुझे लगा कि हो न हो, आपके साथ आपकी पत्नी नहीं बल्कि भोगराज भाटिया की पत्नी गई हुई है। सो मैंने होटल में फोन किया। आपको भनक भी नहीं लगने दी और श्रीमती भाटिया से बातचीत की। उन्हें बताया कि जो हुआ सो हुआ, अब उस तथाकथित पति को बिना बताए, उसे उसके हाल पर छोड़कर जितनी जल्दी हो सके, दिल्ली लौटो। होटल स्टाफ तुम्हारी वापसी में मदद कर देगा।

"उन मोहतरमा के भेजे में बहुत जल्दी अपना हित-अहित समा गया, सो वे आपको धता बताती वहाँ से चली आईं। यहाँ आकर अपने पति को उन्होंने क्या पट्टी पढ़ाई, हमें खबर नहीं, मगर अपनी होशियारी से मैं एक नहीं, दो नहीं, तीन-तीन अपराधों का अपराधी होने से बच गया। पहला—एक सुशील, सुंदर, खानदानी, रईस, भद्र, भोली महिला को बरगलाना। दूसरा—उसका अपहरण करना। तीसरा—अपने लोगों से उसकी इज्जत लुटवाना या उसे जिस्मफरोशी के पेशे में धकेलना।

"हालाँकि मुझे आप पर बेइंतहा गुस्सा आया था। आपकी पत्नी को यह पूरा वाकया बताकर मैं वही भूल कर सकता था जो आप कर चुके थे, यानी किसी के दांपत्य जीवन में आग लगाने की, घर उजाड़ने की भूल। लेकिन मैंने खुद पर काबू रखा। हम व्यापारी लोग हैं। हम उन कामों में तो हाथ डालते हैं, जिनमें हमारा लाभ हो, हमारे लाभ की गुंजाइश कम न होती हो तो औरों का भी लाभ हो, इससे भी हमें परहेज नहीं; अलबत्ता केवल दूसरे को घाटा हो और हमारा कोई लाभ न हो, ऐसे धंधे या झंझट में हम आसानी से हाथ नहीं डालते।

"हमारी भी कई ऐसी इच्छाएँ हैं जो अधूरी हैं। हम चाहते हैं कि वे पूरी हों, लेकिन उनकी पूर्ति के लिए अनैतिक तरीके अपनाना हमें तो गवारा नहीं। किसी भी शरीफ और इज्जतदार आदमी को गवारा नहीं होगा।

"आपकी पत्नी को मैंने भले ही जरा भी भनक न लगने दी हो, मगर आप जिस सीमा तक गिर चुके हैं, उसे देखते हुए लगता नहीं कि उन्हें आपके चाल-चलन या कारनामों की भनक नहीं होगी। जो भी हो, हम उस भनक के लिए जिम्मेदार नहीं हैं, हमारे लिए इतना ही काफी है। आपकी पत्नी को कुछ न बताकर मैंने जिस भलमनसाहत का परिचय दिया है, वह मैं आपके मामले में भी देने नहीं जा रहा हूँ।

"आपने जिन रकमों का अभी जिक्र किया, उन्हें अब आप भूल ही जाएँ तो बेहतर है। आज की तारीख में हमारी तरफ आपकी न तो कोई लेनदारी है, न देनदारी। आप चाहें तो यह मानकर चल सकते हैं कि सवा लाख में एक इज्जतदार, जवान, सुंदर औरत के साथ तीन दिन और दो रातें बिताने का सुख भोग लिया। आपकी तो सूरत तक चीख-चीखकर कह रही है कि इस जिंदगी में आपके लिए हकीकत तो दूर, सपने में, कल्पना में भी ऐसी उड़ान बेमानी थी।

"अब अपनी रकम का हिसाब भी सुन लीजिए। आपने जो एक लाख रुपए हमें देना बताया है, वह रकम आपने हमें नहीं दी है, बल्कि इस फाइल में मौजूद कागजों के मुताबिक यह वह रकम है, जो आपने अपनी कार, एसी और कलर टीवी रेहन रखकर हमसे ली थी।

"अब आप कहेंगे कि ये तमाम चीजें कब रेहन रखीं। एसी आज भी आपके घर में ही लगा हुआ है। कलर टीवी पर इस वक्त आपकी गऊसमान भोली-भाली बीवी सास-बहू वाला कोई धारावाहिक देख रही होगी। और मेरा खयाल है आप यहाँ तक अपनी ही कार में सवार होकर आए होंगे। यानी सबकुछ आपके पास है। सो ऐसा तो होना ही था। उनका ऐसा होना हमारे पक्ष में ही जाता है। इसका मतलब हुआ कि आपने एक लाख का चेक देकर हमसे वे सारी चीजें वापस ले ली हैं।

''बीस हजार रुपए जो आपके क्रेडिट कार्ड के जरिए निकाले गए थे, वे हमने नहीं आपने निकाले थे। प्रगति मैदान के उस रेस्टोरेंट का भुगतान देने के लिए जो आपने उस दिन अपनी मित्र मंडली सहित बला की सुंदर अपनी महिला मित्र को लंच कराने के लिए रिजर्व कराया था।

''एक और चेक जो आपने दार्जिलिंग के होटल के पास गारंटी मनी जमा कराने के नाम पर दिया था, उसे भुनाकर हमने आप दोनों की हवाई यात्राओं के खर्च की भरपाई कर ली है। लगे हाथ एक और सच्चाई बयान कर दूँ—

''आप भी उसी सुबह दार्जिलिंग से चले आए थे, जिसकी पिछली रात आपकी महबूबा वहाँ से चली थी। अलबत्ता आप सीधे दिल्ली न आकर कहीं और चले गए। कहाँ गए थे, यह मुझे खबर नहीं है, कहिए तो यह भी पता लगवा लूँ!

''वहाँ से गमन करने से पहले एक होटलकर्मी को वही कहानी रटाकर आए थे, जो मुझे अभी कुछ देर पहले एक बार और आपके श्रीमुख से भी सुनने का सौभाग्य मिल चुका है। यह हिदायत देकर आए थे कि यदि दिल्ली से कोई फोन आए और आपके बारे में पूछा जाए तो यही कहानी दोहरा देना। इसके लिए इनाम या मेहनताने के तौर पर अपना वापसी एयर टिकट भी देकर आए थे। हम कारोबारी लोग हैं अविनाश जी, कोई घसियारे नहीं हैं। यहीं बैठे-बैठे अपने मतलब की दुनिया की खबर जुटा ही लेते हैं।

''यह सही है कि होटल में आपको हमारी तरफ से ठहराया गया था, लेकिन जब यह पता लगा कि आपके साथ गई औरत न तो आपकी बीवी है, न दोस्त, बल्कि अपने घरवाले को बिना बताए गई एक रईस की बीवी है, उसके साथ कोई अनहोनी हो गई तो होटल भी लपेटे में आ सकता है, इसीलिए होटलवालों ने हमसे उसकी बात करवाने से पहले यह शर्त रख दी थी कि अब वे किसी भी सूरत में यह कुबूल नहीं करेंगे कि यहाँ जो जोड़ा ठहरा हुआ है, उसके बारे में वे कुछ भी पहले से जानते थे या इसे किसी और ने भेजा था।

''अब न हमें आपसे कुछ लेना है, न देना है। आज तो मैंने आपको पूरे धैर्य से सुना, आपको सबकुछ घटना-दर-घटना बताने के लिए भी समय दिया। लेकिन आज के बाद यदि आप एक भी बार हमारे दफ्तर तक आए या हमें यह सुनने को मिला कि आप हमारे बारे में गलत बयानबाजी कर रहे हैं, तो यकीन जानिए मैं आपकी पत्नी के सामने खुद हाजिर होकर सारा सच उगलने में जरा भी संकोच नहीं करूँगा।

''तब गवाह के तौर पर साथ होंगी आपकी दो रातों की वही सुंदरी। दार्जिलिंग

के होटल के बिल और श्रीमती काम्या की बाँहों में बाँहें डाले हरी घास पर मौज-मस्ती लेते आपके फोटोग्राफ, जो होटलवालों ने आपकी सूरत पर खीझकर और आपकी उस तथाकथित बीवी की सुंदरता पर रीझकर चुपके से उतार लिए थे। ताकि जब भी उसकी याद आए तब उन्हें देखकर अपना दिल बहला सकें और आपकी तसवीर को जुतिया सकें।

"मुझे तो लगता है आप शुरू से ही धोखा देने का मन बनाए हुए थे। इसीलिए जो चेक दिया उस पर जान-बूझकर 11 की जगह 17 तारीख दर्ज की। आपका इरादा यह रहा होगा कि मुफ्त में नेपाल की सैर कर चुकने के बाद चेक का भुगतान रुकवा देंगे। वह तो हुआ यह कि जब हमारा आदमी बैंक में चेक जमा कराने पहुँचा तो हमारे बैंक ने बताया कि चेक तो एक हफ्ते बाद का है। हम इसे नहीं ले सकते।

"हमने उसे बहुतेरा समझाया कि यह 11 तारीख ही लिखी है, लेकिन उसने कहा कि उसे तो यह 17 पढ़ने में आ रही है। कहीं हम इस चेक को इसके मूल बैंक में भेज दें, आपकी तरह वे भी इसे 11 समझकर पास कर दें और 17 तारीख से पहले इसका खातेदार इसका भुगतान रुकवाने की अरजी लेकर आ जाए तो उसका बैंक तो इसके लिए हमें दोषी मानेगा।

"वह तो यही कहेगा कि हमने आगे की तारीख का चेक लिया ही क्यों और लिया भी तो उस तक भेजा ही क्यों? उस सूरत में इसमें लिखी रकम हमारे सिर आएगी।"

□

एमडी ने अविनाश का ज्ञानवर्धन करने से पहले बंद करके एक तरफ रख दी गई उसी से संबंधित फाइल को एक बार फिर खोला और फिर से मुखर हुए।

"अब उस औरत की शराफत के एक नहीं, दो-दो नमूने देखिए। जब अगले दिन वह औरत हमारे पास आपके टिकट लेने आई तब उसने कहा कि यह भूल से भी तो लिखा जा सकता है। जब चेक दिया गया तब आपके लोगों ने भी तो उसकी जाँच-परख की होगी। जैसे आप लोगों से गलती हुई, वैसे ही मेरे पति से भी हो गई होगी। फिर यह कोई फरवरी की उनतीस तारीख तो है नहीं कि चार साल में एक ही बार आए। इस महीने में सत्रह तारीख भी आएगी ही। चेक तब भुन जाएगा। हो सकता है, अभी खाते में उतनी रकम न हो और इस बीच आनेवाली हो। यह जिम्मेदारी मेरी रही कि यदि चेक नहीं भुना तो अपने गहने बेचकर ही क्यों न चुकानी पड़े, इस रकम को मैं चुकता कर दूँगी। सो इस तारीख के चलते यह गजब न ढाइएगा कि जीवन में पहली बार उनके साथ यात्रा पर जाने का मौका

ही हवा हो जाए। क्यों दास जी, यह तो आप भी कुबूल करेंगे न कि यह उसने वाकई सच कहा था?

"तब हमने उससे कहा था कि हम तो आप लोगों को कहीं भी न भेजने का फैसला ले चुके थे। अब आपकी भावनाओं को देखते हुए इतना भर कर सकते हैं कि इंडिया के किसी हिल स्टेशन पर भेजे देते हैं। यदि चेक कैश हो गया तो अगली बार नेपाल भी भेज देंगे।

"चूँकि वह तो किसी भी सूरत में जाने के लिए उतावली थी, होना ही था, पति जो देश से बाहर था। सो वह तुरंत राजी हो गई।

"इसमें कोई शक नहीं कि वह सिर्फ अपनी जिस्मानी भूख मिटाने के लिए आपके करीब आई थी, लेकिन अपने बसे-बसाए घर को उजाड़ने की कीमत पर नहीं। उसकी वह भूख भी मिटी या नहीं मिटी, इसकी तो खबर नहीं, अलबत्ता मुझे यह खबर जरूर है कि उसे आपसे आपके जिस्म के अलावा और कुछ नहीं चाहिए था। इसीलिए उसने पच्चीस हजार रुपए का वह हार भी मय उसकी रसीद के मेरे पास भिजवा दिया, जो मैंने अपने इन्हीं हाथों से इनाम के तौर पर उसके सुपुर्द किया था। यह देखिए, इस फाइल में यह रही हार की वह रसीद जो मैंने आपके हवाले की थी।

"आज आप मेरी भी एक बात गाँठ बाँध लीजिए। अब उससे मिलने की कोशिश मत कीजिएगा। हो सकता है, उसकी जगह इस बार आपका घर उजड़ने की नौबत आ जाए! मुझे आपसे यही कहना था। आगे आप खुद समझदार हैं। अब आप चाहें तो यहाँ से दफा हो सकते हैं।"

□

आईहोइएमो के मुख्यालय से दफा होने से पहले अविनाश ने एमडी आहलूवालिया को यह भरोसा दिलाना जरूरी नहीं समझा कि वह ताजिंदगी काम्या से न मिलने का वचन देता है।

न मिलने की वजह यह न मानी जाए कि उससे मुलाकात करते ही उन खौफनाक नतीजों का सामना करना पड़ सकता है, जिनका जिक्र आपने अभी-अभी अपने श्रीमुख से किया था।

न यह बताना जरूरी समझा कि यहाँ आने तक वह भले ही न जानता रहा हो कि काम्या देह सुख की भूखी थी या किसी पुरुष की नजरों में अपने लिए चाहत, ललक, लालच देखने की भूखी।

अलबत्ता यहाँ इतनी देर आपके करीब बैठे रहने के दौरान, अपनी एक अन्य

महिला कर्मचारी से हुई आपकी बातचीत सुन लेने के बाद, इस बात में जरा भी संदेह नहीं रह गया है कि—काम्या न तो देह सुख की भूखी थी, न पुरुष की नजरों में अपने लिए चाहत देखने की भूखी। न किसी भोगराज भाटिया की पत्नी थी, न शायद वह काम्या ही थी।

वह थी तो केवल आईहोइएमो की कर्मठ और कर्तव्यनिष्ठ कर्मचारी। इसीलिए उसने जो भी किया, सीमाबद्ध रहकर किया। कंपनी के लिए किया। अपनी सेवा-शर्तों का हिस्सा मानकर किया।

जब तक कंपनी के लिए जरूरी था, तभी तक एक धनपशु के साथ निकटता दिखाई, लगाव दिखाया। जब कंपनी के लिए जरूरी नहीं रहा, तब अरुचि दिखाई, उपेक्षा दिखाई। अपने लिए या अपने तईं तो उसने एक पल का भी सुख या खुशी नहीं चाही। नेह या घृणा उजागर नहीं होने दी। मेरे साथ सहा गया सुख उसके तईं तो उसकी सेवा-शर्तों का एक हिस्सा होने के नाते कर्तव्य-भर रहा। इसलिए जैसे ही कर्तव्य की इतिश्री हुई, एक झटके में कारोबारी कुबेर से अनिर्लिप्त हो विलुप्त हो गई।

एमडी से विदा लेने से पहले अविनाश ने यह भी नहीं बताया कि मुझे न आपने ठगा, न किसी तथाकथित कल्पना, मोहिनी, कामना या काम्या ने।

मैं जितना और जैसे भी ठगा गया, अपनी ही अतृप्त कल्पनाओं, मोहनियों, कामनाओं और काम-कलुषों के हाथों ठगा गया।

संभवत: अविनाश उर्फ विनाशक उर्फ सत्यानाश दास के ज़ीवन का यह भी पहला ऐसा अवसर रहा होगा, जब वह किसी का अभिवादन किए बिना या किसी का अभिवादन लिए बिना, असभ्य शहरी की तरह मुलाकाती के सामने से रुखसत हुआ हो!

□□□